DREAMBOOKS

두 번 사는 랭커

사도연 판타지 장편소설

ORIGINAL FANTASY STORY & ADVENTURE

dream
books
드림북스

두 번 사는 랭커 10 마녀 사냥

초판 1쇄 인쇄 2019년 11월 7일
초판 2쇄 발행 2020년 11월 30일

지은이 사도연
발행인 오영배
편집 편집부
일러스트 우문
표지·본문 디자인 오정인
제작 조하늬

펴낸곳 (주)삼양출판사 · 드림북스
주소 서울시 강북구 도봉로 173
대표 전화 02-980-2112 **팩스** 02-983-0660
편집부 전화 02-987-9393 **팩스** 02-980-2115
블로그 blog.naver.com/dreambookss
출판등록 1999년 3월 11일 제9-00046호

ⓒ 사도연, 2019

ISBN 979-11-283-9669-4 (04810) / 979-11-283-9659-5 (세트)

드림북스는 (주)삼양출판사의 판타지 · 무협 문학 브랜드입니다.

ORIGINAL FANTASY STORY & ADVENTURE

사도연 판타지 장편소설

10

두 번 사는 랭커

| 마녀 사냥 |

dream books
드림북스

목차

Stage 33.
마녀 사냥

화아악!

칼리번 후작은 포탈을 타고 건너편의 공간으로 넘어왔다. 탑 외 지역. 그곳은 23층 스테이지와 다르게 뜨거운 공기로 가득했고, 비릿한 피 냄새가 잔뜩 풍기고 있었다.

그리고 보이는 광경에. 그의 얼굴이 단번에 굳었다.

그가 발을 디딘 장소는 온통 폐허였다. 갖가지 망가진 건물이며 곳곳에 남은 격전의 흔적들.

순간, 칼리번 후작은 자신이 포탈을 잘못 연 건가 싶을 정도였다.

그도 그럴 것이, 그가 과표를 찍은 곳은 분명히 켈라트 경매장이었다. 탑의 세계를 통틀어도 이만큼 번영한 곳을 찾기 힘들 정도라는 곳이 온통 폐허가 되었으니 잘못 찾아온 건 아닐까 하는 의구심이 들 수밖에 없었다.

하지만 무너진 건물의 잔해 위에 엉덩이를 붙이고 앉은 혈국의 수하들을 본 순간.

칼리번 후작은 자신이 잘못 찾아온 게 아니란 것을 알 수 있었다.

"어떻게 된……!"

"왔는가?"

칼리번 후작이 수하들에게 소리를 치려는데, 익숙한 목소리가 뒤에서 들렸다. 아르드바드 공작의 목소리. 후작은 그쪽으로 고개를 돌렸다가 다시 헛바람을 들이켜고 말았다.

"공작님……!"

"너무 호들갑 떨지 마라. 다른 신하들이 동요하지 않는가."

아르드바드 공작은 별것 아니라는 식으로 한 손을 휘저으며 터덜터덜 걸어와 수하들 옆에 털썩 앉았다.

오른쪽 소매가 비어 있었다. 언제나 우람한 근육을 자랑하던 팔뚝이 사라지고 없었다.

"어…… 떻게 된 것입니까?"

칼리번 후작은 울분을 억지로 꾹 눌러 담았다.

혈국이 궐기를 시작한 이래. 칼리번 후작이 검을 쥔 이래, 수많은 전장을 누비고 다녔지만. 이토록 패색 짙은 전장은 본 적도 없었다.

악마의 숲이 망가진 이후로 줄곧 23층에만 머물고 있었기에. 그는 아직 주변 소식에 많이 느린 상태였다.

아르드바드 공작은 손에 쥐고 있던 빵을 한입 크게 물어뜯으면서 담담하게 대답했다.

"레드 드래곤이 미쳐 돌아가기 시작했다."

"그 말씀은······?"

"트루메기투스의 탁본인지 뭔지 하는 것은 들은 적 있겠지?"

"예."

"그걸 올린 경매장에서. 레드 드래곤이 죄다 깽판을 놓았다. 마탑, 황금충, 관리국까지 가릴 것 없이 죄다 적으로 돌리는 것으로도 모자라. 흠!"

칼리번 후작은 뒷내용을 알 것 같았다. 경매에 참여하기만 한 다른 클랜들까지 적으로 돌렸단 뜻이겠지.

대충 어떻게 된 그림인지도 그려졌다.

탁본을 강탈하려는 레드 드래곤과 이것을 저지하려는 여러 세력들 간의 충돌. 여기서 레드 드래곤이 이긴 것일 테다.

사실 놀라울 건 없었다. 굴욕적이긴 하지만. 아무리 혈국이라고 해도 레드 드래곤에 비할 바는 아니었으니까. 녀석들은 정말 탑 전체와 싸워도 눈 하나 깜빡하지 않을 정도로 강했다.

다만 쉽게 믿을 수 없는 건. 아르드바드 공작의 한쪽 팔을 가져간 자가 있다는 것이었다.

그가 아는 아르드바드 공작은 절대 이렇게 누군가에게 패배할 자가 아니었다. 식탐황제라면 또 모를까. 아니, 식탐황제라고 해도 이렇게 일방적으로 공작을 밀어붙일 수는 없었다. 괜히 괴력난신의 '력'이 아니었다.

하지만 아르드바드 공작은 칼리번 후작의 시선을 알면서도 더 이상은 얘기하고 싶지 않다는 듯, 가볍게 손사래를 치면서 물었다.

"그보다 독식자 쪽은 어떻게 되었지?"

"한 번 수도를 방문하겠노라 약조를 받았습니다. 또한, 라오 남작과 관련된 것은……."

칼리번 후작은 자신이 파악한 바에 대해서 이야기했다. 아르드바드 공작은 고개를 끄덕였다. 전부 자신들이 유추했던 내용이었으니까. 연우를 찾은 것은 좀 더 상황을 파악한다는 명분 아래, 수도로 초빙하기 위해서였다.

"그렇군. 이것으로 폐하의 근심은 던 셈이로군. 그나저나. 엘로힘. 그놈들도 이제는 제정신이 아니로구나."

아르드바드 공작의 두 눈이 활활 타올랐다. 레드 드래곤에 이어 엘로힘까지. 왜 이리도 자신들을 건드리는 놈들이 많은 것인지.

"역시 이 세계에 있는 것들은 전부 싹 다 불태워 박멸해야 할 해충에 지나지 않는구나. 약속된 땅을 되찾기가 왜 이리도 힘이 드는 것인지."

아르드바드 공작은 짜증 섞인 목소리로 중얼거리면서.

"칼리번."

후작을 불렀다.

"예. 공작 전하."

칼리번 후작은 재빨리 한쪽 무릎을 꿇으며 고개를 숙였다. 전장에서 총사령관의 명령은 황제의 뜻과도 같은 것. 후작의 눈이 광망을 번뜩였다.

"군(軍)을 일으킬 것이다. 준비하라."

군. 황제의 뜻을 실현하는 자신들을 감히 방해하는 해충들을 쓸어버리겠다는 뜻이었다. 선전포고였다.

칼리번 후작은 몸을 부르르 떨었다.

그동안 아르티야라는 공통된 적이 유산처럼 남겼던 평화가, 드디어 깨어지려 하고 있었다.

"명을, 받듭니다!"

아르드바드 공작과 칼리번 후작이 수하들과 함께 사라지고 한참 뒤.

새로운 붉은색 포탈이 열리면서 연우와 일행이 나타났다.

"엉망진창이로군."

브라함은 켈라트 경매장, 아니, 경매장이었던 곳을 둘러보면서 어이가 없다는 듯 고개를 절레절레 흔들었다.

다른 클랜들을 적으로 돌린 것까지는 그렇다 치자. 하지만 관리국이라니? 거기다 경매장을 건드렸다는 건, 여러 신비 상인들의 조합도 함께 적으로 돌렸단 뜻이었다.

시스템을 이용한 관리자들이 가진 권한과 힘은 플레이어들로선 쉽게 측정하기 힘들다. 특히 12지신으로 대두되는 최고 관리자들은 신과 악마들도 섣불리 건드리지 못한다고 알려져 있었다.

그들이 나서서 제재를 가하기만 해도, 레드 드래곤은 큰 타격을 피할 수 없었다.

게다가 신비 상인 조합은 또 어떤가? 그들이 다른 클랜이나 관리국처럼 무력으로 나설 수는 없을 것이다.

하지만 레드 드래곤은 거대한 덩치만큼이나 수많은 물자를 필요로 한다. 그러니 여러 조합이 나서서 보급을 끊기만 해도 싸움이 힘들어질 것이다.

어린애라도 알 수 있는 것을, 레드 드래곤이 모를 리는 없을 텐데.

믿는 구석이 있는 걸까? 하지만 이 정도면 오만하기를 넘어서, 그냥 다 같이 망하자는 게 아닐까 싶을 정도였다.

"그만큼 놈들도 다급하다는 뜻일 겁니다."

"하긴. 놈들의 왕이 죽기라도 하면 모든 게 끝장이니까."

연우의 말에 브라함은 담담히 고개를 끄덕였다.

여름여왕이 죽거나 권능을 잃는 것만으로도 모래성처럼 무너질 곳이었으니. 생각해 보면, 그만큼 녀석들의 처지가 절벽 끝으로 내몰렸단 뜻이었다.

"여기다 두어 번 걷어차면, 아예 낭떠러지 아래로 추락하겠군."

"그만한 덩치가 추락하면 꽤나 볼 만하겠죠."

연우는 피식 웃으면서 그림자 쪽으로 시선을 돌렸다.

"부."

츠츠츠—

그림자가 높게 일어나면서 로브를 뒤집어쓴 리치가 모습을 드러냈다.

「하명. 하십. 시오.」

"레드 드래곤이 어디로 갔는지 찾아."

부는 고개를 끄덕이면서 상공으로 높이 두둥실 떠올라, 검은 수정구를 들었다.

화아악! 수정구가 시린 빛을 토하면서 갖가지 마법을 뿌려 대기 시작했다.

녀석에게 건넸던 룬 마법과 빅토리아의 논문, 현자의 돌을 연구하면서 더해진 여러 지식, 권능 무면목 법서, 그리고 이번에 추가된 악마술까지.

갖가지 마법을 받아들이면서 부는 빠른 속도로 성장해 이제는 웬만한 리치의 수준을 넘어서고 있었다.

브라함은 그런 부를 보면서 묘한 눈빛을 떴다.

"확실히 저 친구, 볼 때마다 대단하군. 대체 어디서 찾은 친구인가?"

"무슨 말씀이십니까?"

연우가 부를 찾은 건 보상으로 얻은 귀걸이에서였다. 연우가 알고 있는 건, 부가 오래전에 플레이어였다는 점밖에 없었다.

"음? 모르고 있었나? 아직 스스로 자각은 못 한 것 같네만. 저 친구, 아마 생전에 이름깨나 날렸을 거야. 아무리 리치라고 해도 이런 성장은 말이 안 되지. 정확하게는 성장이 아니라, 제자리를 찾아가는 중이라는 말이 맞을 거야."

브라함은 손으로 턱을 쓰다듬었다.

"아마 모르긴 몰라도. 저 정도라면 자네가 데리고 있는 다른 세 친구보다도 훨씬 위였을 것 같네만. 지금으로 치면…… 아홉 왕쯤은 될 것 같군."

「……!」

「……!」

『……!』

심령을 따라. 경악에 찬 샤논, 한령, 레베카의 감정이 전해졌다.

그도 그럴 것이, 아직까지 말도 제대로 하지 못하는 부를 너무 높이 평가하니, 그동안 녀석을 아래로 여기고 있던 그들로서는 놀랄 수밖에 없었다.

연우도 묘한 눈빛을 떴다.

'부가, 원래는 아홉 왕 급이었다고?'

연우가 여태 만났던 아홉 왕은 단둘. 무왕과 여름여왕이었다. 하지만 다른 자들도 얼핏 21층의 그림자 도장에서 봤기에, 그들이 어떤 존재인지 알 수 있었다.

그런데 부가 거기에 비교될 거라니. 도무지 짐작이 가질 않았다. 더구나 그런 녀석이 어떻게 망령으로 떨어지고, 이상한 아티팩트에 속박되어 한낱 튜토리얼의 보상으로 나타난 것이었을까?

게다가 덩시 부가 빙의되어 있넌 아티팩트의 등급은 D.

그만한 인물이 사용할 물건이 절대 아니었다. 심지어 '부'라는 이름도 부두술사 출신이었다는 정보 하나만으로 붙인 것이었다.

그렇다면 그렇게 격이 하락하게 된 이유라도 있었던 걸까? 아홉 왕 급의 인사가 한낱 망령 따위로 떨어질 만한?

하지만 부는 그런 것을 아는지 모르는지. 연우와 브라함의 대화를 들었을 텐데도 별다른 반응을 보이지 않았다.

이런저런 생각을 하는 사이.

부의 목소리가 울렸다.

「보여. 드리겠습니다.」

검은 수정구가 시린 빛을 토했다.

동시에 연우의 망막 위로 여러 장면이 스쳐 지나갔다.

이곳에서 벌어졌던 일들이.

화아악!

―드디어 미친 것이냐, 레드 드래곤!

―보물이 본래 주인을 찾아가는 것뿐이지. 안 그래? 힘으로 재물을 강탈한다. 원래 너희들도 잘하는 짓이지 않나?

초도 탐의 비웃음에서부터 시작된 레드 드래곤과 여러 세력들 간의 충돌을 시작으로.

켈라트 경매장은 삽시간에 붕괴되기 시작했다.

연우는 유령이라도 된 것처럼, 높은 허공에서 떠 있는 채로 경매장에서 벌어졌던 모든 일들을 지켜볼 수 있었다.

〈혼란스러운 눈〉. 무면목 법서에 서술된 마법 지식을 바탕으로 부가 창안한 마법이었다. 사물에 강하게 남은 사념을 바탕으로 옛 사건을 재구성하는 특징을 갖고 있었다.

레드 드래곤은 정말이지 압도적이었다.

용생구자의 막내, 탐이 나타난 것만 해도 놀라운 일인데. 그들은 여러 클랜들을 압도적으로 밀어붙이기까지 했다.

아르드바드 공작의 오른팔이 검노 하난이 휘두른 지팡이에 썰려 허공으로 튀었고, 마군의 두 주교는 쌍둥이 살인마 잭, 리퍼와 부딪치면서 승기를 잡지 못했다.

호크 아이 트로이는 손톱을 길쭉하게 빼면서 반발하는 마탑의 학자들을 학살하는 등, 보이는 것은 여러 충격적인 광경의 연속이었다.

'개판이군.'

연우는 어이가 없어 헛웃음이 나올 정도였다.

애당초 이런 광경을 노리긴 했다지만, 자신이 생각했던 것보다 훨씬 파이 커질 것 같았다.

'그럴수록 나야 좋겠지만.'

물이 흐려지면 흐려질수록. 분탕이 커지면 커질수록. 이득을 취하는 건 자신이었다.

그사이 탐은 탁본을 챙기고, 포탈을 열어 76층으로 이동했다.

켈라트 경매장에서의 소란은 거기서 끝났지만, 그 뒤에 남은 혼란은 한참 동안 길게 이어졌다.

우왕좌왕하는 여러 클랜과 플레이어들 사이로.

연우는 그토록 찾던 마녀들을 찾을 수 있었다. 그는 시야를 아래로 돌리면서 녀석들에게로 다가갔다.

연우에게도 익숙한 얼굴들이었다.

'다르크와 마가릿.'

비에라 둔에게는 언제부턴가 그녀를 보호하듯이 따라다니는 존재들이 생기기 시작했다.

이유를 알 수 없었지만. 마녀들의 어머니, '밤'에게서 잉태되었다는 초대 마녀들은 언제나 비에라 둔을 지키면서 스승이 되어 주기도, 그리고 수족이 되어 주기도 했다.

비에라 둔은 발푸르기스의 밤의 수장이지만, 그녀 혼자서 집단을 이끌 수는 없었다. 그래서 대모가 되어 그녀를 지켜 주는 자들이 따로 있었다.

초대 마녀들.

녀석들의 기원에 대해서는 아직 알 수 없었다. 하지만 탑이 열린 초창기부터 살아온 늙은 괴물이라는 것은 널리 알려진 사실이었다.

다르크와 마가릿은 그런 초대 마녀들에 해당하는 자들로, 비에라 듄에게 각각 '매혹'과 '신통'을 가르쳐 주기도 했다.

　—대체 어떻게 된 일이지? 에메랄드 타블렛이 어째서 저곳에 있냔 말이야. 여러 가지로 수를 쓴 흔적들이 있긴 하지만…… 내용물은 정말 에메랄드 타블렛이라고!

　—누구에게서 흘러나간 걸까? 리언트 쪽인 것 같은데. 대체 누가 이딴 짓을…….

두 마녀가 경매장에 참여한 이유는 아주 간단했다.

탁본의 진위를 확인해 보기 위해서였다. 그리고 진짜라는 사실을 알았고, 누군가가 고의로 탁본을 흘렸다는 것을 깨달았다.

아마 바보가 아니라면, 이 일로 인한 여파가 자신들에게 튈지도 모른다는 사실쯤은 감지했을 것이다.

하지만 그것을 내색할 수는 없는 일.

—일단은…… 자리부터 피하자.

우선 원하던 대로 에메랄드 타블렛을 확인했으니, 자신들의 본 거지인 브로켄 성으로 돌아가 뒷일에 대해 논의를 나눌 예정이었다.

다르크와 마가릿은 휘하의 어린 마녀들을 데리고 자리를 피했고, 멀찍이 떨어진 장소에서 마법을 외워 텔레포트를 발동시켜 본거지로 되돌아갔다.

'부!'

연우는 그 틈을 놓치지 않았다.

브로켄 성은 특정된 물리적 장소에 있지 않았다.

마녀들이 말하는 '끝없는 밤의 세계'라는 아공간에 위치했고, 그곳으로 통하는 통로나 좌표는 여태 알려진 바가 없었다.

그래서 녀석들이 남긴 흔적을 쫓아 좌표를 찾도록 했고.

결과는.

「알아. 냈습니다.」

빙고였다.

클랜 하우스.

흔히 클랜은 일정 규모를 갖출 경우, 조직 체계의 정비와 완성을 위해서 일정한 부지를 필요로 한다.

하지만 전쟁이 일상화된 탑의 세계에서 외부로부터 안전을 도모할 수 있는 부지는 그렇게 많은 편이 아니었다.

거기다 높은 층계를 중심으로 한 클랜은 신입을 보충하기도 쉽지 않았다.

스카우터들이 수시로 저층 구간을 들락날락하면서 유망주들을 스카우트한다고 해도 한계가 있기 마련이었고, 거대 클랜이 아니고서야 정비와 주둔을 위한 장소를 층마다 마련하기가 쉬운 게 아니었다.

반대로 저층 구간에 터를 잡은 클랜들은 고층 구간으로 갈수록 전력을 유지하기 힘든 경우가 허다했다.

이렇듯, 탑이 가진 독특한 세계적 지형과 주민들의 성향 때문에 클랜 하우스를 구축하는 건 그렇게 쉬운 일이 아니었다.

77층을 점거한 올포원과 76층을 권역으로 삼은 레드 드래곤이 특별한 경우일 뿐이었다.

하지만.

불가능도 가능으로 만들어 낸다는 신비 상인들은 여기에 해답을 내놓았다.

탑을 구성하는 세계의 주변부를 따라, 아공간을 개척해

만든 외우주(外宇宙)를 판매하기 시작한 것이다.

외우주는 여러 클랜들에게 안전을 보장할 수 있는 유일한 공간이었다.

고유 영역에 해당하기 때문에 출입 권한을 마음대로 조절할 수 있었고, 침입을 받더라도 외부로부터 방비도 쉬웠다.

덕분에 외우주는 아주 비싼 값임에도 불구하고 불티나게 팔리기 시작했다.

50층에 있을 아르티야의 클랜 하우스도 그런 이유로 여태 발견되지 않을 수 있었던 것이다.

그리고.

마녀들이 머문다는 끝없는 밤의 세계, 통칭 브로켄 성도 그런 외우주 중에 하나였다.

외우주는 좌표를 정확하게 알아내지 못한다면 쉽게 넘어갈 엄두도 낼 수 없다. 지점이 조금이라도 어긋나 버리면 공간 속의 미아로 전락할 수 있기 때문이었다.

그래서 부는 몇 번의 재검토 끝에 자신이 관측한 좌표가 맞다는 것을 확신할 수 있었다.

「포탈을. 열겠. 습니다.」

텔레포트 포탈이 활짝 열렸다. 붉은색 포탈 너머로 아른거리는 공간이 보였다.

"이동하기 전에. 이 너머에 어떤 트릭이나 트랩이 깔려 있는지 아무것도 알 수 없어. 그러니까 다들 단단히 준비해 둬."

브라함과 갈리어드, 판트와 에도라는 무겁게 고개를 끄덕였다. 아무리 레드 드래곤의 뒤를 밟는 것이라고 해도, 끝없는 밤의 세계는 마녀들의 고유 영역.

똥개도 자기 영역에서 반은 먹고 들어간다는데. 녀석들이 그동안 자신들의 세계에 어떤 장치를 해 뒀을지는 아무도 모르는 일이었다.

비에라 듄은 심지어 연인이었던 동생에게도 여기에 대해서는 일언반구도 하지 않았었으니.

아무런 정보도 없이 넘어가는 만큼, 만반의 준비를 갖춰야 했다.

"그리고 우리가 가장 우선시해야 할 건, 아난타에 대한 정보다. 너무 눈에 띄는 행동은 삼가도록 하고."

이미 세샤와 브라함의 사연에 대해 들었던 판트는 콧바람을 토하면서 주먹으로 가슴을 두들겼다.

"내가 천지분간 못 하고 날뛰기 바쁜 놈일지는 몰라도, 정도는 알고 있수다."

연우는 고개를 끄덕였다. 그리고 마장대검을 꺼내 한 손에 꽉 쥐면서 포탈 안쪽으로 발을 들였다.

지금 이 순간.

마치 그는 아프리카에 있던 시절로 돌아간 것만 같은 기분에 휩싸였다. 여러 수하들을 이끌면서 작전지에 투입되던 광경이 눈앞에 겹쳐졌다.

끓는 피를 억지로 누르면서 말했다.

"그럼, 진입한다."

*　　　*　　　*

포탈 너머는 곧바로 브로켄 성으로 연결되어 있지 않았다.

부가 한 것처럼 누군가 뒤를 쫓아 넘어올 위험이 있다고 판단했던지, 여러 장소와 경로를 전전한 뒤에야 겨우 브로켄 성에 접근할 수 있도록 길을 꼬아 놓은 상태였다.

그리고 연우는 꼬인 길을 따라 여러 장소들을 뛰어넘을 때마다, 갖가지 광경들을 볼 수 있었다.

　　─무, 뭐야? 당신들……!
　　─발푸르기스의 밤, 맞지?
　　─무, 무슨 소리를…….
　　─맞군. 탕부 년들. 악취가 여기까지 진동하는군.

전부 다 쓸어버려!

탕부. 흔히 악마들에게 몸을 내놓는 마녀들을 멸칭할 때 쓰는 표현이었다.

연우 등이 찾은 곳은 이미 선객들이 한참 휩쓸고 지나간 뒤였다.

레드 드래곤은 이미 오래전부터 포착해 두고 있던 발푸르기스 밤의 비밀 지부며 연구소들을 일제히 들이쳤고, 생포한 마녀들을 고문하면서 수많은 정보들을 알아낼 수 있었다.

　—더러운 것들! 왜 우리를! 왜 항상 가만히 있는 우리만 핍박하느냔 말이다! 우린 관련 없다고!
　—그럼 거긴 왜 나타난 거지?
　—우, 우리도 확인하기 위해서였어! 정말이야! 사실이라고!

발푸르기스의 밤이 가진 혐의를 추궁하는 것부터.

　—우, 우리 크, 클랜은…….

그들이 캐낸 내용엔 여태껏 비밀로 가려졌던 발푸르기스의 밤의 정확한 위치와 숨겨진 다른 지부들, 휘하 단체와 연합 조직 관계 및 소속원들의 구성도 포함되어 있었고.

—에, 에메랄드 타블렛은……!

—에메랄드 타블렛?

—파, 파우스트 던전에서 찾은 거였어! 파우스트가 메피스토펠레스에게서 받은 지식으로 만든 타, 타계(他界)의 무, 물건이었어!

—더 자세히 말해.

—마, 말해 줄 테니까 제발……! 제발 주, 죽여 줘!

에메랄드 타블렛과 관련된 내용도 섞여 있었다.

—우, 우리도 그게 뭔지 정확하게는 몰라! 알고 있는 건, 이름 모를 신들의 신비라는 것뿐, 뿐이야.

'이름 모를 신들?'

토설한 마녀의 말인즉슨, 에메랄드 타블렛의 내용은 98층에 상주하고 있는 수많은 신과 악마들하곤 전혀 관련이 없는, 전혀 다른 세상을 운영하는 초월적 존재들의 지식이란 뜻이었다.

연우는 이 지점에서 싸한 느낌을 받아야 했다.

탑은 수많은 차원과 세계가 교차하는 곳이다. 그래서 다양한 문명과 지식들이 만나고, 이를 토대로 계속된 발전을 누린다. 그런데도 닿지 못한 지식이 바로 현자의 돌이었다.

하지만 파우스트라는 플레이어는 메피스토펠레스를 매개체 삼아, 타계의 신들로부터 지식을 일부 전수받았고, 이를 바탕으로 에메랄드 타블렛을 만들었단 뜻이었다.

'모든'이 아니었다. '일부'였다.

그렇다면 타계의 신들이 가졌다는 지식은 어디까지 닿아 있다는 거지?

문제는 이 말을 들어도 신과 악마들에게서 별다른 메시지가 보이지 않는다는 점이었다.

여태 심심하면 자신들을 각인시키기 위해 떠들어 대기 바빴던 녀석들이. 왜 유독 이 대목에서는 조용한 걸까?

연우는 더 자세히 듣고 싶었지만, 마녀들이 알고 있는 건 그렇게 많지 않았다. 결국 에메랄드 타블렛을 관리하던 것은 비에라 둔이었으니, 그녀를 잡아야만 풀릴 수수께끼였다.

게다가 발푸르기스의 밤을 노리는 자들은 레드 드래곤만
이 아니었다.

—여기서 만날 줄 몰랐군.
—네놈들이, 감히!

켈라트 경매장에서 레드 드래곤에게 치욕을 당한 다른
거대 클랜들이 속속들이 나타나 훼방을 놓았고.

에메랄드 타블렛이 발푸르기스의 밤에서 비롯되었다
는 소문을 접한 여러 랭커와 클랜들이 따로 연합을 구성하
면서 추격에 동참하기도 했다.

그렇다 보니 연우 일행이 지나는 곳은 하나같이 폐허가
되어 있었다.

쓰러진 시체들이며 여기저기에 남은 흔적들이 얼마나 거
친 격전이 있었는지 말해 줄 뿐이었다.

그리고 그런 곳에는 저승으로 가지 못한 영혼들이 배회
하기 마련이었다.

'먹어.'

「야! 그렇게 말하니까 꼭 애완견이 된 것 같잖아? 뭐, 그
래도 맛있게 먹겠지만. 으흐흐!」

「간만에 포식을 할 수 있겠군.」

샤논과 한령, 괴이들은 죽은 영혼들을 마음껏 탐닉할 수 있었다.

레드 드래곤의 급습. 쫓기는 마녀들과 부서지는 지부들. 그리고 흔적을 쫓아 속속들이 나타나는 타 세력들까지.

연우가 굴린 눈덩이는 착실하게 크기를 불려 가는 중이었다.

그러다.

연우 일행은 어느덧 목적지에 다다랐다.

['끝없는 밤의 세계'에 입장하셨습니다.]

[경고! 이곳은 사유지입니다. 세계의 주인으로부터 허락을 받으십시오. 무단 침입 시, 상당한 불이익을 받을 수 있습니다.]

[이곳에서의 사건은 탑의 업적에 기록되지 않습니다.]

경고로 가득한 메시지와 함께 나타난 세상은 온통 잿빛으로 가득한 곳이었다.

족히 수백 미터는 훨씬 넘을 것 같은 기암절벽들이 병풍처럼 솟아 하늘은 잘 보이지 않았다.

절벽 사이사이로 난 좁은 협곡들은 미로처럼 복잡해 보였고, 그마저도 뿌연 안개로 가려져 앞을 분간하기가 힘들었다.

「누가 마녀 아니랄까 봐, 어떻게 하고 있는 꼬락서니들도 이렇게 우중충하냐? 하여간 인간들이 창의성이 없어요, 창의성이.」

연우는 샤논의 말에 동의하면서 용마안을 활짝 열어 안개에 가려진 협곡을 살폈다.

결들이 이리저리 어질러져 있었다.

얼마나 꽁꽁 싸매 놓은 건지. 웬만한 마법쯤은 쉽게 간파하는 용마안도 협곡의 구조를 파악하지 못하고 있었다.

"으으. 여기 왜 이렇게 우중충해? 하여간 이딴 식으로 해 놓고 사니 허구한 날 마녀들이 음침하단 소리를 듣는 거지."

"귀계 결진(鬼界結陣)이로군."

브라함이 내뱉은 말에 연우와 일행들의 시선이 그쪽으로 향했다.

브라함이 말했다.

"인위적으로 귀기가 가득한 안개를 뿌려서 침입자들에게 환각과 공포를 심어 주고, 생명력을 갈취하는 결계라네. 상대하기가 여간 까다로운 게 아니지."

'피의 안개?'

연우는 순간 자기도 모르게 부가 갖고 있는 스킬을 하나 떠올렸다.

안개를 뿌려서 적의 생명을 갉아먹고, 반대로 아군에게 체력을 보충시키는 스킬과 많이 닮은 것 같았다.

부가 생전에 뛰어난 흑마법사였을지 모른다는 말도 머릿속을 다시 스쳐 지나갔다.

"해제할 수는 없겠습니까?"

브라함은 쓰게 웃으면서 고개를 가로저었다.

"수성의 서가 있다면 모를까. 해제는 힘들어. 하지만 아군에게 끼치는 영향력을 줄일 수는 있을 것 같군."

갈리어드가 말을 덧붙였다.

"그럼 길은 내가 찾도록 하지."

엘프가 가진 종족 스킬, 요정안은 진실을 쫓기 때문에 길라잡이로서도 유용했다. 거기다 시력도 일행 중에서 가장 좋으니 두 사람이 협업을 한다면 결계에 휘말릴 걱정은 하지 않아도 되었다.

브라함이 몇 번 주문을 외우자 푸른 이펙트가 일행을 감쌌다.

['브라함'이 아군에게 '축복: 저주 방어'를 걸었습니다.]

['브라함'이 아군에게 '축복: 항마력 상승'을 걸었습니다.]

......

[파티가 구성되었습니다.]
[현재 인원(4/4)]

갈리어드 핀 블라오엘븐
판트 청람
에도라 청람

　연우는 처음으로 맺은 파티 시스템에 묘한 느낌을 받았
다. 보통 팀이나 클랜에서 층계 공략을 원활히 하기 위해서
맺는 것인데. 자신이 하게 될 거라고는 한 번도 생각해 본
적이 없기 때문이었다.

　특기할 만한 점은 여전히 성명을 비공개로 해 둔 탓에 연
우 이름은 블라인드 처리되었고, 브라함은 권속이 되면서
더 이상 플레이어가 아니게 되었기 때문에 파티 인원에 명
시되지 않았다는 것이었다.

　거기다 파티 인원들의 위치도 어렴풋하게나마 감지가 되
었으니. 서로 거리가 떨어져도 쉽게 찾을 수 있을 것 같았다.

　그리고.

[서든 퀘스트가 2개 생성되었습니다.]

[서든 퀘스트 / 현상 수배 (1)]

설명: 조금 전, 관리국에서는 사적인 이익으로 쵈라트 경매장을 공격한 레드 드래곤에 대한 제재를 결의했습니다. 하지만 관리국에서 가할 수 있는 제약에는 한계가 있어 많은 도움을 필요로 합니다.

지금부터 정해진 시간 동안 레드 드래곤의 플레이어를 찾아 생포하거나 사살하십시오.

사살 성공 시, 일정 확률로 죽은 상대의 스킬이나 아티팩트를 강탈할 수 있습니다.

제한 시간: 3일

달성 조건:

1. 레드 드래곤의 소속원 사살

2. 레드 드래곤의 시설 파괴

보상: 죽은 대상의 스킬 및 아티팩트. 공적치에 따른 추가 보상.

[서든 퀘스트 / 현상 수배 (2)]

설명. 레드 드래곤에서는 이번 사태의 원흉으로

발푸르기스의 밤을 지목, 그들에 대한 해명을 요구하고 있습니다.

하지만 연관 유무를 부정하는 발푸르기스의 밤의 행태에 분노해, 여름여왕 이스메니오스는 그들에 대한 응징을 결의했습니다.

지금부터 발푸르기스의 밤과 관련된 모든 것들을 파괴하고, 강탈하십시오.

결과를 이룬 플레이어와 클랜에게 그만한 보상이 치러질 것입니다. 그리고 가장 높은 결과를 성취한 3인의 플레이어에게는 '용의 피'가 제공될 것입니다.

제한 시간: 없음

달성 조건: 발푸르기스의 밤의 파괴

보상:

1. 인트레니안 개방

2. 조건 성립 시, 용의 피

"형님!"

"어. 봤어."

판트가 호들갑을 떨었다. 연우는 퀘스트 창을 보면서 고개를 절레절레 흔들었다.

'결국 관리국이 나섰군. 여기에 레드 드래곤은 아예 대놓고 맞불을 놓았고.'

퀘스트 창의 설명처럼 관리국이 제재에 나선다고 해도 레드 드래곤에는 이렇다 할 큰 타격을 주기 힘들다. 그만큼 레드 드래곤의 규모가 크기 때문이었다.

그래서 관리국은 탑의 모든 플레이어들로 하여금 레드 드래곤을 공격하게끔 했다. 3일을 제한으로 뒀다지만, 그 정도면 레드 드래곤도 상당한 출혈을 각오해야 할 것이었다.

하지만 여름여왕은 교묘하게 자신들에게로 쏟아질 공격을 일부 옆으로 비껴 나가게 만들었다.

발푸르기스의 밤을 제물로 내놓으면서 시선을 분산시키고, 새로운 퀘스트에 대한 보상을 제시하면서 전선을 새로 구축하려는 속셈인 것이다.

'물론, 대부분 플레이어들이 두 퀘스트를 다 시도하려 하겠지만.'

결국 연우가 의도했던 대로 탑 전체가 수렁으로 빠진 셈이었다.

여러 변수가 발생할 수도 있을 테지만.

한 가지만큼은 확실했다.

'발푸르기스의 밤은 제대로 엿 됐군. 그렇지 않아도 자

신들에게 관심 가지는 놈들이 많은 판국에 아예 레드 드래곤이 발목을 붙잡고 용광로로 뛰어드는 꼴이니.'

브라함도 연우와 같은 생각이었는지 입가에 걸린 미소가 그치지 않았다. 그러다 연우와 눈이 마주치고, 가볍게 헛기침을 하면서 앞을 주시했다.

"그럼 서둘러 가도록 하지. 시간이 없으니."

*　　　*　　　*

길라잡이를 맡은 갈리어드가 선두를, 마법사인 브라함이 중앙, 판트와 에도라가 각각 좌우를, 연우는 기습에 대비해 후방을 맡아 이동했다.

협곡은 정말 스산했다.

브라함과 갈리어드가 갖가지 마법과 정령을 부려도 안개는 걷히지 않았고, 시야 확보도 제대로 이뤄지지 않았다.

연우는 혹시나 하는 생각에 안개 너머로 의념을 투사해 봤지만, 마치 빈 허공을 짚는 것처럼 아무것도 느껴지지 않았다.

키이이—

키키키키!

특히 바람이 우둘투둘한 절벽에 부딪칠 때마다 내는 소

리는 마치 귀곡성처럼 느껴질 정도였다.

그러다 언제부턴가 일행은 볼 수 있었다.

"이건……."

"개판이로군."

얼마나 큰 다툼이 있었는지 곳곳에 칼부림의 흔적들과 시체들이 가득했다.

일행이 통과했던 발푸르기스 밤의 지부들에 있었던 일은 예삿일처럼 느껴질 정도로, 하나같이 마치 생사대적이라도 만난 것처럼 악에 찬 얼굴이었다.

문제는 같은 팀원들끼리, 아군들끼리, 싸운 것 같다는 점이었다. 아니, 정확하게는 적아를 가리지 않고 싸워 댄 것 같았다. 온통 난장판이었다.

브라함이 말했다. 귀계 결진은 환각으로 자중지란을 만들고, 생명력을 강제로 갈취한다고.

그렇다면 이 녀석들도 다 그런 결계에 휘말린 피해자들인 것 같았다.

연우는 일행들에게 다들 조심하라고 말하려 했다.

하지만 주변을 둘러본 순간.

아무도 없었다. 뿌연 안개만 가득했다.

'뭐지? 어느새?'

연우의 눈빛이 딱딱하게 굳어졌다.

미처 제대로 인지도 못 한 사이에 결계에 휘말린 것이다. 하지만 브라함의 버프가 이렇게 쉽게 부서지다니. 믿을 수가 없어 몸 상태를 확인했다. 그런데 버프가 여전히 남아 있었다.

그럼 버프마저 속인다는 걸까? 이 안개가? 연우는 위험해지기 전에 빨리 일행을 찾아야겠단 생각에 용마안과 초감각을 잔뜩 벼리려 했다.

그 순간.

"오라버니? 오라버니!"

갑자기 안개 너머로 에도라의 목소리가 들리면서 시커먼 그림자가 이쪽으로 나타났다.

"여기 계셨……!"

에도라가 안개를 헤집으면서 모습을 드러냈다. 걱정이 가득하던 눈빛이 연우를 발견하고 기쁨에 찬 순간.

쐐애액!

연우는 가차 없이 마장대검을 휘둘렀다. 발출된 흑기가 에도라의 머리를 날렸다.

잘린 에도라의 머리가 허공으로 튀었다가 땅바닥에 굴렀다.

데구루루─

남들이 봤다면 경악할 일이었지만.

정작 이런 일을 저지른 연우의 눈빛은 아주 담담했다. 시선은 어느새 자잘한 돌멩이 근처에 멈춘 에도라의 머리로 고정되어 있었다.

에도라의 몸은 쓰러지지 않고 여전히 서 있는 자세 그대로였다. 머리가 잘린 목 부위에서도 피가 흐르지 않았다. 그때, 흐리멍덩하던 눈동자에 이지가 깃들더니 에도라가 씩 입꼬리를 말아 올리면서 웃었다.

"오라버니, 이런 짓은 너무하시잖아요. 저처럼 연약한 소녀에게 다짜고짜 칼질이라니. 오라버니가 이런 분이신 줄은 생각도 못 했어요. 실망이에요."

그 말과 함께 머리와 몸이 연기가 되어 확 흩어지더니 한데 뭉치면서 새로운 형상을 갖췄다.

검은 가면과 검은 옷. 한 손에는 비그리드를 들고 있었다. 마치 거울에 비춘 것처럼 연우와 똑같은 모습.

다만, 익살맞게 웃는 얼굴이 연우와 여러모로 다른 인상을 풍겼다. 유쾌하기보다는 포악하다는 느낌이었다.

"도플갱어인가?"

"역시 날 아나 보네? 보통 잘 모르던데 말이야."

도플갱어는 뭐가 재미있는지 낄낄거리기 바빴다.

그럴수록 연우의 눈빛이 깊게 가라앉았다.

도플갱어는 타인을 모방하는 몬스터였다. 자아와 이성이 없기 때문에 끊임없이 다른 사람으로 변화를 시도하고, 그를 죽여 정체성을 확립하고자 하는 본능이 강했다.

하지만 더 강한 존재가 되고자 하는 욕망도 같이 갖고 있어, 하나의 정체성에 묶이질 못하는 게 특징이었다.

그래서 비에라는 이런 도플갱어의 특징에 주목했다. 잘만 다룬다면 도플갱어를 이용해서 재미난 실험을 할 수 있겠다고.

비에라 듄은 도플갱어를 수집해서 갖가지 실험을 했다. 주로 실험하고자 했던 것은 '학습'. 도플갱어는 보통 다른 몸으로 변화하고 나면 이전에 있던 데이터는 모두 말소시켰다. 정체성의 혼란을 막기 위해서였다.

하지만 비에라 듄은 이런 데이터를 계속 간직하게 했다.

애초 도플갱어가 계속 변화를 시도하는 건 자아를 갖기 위해서였으니. 인위적으로 생성한 인격을 부여해 목적성을 갖게 하고, 기록된 데이터를 누적시켜 다양한 방향으로 활용할 수 있게 만든 것이다.

그런다면 도플갱어는 끊임없이 타인의 장점을 흡수하면서 계속된 성장을 해 나갈 수 있을 테니까.

이 녀석이 딱 그런 느낌이었다.

'실험체군.'

녀석은 에도라의 모습에서 연우의 모습이 되고 나서도, 기질이 크게 달라지지 않은 상태였다. 오히려 수많은 영혼을 품고 있는 것처럼 다양한 기운을 풍겨 대고 있는 중이었다.

연우는 슬쩍 사체들을 돌아봤다. 하나같이 충격과 혼란으로 가득한 얼굴들. 가뜩이나 귀계멸진의 안개 때문에 곤혹스러운데, 도플갱어까지 만나면서 혼란이 극심해져서 당한 모양이었다.

'이런 놈들이 얼마나 더 있을까?'

아무래도 브로켄 성 주변은 비에라 듄의 갖가지 실험체들로 가득할 것 같았다.

벌써 이런 놈들이 나타난다면. 역시 중앙에 있을 성채까지 가는 길은 쉽지 않을 터였다. 여러 클랜들의 피해도 그만큼 클 테지.

재미있었다. 비에라 듄이 영지를 지키기 위해서 만반의 준비를 갖췄을 거란 건 예상했지만, 이런 식이라니. 역시 여러 클랜들을 동원한 건 탁월한 선택이었다.

"무슨 생각을 하는 거냐! 날 앞에다 두고 딴생각을 해?"

도플갱어는 자존심이 상했던지 눈살을 잔뜩 찌푸렸다. 그리고 붉의 날개를 한짝 펼치면서 미대힌 열풍을 토해 내기 시작했다. 연우와 똑같은 기질과 똑같은 동작. 그새 그대로 모방한 모양이었다.

쾅!

도플갱어는 지면을 으스러져라 박차면서 단번에 연우에게로 몸을 날렸다.

하지만 연우는 그런 모습을 보면서도 가볍게 코웃음만 칠 뿐이었다.

"샤논."

츠츠츠—

갑자기 연우의 그림자가 길게 쭉 늘어난다 싶더니, 샤논이 그 위로 불쑥 나타나면서 소드 브레이커를 앞으로 내밀었다.

채애앵!

도플갱어의 칼은 너무 쉽게 샤논에게 가로막히고 말았다. 어둠에 줄줄 감긴 소드 브레이커는 마치 장벽처럼 꿈쩍도 않았다.

못 믿겠다는 듯이 도플갱어의 눈이 커진 순간.

「어떻게 할까?」

"제압해. 알아낼 게 많으니까."

「그러지. 흐흐!」

샤논은 가볍게 웃으면서 소드 브레이커를 옆으로 휘둘렀

다. 채앵. 경쾌한 쇳소리가 일어나면서 도플갱어의 칼이 크게 옆으로 젖혀졌다. 샤논은 단숨에 녀석과의 간격을 좁히면서 왼손을 뻗어 도플갱어의 멱살을 잡고 바닥에다 내리꽂았다.

쾅!

지면이 그대로 내려앉았다.

도플갱어는 어떻게든 샤논의 공격을 피하기 위해서 발버둥 쳤지만, 뒤이어 가슴팍에 내리꽂힌 소드 브레이커 때문에 마치 꼬챙이가 된 것처럼 바닥에 고정되어야만 했다.

"어, 어떻게!"

「너 같은 새끼가 아무리 날뛰어 봤자지. 안 그래?」

아무리 도플갱어가 카피 능력이 있다고 해도 한계가 있을 수밖에 없다. 여태껏 도플갱어가 맘껏 날뛰었던 건 귀계 멸진 덕분일 뿐.

하지만 연우는 애초 협곡에 들어왔을 때부터 마법진의 영향을 전혀 받지 않은 데다, 도플갱어는 권능도 카피하지 못한 상태여서 한없이 뒤처질 수밖에 없었다.

더구나 샤논은 웬만한 몬스터 따위는 아래로 보는 데스 노블. 도플갱어 따위와는 격이 달랐다.

「너는 좀 오래 버티길 빈다고. 친구?」

샤논은 음침하게 웃으면서 소드 브레이커를 아래로 쭉 잡아당겨 도플갱어를 반으로 갈랐다.

"크아악!"

도플갱어는 고통에 찬 비명을 질렀다. 그런데도 오히려 샤논은 광기에 찬 웃음을 토해 내면서 녀석을 마구잡이로 난도질했다.

도플갱어의 몸은 계속 복구되었지만, 샤논은 그러거나 말거나 녀석을 찢어 놓길 반복했다.

그동안. 연우는 부에게 따로 지시해 외부에서 자신들을 관찰할 수 없도록 결계를 치라고 명령을 내렸다. 마녀들의 감시를 피하기 위해서였다.

「으하하핫!」

샤논의 광소가 더 커졌다. 마기는 조금씩 도플갱어의 체내로 스며들면서 고통을 극대화시켰다. 원래대로라면 재생 능력은 몬스터에게 축복일 테지만, 지금 녀석에게는 너무 끔찍한 저주일 뿐이었다.

「하핫!」

'성격이 좀 변한 것 같은데.'

연우는 그런 샤논을 보면서 잠깐 생각에 잠겼다. 샤논은 경망스럽게 보이는 구석은 있어도, 사실 진중한 성격이었다.

여태 저런 모습은 처음이었다. 데스 노블이 되면서 성격에 변화라도 있었던 걸까? 만약 나쁜 변화라면 어떻게든 손을 써야만 했다. 하지만 아직 확실한 게 없어서, 조금 더 지켜봐야겠다는 생각이 들었다.

"제…… 발……!"

결국 끝까지 버티려던 도플갱어는 항복하고 말았다.

「쳇. 뭐야? 이제 겨우 재미있어지려던 참이었는데. 좀 더 버티면 안 되냐? 쩝.」

부르르—

지금 이 순간, 도플갱어는 샤논이 자신의 주인보다 더 악랄하게 느껴졌다. 공포에 가득 질린 얼굴로 제발 구해 달라며 연우를 바라봤다.

연우는 팔짱을 풀면서 녀석에게 천천히 다가갔다.

*   *   *

연우는 도플갱어로부터 제법 많은 정보를 받아 냈다. 배신을 하지 못하게 만드는 '속박의 인'이 새겨져 있었지만, 부가 나타나 주문을 외니 금세 사라졌다.

도플갱어는 마지막 보루였던 구속까지 사라지자, 조금이라도 빨리 편하게 죽기 위해서 모든 것을 토설했다.

협곡의 구조부터 귀계멸진의 약점, 안개 속을 헤쳐 나가는 방법, 길을 찾는 법을 비롯해서 발푸르기스의 밤과 관련된 정보까지. 녀석은 꽤 알고 있는 게 많았다.

한낱 실험체에 불과하지만, 오랫동안 브로켄 성에서 살며 많은 것들을 본 덕분이었다.

다만, 녀석이 알고 있는 건 거기까지. 더 자세한 것들은 모르고 있었다.

"그러니까 귀계멸진을 부술 방법은 모른다는 건가?"

"여, 영토 관리는 파타야가 하기 때문에 나, 난 모, 몰라…… 그러니까 이제 제발……!"

녀석의 몰골은 더 이상 도플갱어라고 할 수 없을 정도로 망가져 있었다. 망가진 인형처럼 몸이 죄다 뒤틀린 상태. 입을 여는 것만 가능했다. 이제는 정말 모든 정보를 말했으니 죽여 달라고 말했지만.

"잠깐."

연우는 도중에 말을 끊었다.

"무, 무슨……."

"파타야라고 했지? 그 녀석은 이 근처에 있나?"

"이, 있어!"

도플갱어는 직감적으로 편하게 죽을 수 있는 방법이라고 판단하고, 연우의 생각이 바뀌기 전에 재빨리 소리쳤다.

"치, 침입자들이 너무 많아져서! 지금 성내는 비, 비상이라고 했어! 파타야는 귀계멸진에서 침입자들을 최대한 많이 제거하는 게 목표야!"

"그럼 우리를 보고 있나?"

"지, 지금이라면 에, 엘로힘에 집중하느라 바쁠 거야!"

"그렇단 말이지?"

연우는 손으로 턱을 쓰다듬었다.

파타야는 다르크와 마가릿처럼 발푸르기스의 밤을 만든 초대 마녀 중 하나였다.

능력은 투시(透視). 보통 수정구를 통해 상황을 관측하고, 거기에 따라 전선에 나간 자들을 지원하는 역을 맡았다.

이번에도 비슷한 모양이었다.

아이온을 비롯한 엘로힘이 끝없는 밤의 세계에 들어온 것은 연우도 확인했던 사실이었다. 확실히 녀석들을 상대하는 것만 해도 파타야로서는 정신없겠지. 뒤를 치기에 제격이란 뜻이었다.

"녀석의 위치는?"

다행히 도플갱어는 파타야와 링크가 되어 있었고, 대략적인 위치도 알고 있었다.

연우는 더 이상 캐널 게 없어지자, 돌아서며 대기하고 있던 샤논에게 말했다.

"나중에 세샤가 실험하는 데 쓸 거니까 잘 묶어서 인트레니안 안에다 넣어 놔."

최근에 세샤는 연금술 연구에 흠뻑 빠져 있었다. 선물로 들고 가면 좋아할 것 같았다.

「으흐흐. 포장도 리본으로 묶어서 아주 예쁘게 해 놓지.」

"자, 잠깐만! 말해 주면 날 죽여준다고 했……!"

도플갱어는 안색이 시퍼렇게 질린 채로 소리쳤다. 하지만 연우는 녀석을 보면서 비웃음을 흘렸다.

"내가 언제 그랬지?"

"제기라아알! 개새끼! 넌! 넌 죽어서도 편하지 못할……!"

"이미 죽어서 천국에 가지 못할 건 알고 있으니까 걱정하지 않아도 될 거야."

"아아악! 오, 오지 마아아!"

도플갱어는 얼굴을 덮어 오는 샤논의 손길에 발버둥 쳤지만, 어떻게 할 도리가 없었다. 결국 비명 소리가 처절하게 울리는 가운데, 연우는 한령과 레베카를 불렀다.

"너희도 들었겠지? 저놈이 말한 방법대로 다른 일행들을 구해 둬."

「예. 알겠습니다.」

『혼자서 가려고?』

레베카가 걱정스러운 얼굴로 물었다. 초대 마녀는 웬만한 랭커들도 쉽게 건드리지 못할 정도로 강했다.

하지만 연우는 피식 웃으면서 고개를 가로저었다.

"녀석은 마법에만 능통할 뿐이지, 싸움에는 젬병이야. 그리고."

두 눈이 차갑게 번들거렸다.

"나도 이제 약하지는 않아서."

*　　　*　　　*

"제길⋯⋯!"

파타야는 수정구를 보면서 머리를 자꾸 쥐어뜯었다. 다른 자매들이 볼 때마다 비단처럼 탐스럽다면서 부러워하던 머리카락은 그녀의 자랑거리였지만. 지금은 온통 이리저리 망가져 있었다.

수정구에 비친 영상들 때문이었다. 수정구는 쉴 새 없이 협곡의 곳곳을 비추고 있었다. 그리고 당연한 말이지만, 협곡은 온통 엉망이었다.

어중이떠중이들은 귀계멸진과 도플갱어로 대부분 처리할 수 있었지만, 그렇지 않은 자들이 문제였다.

레드 드래곤, 엘로힘, 마군, 시의 바다…… 거대 클랜은 물론, 여러 하이 랭커들까지.

레드 드래곤의 뒤를 노리는 놈들이며, 어부지리로 에메랄드 타블렛을 노리는 자들도 많았다. 게다가 퀘스트가 뜨면서 플레이어들이 속속들이 출몰하는 중이었다. 레드 드래곤이 고의로 좌표를 흘린 덕분이었다.

때문에 성의 방위를 책임지는 그녀로서는 미치고 환장할 노릇이었다.

귀계멸진을 이루는 핵들은 계속 파괴되어 가고, 그동안 성을 보호하던 갖가지 실험체며 키메라들도 무차별적으로 학살되는 중이었다.

녀석들을 막으러 나섰던 마녀들도 어린 마녀, 초대 마녀 가릴 것 없이 줄줄이 죽어 나가니.

이대로 있다가는 성채까지 뚫리는 건 시간문제일 것 같았다.

그래도 다행히 그녀가 여차여차 막아 내고는 있었지만. 한 손이 열 손이 하는 일을 다 감당할 수는 없는 노릇이라, 어떻게든 다른 수단을 강구해야만 했다.

'레드 드래곤에는 마가릿이, 시의 바다 쪽에는 다르크가 간다고 했었고…….'

머릿속에서 여러 방비 계획들이 줄을 이었다.

'문제는 엘로힘인데.'

엘로힘은 왠지 모르게 레드 드래곤보다 더 열심히 자신들을 공략 중이었다. 녀석들에 대한 대비에 더 크게 신경을 써야만 할 것 같단 생각이 강하게 들었다.

그렇게 이를 악물 때.

파타야는 자기도 모르게 본능적으로 드는 불안감에 흠칫 놀라 고개를 뒤로 돌렸다.

순간, 그녀는 두 개의 도깨비불과 마주쳤다. 마주하는 것만으로도 등골이 오싹해질 정도로 공포스러운 도깨비불. 그녀의 안색이 창백해졌다.

그리고. 단검이 날아왔다.

퍼억!

"컥!"

파타야는 어떻게 주문을 욀 새도 없이 가슴이 찢어지는 고통에 바닥을 나뒹굴어야만 했다. 탁상이 무너지고, 수정구가 바닥에 떨어지면서 깨졌다.

그녀의 몸 위에는 연우가 올라타 차갑게 웃고 있었다. 그녀를 오싹하게 만들었던 두 개의 도깨비불을 두 눈 위로 활활 불태우면서.

"어…… 떻게?"

분명히 이 근방은 마법으로 철저하게 지워져 있었을 텐

데? 파타야는 자신이 있는 요새가 어떻게 뚫렸는지, 믿을 수가 없었다. 게다가 위치를 알아낸다고 해도 침입자를 자신이 모를 수가 없었기 때문이었다.

[초감각— 동기화]
[순보]

연우는 두 스킬을 이용해 도플갱어가 말해 준 위치로 최대한 기척을 죽이면서 접근할 수 있었다.

여기에 부의 흑마법까지 더해졌으니, 알아내려야 알아낼 수가 없는 것이다. 감각이 예민한 하이 랭커 이상이 아니고서야 절대 감지할 수 있는 수준이 아니었다.

"물어볼 게 많은데. 어차피 물어봤자 제대로 대답하지도 않겠지?"

"잔말 말고 죽여!"

"그러지."

"뭐?"

연우는 가차 없이 마장대검으로 파타야의 목을 그었다. 정말 그냥 죽일지 몰랐던 파타야는 놀란 눈이 되었지만, 끊어진 생명은 돌아오지 않았다.

대신에 연우는 바토리의 흡혈검을 전개, 사체와 영혼을

동시에 빨아들였다.

그러자 녀석에게 묶여 있던 대략적인 사념이 넘어왔다.

발푸르기스 밤의 대략적인 상황. 브로켄 성의 구조 따위를 비롯해 그중에는 그토록 찾던 아난타에 대한 정보도 있었다.

하지만 연우는 곧 인상을 찡그려야만 했다.

'아난타가 성채 지하 감옥에 묶여 있다고?'

최근에 브라함과 아예 연락이 안 된다 싶더니. 그새 비에라 듄에게 잡혔던 모양이었다.

다행인 것은 아직 살아 있다는 점이었다. 하지만 상태가 너무 위중했다. 빨리 되찾아야만 했다.

'부. 이 외에 알아낸 게 있으면 바로바로 말해.'

「예. 그러. 겠습니다.」

부는 부두술사로서의 능력도 거의 되찾은 상태. 때문에 이제 영혼을 다루는 솜씨도 매우 뛰어나 그냥 녀석에게 맡겨 두면 알아서 정보를 뽑아 전달해 줄 터였다. 이제 예전처럼 굳이 일일이 고문을 할 필요가 없는 것이다.

그사이.

연우는 다음 사냥감이 있는 곳으로 움직였다.

사냥은 조용하고, 은밀하게.

최대한 눈에 띄지 않아야만 했다.

그렇게 계속 거스르고 거슬러 올라가다 보면. 금세 비에라 듄과 아난타가 있는 곳까지 다다를 터였다.

쉭—

*   *   *

콰쾅! 쾅!

콰아앙—

"빌어먹으을!"

탐은 쉴 새 없이 지면에 처박히는 운석을 보면서 욕지거리를 내뱉었다. 고함을 지를 때마다 피부를 덮은 용의 비늘이 크게 들썩거렸다. 이미 비늘은 분노로 시뻘겋게 달아오른 상태였다.

"이 쥐새끼 같은 년이! 감히!"

갖가지 환각을 통해 공포를 심어 주고, 키메라들이 날뛰던 귀계 결진을 겨우겨우 통과했더니. 이제는 갑자기 하늘에 마녀들이 나타나 그의 심기를 긁어 대는 중이었다.

원래대로라면 한주먹도 안 될 쓰레기들인데도 불구하고.

마녀들은 빗자루에 올라탄 채 드높은 상공 위를 마음껏 돌아다니면서 그들의 손발을 어지럽게 만들며 계속된 마법으로 레드 드래곤의 발을 단단히 묶어 두고 있었다.

문제는 녀석들에게 쉽게 접근할 수가 없다는 점이었다.

이게 전부, 여태껏 가장 높은 상공에서 꿈쩍도 않는 마가릿이라는 빌어먹을 초대 마녀 때문이었다.

녀석은 보라색 광채에 잠긴 채, 기적에 가까운 여러 마법들을 수없이 쏟아 내는 중이었다.

중력 중첩으로 레드 드래곤의 움직임을 봉쇄시키고, 마녀들 주변에 배리어를 겹겹이 씌워 저격에 방비했다. 게다가 하늘에서 운석을 소나기처럼 수도 없이 쏟아 내고, 지면을 높이 세웠다 꺼지게 만드는 등, 말도 안 되는 짓거리를 해 대고 있었다.

저 마녀는 마력이 무한하기라도 한 걸까?

아무리 많은 마력을 지녔다고 해도, 이만한 광역 마법들을 계속 쏟아 낸다면 금세 메마르고 말 텐데.

마가릿은 심지어 지친 기색도 보이지 않았다.

아니, 오히려 시간이 갈수록 얼굴에는 홍조가 돌고, 마법의 위력도 더욱 거세지고 있었다.

화아악!

때마침 다시 한번 더 마가릿을 따라 보라색 광채가 밝게 번쩍였다. 음산하면서도 불길한 빛.

처음에는 별처럼 잔잔하던 밝기가 보름달처럼 환하게 빛나고 있었다.

마녀들 따위가 이런 기적을 계속 부를 수는 없다. 그렇다면 남은 가능성은 단 하나.

'현자의 돌. 저년이 쓰고 있는 건 현자의 돌이 분명해!'

그것도 이미 상용화가 가능할 정도로 많은 진척을 이룬 현자의 돌이었다. 기질도 여름여왕의 것과 비슷했다. 이번 사태가 발푸르기스의 밤과 관련 있다는 결정적인 증거였다.

바로 눈앞에 여왕을 고칠 수 있는 약이 있는데! 다가갈 수가 없다는 점이 사람의 복장을 뒤집히게 만들었다.

"초도. 당희가 죽었습니다. 이대로는 길이 보이지 않아요."

그때, 트로이가 잔뜩 찡그린 얼굴로 다가왔다.

당희. 탐, 트로이와 함께 움직인 81개의 눈이었다. 그들 중 가장 약자였다지만 하이 랭커는 하이 랭커. 그런 그녀가 죽을 정도로 현재 상황은 심각했다.

탐은 이를 바드득 갈았다. 저년만. 저년만 잡으면 쉽게 뚫릴 텐데! 하지만 시그니처 스킬을 몇 번씩이나 발동시켜도, 이펙트는 마가릿에게 닿지 못했다.

도리어 마가릿은 손바닥을 뒤집으면서 땅거죽을 크게 일으켰다. 덕분에 레드 드래곤은 데려온 전력 중 3분의 1을 잃는 수모를 겪어야만 했다.

하지만 그렇다고 해서 여기까지 와 놓고 임시 후퇴를 할 수도 없는 노릇이었다.

여름여왕은 지금 이 시간에도 빠른 속도로 죽어 가고 있었다. 한시라도 빨리 현자의 돌의 행방을 찾지 않으면 안 되었다. 그런 급박한 상황에서 후퇴를 한다고? 미친 짓이었다. 그들에게 두 번의 기회란 없었다.

엘로힘이 자신들보다 먼저 움직였다는 사실도 마음에 걸렸다. 탁본의 진본이 만약 녀석들의 손에 들어간다면 말짱 도루묵이었다. 시간이 촉박했다.

점차 숨통을 조여 오는 시간제한과 다급하고 초조한 마음. 여러 압박들이 그를 불안하게 만들었다.

이대로는 안 된다.

결국 탐은 더 많은 응원군을 요청하기로 마음먹었다. 현재 끝없는 밤의 세계로 모든 전력이 투입된 건 아니었다. 타 세력의 견제를 막아야 하기 때문이었다. 다른 정보가 주어졌을 때 빠르게 대처하기 위함도 있었다.

하지만 현자의 돌이 여기 있는 게 확실해진 이상. 그런 것들은 염두에도 두지 않아야 했다.

'그놈들의 낯짝을 봐야겠지만.'

자신을 비웃을 형제들의 면상을 보기가 싫었지만. 이제 는 더 이상 물러날 곳이 없었다.

그래서 연락을 넣으려는데.

쾅!

갑자기 상공에서 뭔가가 크게 폭발하는 소리가 들렸다. 대지는 물론, 외우주가 부르르 떨릴 정도로 엄청난 위력이었다.

탐과 트로이의 시선이 저절로 그쪽으로 향했다. 힘겹게 키메라와 운석들을 상대하던 레드 드래곤의 플레이어들도 그쪽을 바라봤다.

마녀들이 가득하던 상공을 따라 불길이 번지고 있었다.

새카만 불길.

단언컨대, 어머니 여름여왕이 다루는 여러 불을 봤던 탐으로서도 난생처음 보는 색깔이었다.

새벽 밤처럼 깊으면서도 끈적끈적한 느낌을 주는 칠흑색. 그것은 웬만한 불길을 훨씬 뛰어넘을 정도로 끔찍한 고열을 풍겨 댔다. 마치 지옥에서 들끓는다는 유황불이 저렇지 않을까 싶을 정도였다.

마가릿이 있던 지점에서부터 시작된 것으로 보이는 폭발은 단숨에 마녀들을 휩쓸어 버리고, 열풍을 쉴 새 없이 토해 내면서 지상에까지 닿았다. 삽시간에 대기가 들끓고, 후폭풍이 불어닥쳤다.

후두둑!

그리고 우박처럼 쏟아지는 파편들 중에는. 마가릿의 머리통도 있었다. 하지만 그마저도 불길에 휩싸여 땅에 떨어지기도 전에 새카맣게 그을리고 말았다.

"뭐…… 지?"

전혀 생각지도 못한 광경에. 탐은 인상을 찡그리지도 못한 채 얼떨떨한 상태였다.

왜 갑자기 폭발이 일어난 거고, 마가릿은 왜 죽은 걸까? 혹시 마력 운용을 잘못해서 현자의 돌이 폭발한 것인가?

하지만 이유가 무엇이 되었든 간에 한 가지만큼은 확실했다.

지금이 기회라는 것.

"지금이다! 뛰어! 엘로힘보다 먼저 도착해야 한다!"

탐과 트로이를 시작으로 수백에 달하는 레드 드래곤이 일제히 뛰기 시작했다.

미로처럼 얽힌 협곡 저 너머로.

하늘을 찌를 듯이 우뚝 선 뾰족한 산이 보였다.

*　　　*　　　*

이상 현상이 비단 레드 드래곤에게만 펼쳐지는 건 아니었다.

"뭐지?"

"갑자기 왜?"

정체를 알 수 없는 폭발은 곳곳에서 일어났다.

갖가지 신비와 기적을 일으키면서 침입자들을 궁지로 몰아넣던 초대 마녀들은, 갑자기 일어난 검은 불길에 휩싸여 비명도 지르지 못하고 죽고 말았다.

덕분에 귀계 결진에 발이 단단히 묶였던 플레이어들은 자유를 얻었다.

"마녀 년들, 분명 뭔가 갖고 있어."

"빼앗자. 갖는 놈이 임자야!"

그들은 다시 전열을 가다듬으면서 레드 드래곤의 뒤를 쫓았다.

공략 속도가 빨라지기 시작했다.

＊　　　＊　　　＊

"적들이 전부 이 근방에 있다! 어떻게든 막아야 해!"

"모두 죽음을 각오해라!"

"위대하신 어머니께서 우리와 함께하고 계신다. 여기서 죽는다고 해도 어머니의 품에서 영생을 누릴 수 있을 테니 목숨을 아끼지 마!"

브로켄 성은 미로처럼 복잡하게 난 협곡을 수도 없이 지나, 하늘에 닿을 것처럼 뾰족하게 선 중앙산의 끄트머리에 위치해 있었다.

요새처럼 탄탄한 벽으로 둘러싸여 있으며, 끝없는 밤의 세계에서 달과 가장 가까운 위치였기에 마녀들의 힘이 가장 많이 증폭되는 곳이기도 했다.

그리고 지금.

브로켄 성이 만들어지고 난 이후로, 가장 많은 마녀들이 대거 쏟아지고 있었다.

뾰족한 산등성이를 따라 빗자루를 타고 내려오는 고깔모자의 마녀들은 하나같이 불길하고 음산한 기운을 풍겨 댔다.

마녀들을 잉태했다는 '위대한 어머니'에게서 태어난 초대 마녀들부터, 이제 막 마녀의 법칙을 터득하기 시작한 어린 마녀들, 여태 한 번도 세상 밖으로 나가 본 적이 없는 마녀들까지.

성에 상주하는 모든 마녀들이 바쁘게 움직였다.

몇 년 전, 헤븐윙 차정우가 단신으로 그들의 영지를 습격해 난리가 난 적이 있었다지만, 그래도 이렇게 혼란하지는 않았다.

지금은 그때와 위험의 경중이 달랐다.

자칫 클랜의 존폐 여부가 결정될 수도 있는 일. 탑에서도 손꼽힌다는 거대 클랜들이며 하이 랭커들의 습격은 마녀들의 피를 말리게 만들었다.

위대한 어머니의 힘까지 끌어다 쓰고 있지만. 이대로는 정말 협곡이 무너질 위기였다.

"방금 전, 요계 상진(妖界像陣)이 뚫렸습니다……!"

"화계 화진(禍界禍陣)과 명계 수진(冥界蒐陣), 모두 발동되었습니다!"

귀계 결진―요계 상진―화계 화진―명계 수진―앙계 재진(殃界災陣)으로 이뤄지는 5개의 방호 결계.

파우스트 던전에서 발굴한 것은 에메랄드 타블렛만이 아니었다.

마녀들도 처음 보는 갖가지 여러 마법 지식들이 서고를 이룰 정도로 가득했고, 발푸르기스의 밤은 그중에서 필요한 것들을 뽑아 브로켄 성을 단단히 무장시킬 수 있었다.

최근에 마녀들의 성취가 비약적으로 상승한 것도 전부 그 덕분이었다.

하지만 아무리 뛰어난 결계라 하여도. 탑에서 내로라하는 고수들이 난리를 치니 모래성처럼 느껴졌다.

'아니. 그나마 이 5개의 결계들이니 이만큼 버티는 걸까.'

마녀 다르크는 이를 악물었다. 위대한 어머니에게서 잉

태된 초대 마녀로서, 지금의 위기는 너무 청천벽력처럼 다가왔다.

'조금만…… 조금만 더 있으면 되는 일이었는데……!'

대체 어디서부터 일이 꼬인 걸까? 아난타가 실험체 BX─71을 빼돌렸을 때부터? 빠른 결과를 위해 리언트에게 넘겼던 가짜 에메랄드 타블렛이 다른 누군가에게 강탈되었을 때? 아니면 위대한 어머니께서 언제부턴가 대답을 주지 않으셨을 때?

아니다.

아무리 갖가지 변수들이 발생했어도, 그녀들은 여태껏 일을 잘 진행해 왔다. 그리고 드디어 위대한 어머니를 이 땅에 강림시킬 수 있는 수준 직전까지 갔었다.

켈라트 경매장에 탁본이 올라왔을 때. 아마 그때부터였을 것이다. 발푸르기스의 밤은 뭔가 일이 잘못되었다는 것을 느꼈고, 칼날이 자신들에게 향해 있다는 것을 그때서야 깨달았다.

문제는 도대체 원흉이 누군지 짐작도 가질 않는다는 점이었다.

레드 드래곤을 움직이고, 탑을 진동케 한 흑막. 이만한 일을 꾸밀 수 있는 자라면 분명히 세간에도 잘 알려진 실력자일 텐데. 도무지 용의자를 특정할 수가 없었다.

'브라함? 구류된 아난타를 구하기 위해서 그랬을 수도 있지만…… 아냐. 녀석은. 추방자가 똑똑한 건 사실이지만, 이만한 큰일을 꾸미려면 많은 손들이 필요해. 그것도 아주 은밀한. 하지만 그는 이런 것들을 가지지 못해. 대체 누구지?'

다르크는 머릿속이 너무 어지러웠다. 하지만 대답은 나오지 않았다.

'일단은 놈들을 막는 데만 신경 쓰자. 원흉은 후에 찾아도 늦지 않아.'

원래대로라면 발푸르기스의 밤이 가진 전력으로는 침입자들을 모두 상대할 수 없을 테지만.

다르크는 그래도 어느 정도 자신이 있었다.

파우스트의 유산으로 무장한 결계와 마법도 있었지만, 자신의 손에 들린 만능의 보구를 믿기 때문이었다.

'현자의 돌.'

정확하게는 아직 미완성이라서 현자의 돌이라고 부르기도 민망한 프로토 타입이었지만.

하지만 이것만으로도 효과는 제법 좋았다.

켈라트 경매장에 풀렸던 탁본 따위와는 비교도 할 수 없는. 에메랄드 타블렛의 진본(眞本)으로 만든 '순수' 현자의 돌이었다.

지금 전장에 투입된 초대 마녀들의 손에는 이런 현자의 돌이 전부 쥐어져 있었다.

이것과 방호 결계를 적절히 이용한다면. 그리고 어린 마녀들을 전면에 내세우면서 게릴라 전을 펼친다면 어떻게든 침입자들을 막아 낼 수 있을 터였다.

그리고 실제로 레드 드래곤을 비롯한 여러 침입자들이 아직 귀계 결진을 완벽히 통과하지 못하는 것도 전부 이 돌 덕분이었다.

다르크가 지금 막고자 하는 클랜은 시의 바다. 레드 드래곤과 자웅을 겨룰 만하다는 곳이었지만, 침입자들 중에서 인원이 가장 적어 위험도는 덜했다.

지잉—

적이 다가온다는 알람 마법이 느껴졌다. 다르크는 손에 쥐고 있던 현자의 돌을 입에 넣으면서 말했다.

"모두 전투를 준……!"

화아아!

'피비린내?'

다르크는 말을 하다 말고 협곡을 타고 온 바람에 실린 피비린내에 눈을 크게 떴다.

그 순간.

갑자기 그녀의 머리 위로 짙은 그림자가 드리웠다.

다르크의 두 눈이 저절로 그쪽으로 향했다. 두 개의 도깨비불이 바로 눈앞에 있었다.

"흡!"

다르크는 재빨리 몸을 돌려 타고 있던 빗자루에서 떨어졌다. 하지만 이미 칼바람이 왼쪽 어깨를 가르며 지나고 있었다. 피가 튀면서 왼팔이 분리되어 허공으로 날아올랐다.

'이놈이 그 흑막……!'

다르크는 불길을 날개처럼 달고 있는 가면인을 보고 본능적으로 상대가 누군지 알아챌 수 있었다. 흑막의 수장인지, 아니면 끄나풀인지 알 수 없었지만. 확실한 건 시의 바다는 아니었다.

'비에라에게 알려야……!'

다르크는 자신과 함께 움직이던 어린 마녀들이 전부 죽었으리라 생각했다. 자신도 겨우 눈치챌 만큼 은밀하고 신속한 움직임이라면 녀석들로서는 절대 피할 수 없었을 테니까. 이 지경이 될 때까지 정신이 없었던 자신이 문제였다.

그러니 지금이라도 실수를 만회해야 했다. 비에라 둔에게 이런 위험한 녀석이 있다는 사실을 전달해야만 했다. 그리고 대답이 들릴 때까지 녀석을 묶어 둬야 했다.

다르크는 입에 꽉 물고 있던 현자의 돌 쪽으로 마력을 운용했다. 이대로 돌 안으로 마력이 들어가면 그것은 수십 수백 배로 증폭되어 평소에는 엄두도 내지 못했던 여러 신비들을 가능케 할 것이다.

기적을 부르는 돌. 마녀들에게 현자의 돌은 바로 그런 존재였다. 용감한 건지, 오만한 건지, 알 수 없을 저 흑막도 곧 쉽게 제압할 수 있겠지.

그런데.

'뭐…… 야?'

다르크의 눈이 커졌다. 현자의 돌이 꿈쩍도 않았다. 단단한 돌 그대로였다. 마치 고장 난 물건처럼. 하지만 성채를 나설 때까지만 해도 정상적으로 작동하는 것을 확인했었는데. 왜 갑자기 고장 난 거지?

그때.

가면인이 허공에서 몸을 가볍게 뒤집으면서 단숨에 다르크에게로 다가왔다. 새카만 가면 사이로 흉흉하게 빛나는 도깨비불을 보고 있노라니 등골이 오싹했다.

하지만 곧 녀석이 내뱉은 말에, 다르크는 머릿속이 창백해지고 말았다.

"잘 안 될 거야. 아마."

'뭐……?'

"다른 놈들도 그랬으니까."

'……!'

마치 내가 그렇게 만들었다는 듯한 말투.

'말도 안 되는……!'

다르크의 두 눈이 커진 순간, 가면인이 쥐고 있던 마장대 검이 쏜살같이 달려와 그대로 왼쪽 가슴팍에 깊숙이 꽂혔다.

티티팅! 마력 기관이 일제히 끊어졌다. 다르크의 두 눈이 시뻘겋게 달아올랐다. 가면인, 연우는 손을 뻗어 다르크의 머리를 움켜쥐었다. 손가락 사이로 충혈된 녀석의 눈이 보였다. 공포에 질린 눈이었다.

화르륵!

연우의 손끝에서 일어난 검은 불길이 다르크의 머리를 휩쌌다. 읍! 읍! 다르크가 고통에 차 비명을 질렀지만 그것도 잠시였다. 곧 그대로 새카맣게 익어 버린 채로 축 늘어졌다.

"마흔둘."

연우는 자신이 처치한 마녀의 숫자를 세면서 다르크의 사체를 바닥에다 아무렇게나 던졌다. 퍼석 하는 소리와 함께 머리가 그대로 잘게 부서지면서 보라색 돌이 휑하니 남았다.

츠츠츠—

그때, 연우의 그림자가 길게 쭉 늘어나면서 부가 나타나 현자의 돌을 흡수했다. 해골의 눈두덩이 사이로 타오르는 불길이 보라색으로 크게 일렁였다.

"수고했다."

「주인께. 충성. 은. 제게. 기쁨. 입니다.」

부는 고개를 숙였다. 여태 초대 마녀들의 현자의 돌 운용을 막은 건 전부 그의 덕분이었다.

현자의 돌을 연구하면서 얻은 지식을 토대로, 부는 돌이 가진 유일한 약점을 파악하고 있었다. 정확하게는 개량에 성공한 연우에게는 없고, 실패한 발푸르기스의 밤에게만 있는 약점이었다.

현자의 돌은 완전하기 때문에, 완성되고 나서는 다른 마력의 개입을 불필요로 한다.

부는 이 점을 이용해서 마력 흐름에 교묘한 방해를 놓았다. 덕분에 마녀들의 쥔 돌은 평범해지고 말았다.

여기에 연우의 은밀한 움직임까지 더해지니. 마녀들은 추풍낙엽처럼 쓰러지고 만 것이다.

곧바로 아난타를 구하러 가는 것도 중요하지만. 발푸르기스의 밤이 너무 방어에 성공하는 것도 좋지 못했다.

반가운 헤일이 이렇게 골터오는네 망파세가 있어서야 쓰

나. 방파제와 해일은 서로를 계속 괴롭힐 수 있어야 했다.

「끝났. 습니다.」

연우는 현자의 돌을 전부 흡수한 부를 보면서 차갑게 웃었다. 아무래도 여기에 와서 가장 많은 이득을 취하는 건 부인 것 같았다.

연우가 뚫어 놓은 길을 따라, 레드 드래곤을 비롯한 여러 거대 클랜들이 이동에 박차를 가하던 그 시각.

가장 선두에서 침투를 하고 있던 엘로힘은 어느덧 요새가 보이는 협곡의 끄트머리 지점에 다다르고 있었다.

그러다 갑자기 앞장서서 걷던 아이온이 걸음을 뚝 멈췄다.

"음? 뚫렸나? 마녀 놈들. 제대로 할 줄 아는 게 하나도 없군."

아이온은 후방에서 느껴지는 기운에 인상을 잔뜩 찡그리면서 뒤를 돌아보았다.

두 눈이 황금색으로 빛나고 있었다.

아는 사람이 그렇게 많지 않은 사실이었지만, 원래 아이온은 앞을 보지 못하는 맹인이었다. 아니, 정확하게 말하자면 그의 가문은 대대로 앞을 보지 못하는 기형적인 유전자를 타고났다.

하지만 그런데도 그들의 가문, 생명의 가문이 프로토게노이 족에서도 손꼽히는 명문가가 될 수 있었던 이유.

〈전지적 시점〉. 바로 가문 대대로 내려오는 혈계 능력 덕분이었다.

전지적 시점은 여러모로 올포원이 가진 천리안과 비슷했다.

다만, 원하는 곳을 전부 볼 수 있는 천리안과 달리, 전지적 시점은 자신이 와드(Ward)를 심은 물체의 시점을 빌려 주변을 관찰한다는 점이 달랐다.

아이온은 수하들을 시켜 브로켄 성 곳곳에 와드를 심었고, 덕분에 마녀들이 있는 곳들을 속속 피하면서 빠르게 5개의 방호 결계를 통과하는 것과 동시에, 뒤따라오는 자들의 움직임까지 파악할 수 있었다.

그런 아이온의 와드에 여태껏 마녀들에게 밀리기만 하던 레드 드래곤 등이 빠르게 역전을 하는 것이 보였다.

상당히 거리를 벌려 놨지만, 그래도 언제 따라잡힐지 모르는 일.

아이온은 누군가가 자신들의 뒤를 밟는 것이 아주 불쾌했다. 신의 혈통을 타고난 그들은 언제나 앞장서서 우민들을 인도해야 하는 입장이어야 했지, 누군가에게 따라잡혀서는 절대 안 되었다.

하물며 현자의 돌과 같은 선진 문물은 원래 그들이 가져야 격이 맞았다.

"아이테르."

그래서 아이온은 자신을 따라온 수하들 중 한 사람을 콕 집었다.

아이테르는 순간 움찔 몸을 떨었다. 아이온이 무슨 말을 하려는지 눈치챈 것이다. 그래서 다급한 표정이 되었다.

"아이온, 전……!"

"네가 남아 놈들을 어떻게든 막아라. 왜 그래야 하는지는, 굳이 입 아프게 말할 필요는 없을 텐데."

아이온은 노기가 가득한 눈빛으로 아이테르를 노려봤다.

아이테르는 아랫입술을 질끈 깨물었다. 아이온이 저러는 이유는 간단했다.

브라함에게서 새끼 용인을 탈취하지 못한 실책을 여기서 만회하란 뜻이었다. 그 과정에서 백광을 받을 정도로 클랜에서 촉망받던 헤메라가 죽기까지 했으니. 지금 아이온의 태도는 당연한 것이었다.

"……예. 알겠습니다."

결국 아이테르는 명령에 따라 한발 물러서야만 했다.

자신을 노려보는 건 아이온만이 아니었다. 그와 같이 온

원로원의 의원이며 다른 가문의 가주들까지. 그들의 시선
에는 갖가지 감정이 담겨 있었다.

불쾌함. 멸시. 차별. 경멸. 비웃음. 냉소.

어느 것 하나 긍정적인 시선은 찾아볼 수가 없었다.

'제기랄.'

언제나 저들의 저딴 오만한 눈빛이 문제였다.

아버지 때에 비롯된 죄는 단지 자식이라는 이유만으로
여전히 그를 옭아매고 있었다.

그렇게도 동화되고자 노력했었는데.

자신을 믿어 주던 아르티야의 뒤통수를 치기도 하고, 갖
가지 궂은일을 도맡아 하기도 했다. 정말 개처럼 일했다.
먹이만 주면 꼬리를 살랑살랑 흔들어 대는 충견처럼.

'그런데도 당신들은…… 당신들은! 여전히 날……!'

하지만 그는 언제나 혼자였다. 원로원 의원이라는 허울
좋은 자리만 던져 줬을 뿐. 이외에는 아무것도 없었다.

그래서 아이테르는 마군에게로 손을 뻗었다. 그가 필요
했던 것은 '인정'이었고, 이곳이라면 자신의 능력을 발휘
할 만하다고 여겼다.

'그분의 세상이 오기만 한다면. 그때는. 그때야말로 당
신들이 네 발로 기어서 내 발을 핥아야 할 거야! 개 같은 것
들.'

아이테르는 그렇게 70명가량 되는 수하들과 함께 남아 아이온 등이 올라가는 것을 가만히 바라봐야만 했다. 꽉 쥔 주먹이 부르르 떨렸다.

"가주."

그때, 수하가 부르는 소리에 아이테르는 울분을 삼키면서 반대로 몸을 돌렸다. 어느새 그의 두 눈은 싸늘하게 식어 있었다.

"아이온의 와드는? 여기는 없겠지?"

"예. 확인했습니다."

"개놈들. 우리가 당연히 여기서 죽을 줄로만 아는 것이로군."

감시에 필요한 와드조차 설치하지 하지 않았다는 건, 그들을 버리는 패로 쓴다는 뜻이었다. 레드 드래곤 등의 발목을 묶는 것만으로도 쓰임새가 다한다고 여기는 것이겠지.

하지만 아이테르는 아이온의 생각대로 호락호락 당할 생각이 전혀 없었다.

"전원, 마안(魔眼)을 개방하라."

명령과 함께 순간 아이테르와 일행들을 따라 강렬한 마기가 휘몰아치기 시작했다.

그리고 저마다 미간 부근에 혈선이 그어지더니 좌우로

갈라지면서 문장이 나타났다.

삼각 도형 속에 세 개의 원이 눈처럼 나 있는 문장.

마안. 천마의 종복들에게만 허락되는 낙인이었다.

화아악!

특히 최근에 죽은 아홉 번째 주교, 예비치의 후임으로 거론되고 있는 아이테르가 내뿜는 마기는 질적으로 달랐다.

등 뒤로 검은 안개가 후광(後光)처럼 번들거리고 있었다. 마령. 천마의 힘을 빌려 쓸 때에 나타난다는 현상이었다.

『무슨 일이지, 아이테르?』

그때, 아이테르의 변화를 읽고, 킨드레드에게서 텔레파시가 도착했다. 킨드레드는 다른 마군들과 합류해 아이테르가 가르쳐 준 길로 엘로힘의 뒤를 따르고 있던 중이었다.

"그것이……."

아이테르는 자신이 처한 상황에 대해서 설명했다. 아이온의 견제와 레드 드래곤 등을 막아야 하는 임무에 대해서. 그리고 마지막에 자신의 용건을 덧붙였다.

"……해서 도움을 주실 수 있다면……."

『멍청한 놈.』

"……."

싸늘한 목소리. 아이테르는 입을 꾹 다물어야 했다. 주먹이 부르르 떨렸다.

이 말투. 감정. 조소. 그에게는 전부 너무 익숙했다.

『고작 이깟 일도 제대로 처리하지 못해서. 쯧!』

킨드레드는 혀를 차면서 말을 이었다.

『아니. 차라리 잘되었는지도 모르겠군. 너, 아홉 번째의 자리를 원한다고 했었으렷다?』

"……예. 감히 그렇습니다."

『그렇다면 그 시험, 지금 바로 여기서 치르겠다.』

아이테르의 두 눈에 힘이 잔뜩 들어갔다.

『지금 네가 있는 지점은 요새로 향하기 위해서 반드시 거쳐 갈 수밖에 없는 곳이다. 아이온의 말마따나 어떻게든 그곳을 지켜라.』

자격시험이라는 말과 다르게. 킨드레드의 목소리에는 냉소가 가득했지만.

아이테르는 아무래도 좋다는 듯이 주먹을 꽉 쥐었다. 이건 기회였다. 그에게 마지막으로 남은 기회.

그러면서 한편으로는 스스로에게 조소를 흘리기도 했다.

아르티야, 엘로힘, 마군에 이르기까지. 자신이 있을 곳을 찾아 여러 곳을 전전했지만, 결국 어디에도 자신의 자리는 없었던 것이다. 예나 지금이나 홀로 발버둥 치는 건 똑같았다.

'저주라면 이것도 저주인가? 정우. 너의 망령은 여전히 나를 옭아매는구나.'

아이테르는 킨드레드와 다른 주교들의 기적이 멀어지는 것을 느끼면서, 수하들과 함께 땅을 박찼다.

마기를 줄줄 흘리면서 일제히 달리는 모습은 마치 허기에 굶주린 늑대 무리를 연상케 했다.

때마침 맞은편에서 익숙한 녀석들이 나타나고 있었다.

레드 드래곤.

"엘로힘? 마군? 저놈들은 또 뭐지?"

탐은 가뜩이나 엘로힘보다 늦은 판국에 정체도 알 수 없는 이상한 방해꾼이 나타나자 인상을 와락 일그러뜨렸다.

하지만 그러거나 말거나.

아이테르는 지면을 박차고 높이 떠올라 포물선을 그리면서, 탐을 덮쳤다. 오른손에는 마군에게서 얻은 천마의 힘을, 왼손에는 동생 헤메라에게서 강탈한 백광의 권능을 빌려서!

번— 쩍!

⟨마령⟩
⟨백광— 천 개의 빛(百光)⟩

새하얀 빛이 레드 드래곤을 덮쳤다.

"비켜라, 잡종!"

탐은 아이테르를 밀어 버릴 생각으로 용의 권능, 원소 접촉을 이용해서 아이테르를 둘러싼 공간을 마구잡이로 비틀었다.

그때.

우르르, 콰콰쾅!

수십 개에 달하는 벼락이 일제히 하늘에서부터 쏟아졌다.

*　　*　　*

'겨우 따돌렸나.'

궁무신 장웨이는 왼쪽 팔뚝을 타고 흐르는 피를 억지로 지혈시키고, 간단한 소독을 마친 후 갖고 있던 붕대로 꽁꽁 묶었다.

하지만 그는 이미 전신이 온통 타박상으로 가득해 붕대로 칭칭 감겨 있는 상태여서 별 티도 나지 않았다.

지난 몇 달 동안 계속된 외뿔부족의 추격은 장웨이의 정신을 피폐해지게 만들었다.

녀석들은 마치 자신에게 눈이라도 붙여 둔 것처럼 은신

처를 계속 찾아냈고, 몇 번은 죽을 위기를 느낄 만큼 궁지로 몰아넣기도 했다.

그때마다 장웨이는 기책을 발휘해 위기를 벗어나긴 했지만. 그래도 나날이 늘어나는 상처까지 전부 막을 수는 없었다.

특히 무왕이 직접 모습을 드러낼 때면 간담이 서늘해질 정도였으니.

장웨이는 그동안 자신이 가진 무력에 대해 자신감을 가지고 있었다. 무신 이예의 사도로 선발되었고, 그러고 나서도 단련을 게을리한 적이 없었다.

하지만 그런 자신마저도 빛이 바래게 만드는 무왕은. 그야말로 거대한 벽을 만난 듯한 느낌을 주었다.

아무리 두들긴다 한들 무너지지도, 깨어지지도 않을 벽.

'아홉 왕 중에서도 손꼽히는 괴물이라더니.'

저 오만한 여름여왕마저도 무왕과 직접 대립하는 것만큼은 피한다고 했으니. 왜 그런지 알 것 같았다.

그리고 제대로 쉬지도 못한 채, 그런 자에게 쫓기는 기분은.

'재미있어.'

너무나 즐거웠다.

언제 죽어도 이상하지 않았을, 지구에 있던 때로 되돌아간 기분이랄까? 당시 그는 위험한 생활을 전전했고, 탑에 들어오고 나서도 초창기엔 그런 생활을 계속했다.

그러다 하이 랭커가 되면서 '죽는다'는 것과 거리가 멀어졌었는데.

이렇게 몇 달을 구르고 나니 잊었던 감각이 다시 돌아오는 기분이었다. 손끝이 찌릿하고, 심장이 크게 두근거렸다.

'누이. 아무래도 누이를 보러 가려면 아직 먼 것 같아. 그렇지 않아?'

장웨이는 뭐가 그렇게 재미있는지 키득거리기 바빴다.

하지만 그렇다고 해서 이런 위험한 생활을 계속할 수는 없는 일. 아주 잠깐이라도 숨을 돌릴 곳이 필요했다. 그래야 외뿔부족과 전쟁을 치르더라도 제대로 치를 수 있었다. 장웨이는 딱 한 번이라도 좋으니 무왕의 머리통에다 화살을 박아 넣고 싶었다.

'숨을 돌릴 곳. 숨을 돌릴 곳. 그런 곳이 어디 있을까?'

어딜 가더라도 따라붙는 저들의 눈이 있는 한 자취를 감추기란 요원하다. 그렇다면 차라리 많은 이들 사이에 숨는 게 나을지 모른다.

그렇게 잠깐 고민을 하던 중, 갑자기 찢어진 종이가 날아왔다. 장웨이는 그것을 낚아채 심심풀이로 내용물을 읽다가 묘한 눈빛을 떴다.

'용병을 모집한다고?'

　[용병 모집 공고]
　하늬바람 조합에서 용병분들을 모십니다. 의뢰 내용은 발푸르기스의 밤의 토벌.
　현상 수배 퀘스트와 공동 진행이 가능합니다.
　의뢰비는 별도 협상.

그러고 보니 도망치던 중에 얼핏 들어 본 적이 있었다. 레드 드래곤이 켈라트 경매장을 들이쳐서 관리국이 단단히 열이 뻗쳤다던 내용이었지, 아마?

당시에는 무왕을 상대하느라 정신이 없어서 귓등으로 흘려들었었는데.

'발푸르기스의 밤이라.'

장웨이는 흥미가 돋았다. 하늬바람 조합이라면 신비 상인들의 조합 중에서도 큰 규모를 자랑하는 곳이니. 몸을 숨기기에도 제격이었다. 때마침 수중에 돈도 바닥을 치고 있었고.

'다른 거대 클랜들도 개입했다고 들었으니. 필요에 따라서는 진흙탕 속으로 외뿔부족을 담가 버릴 수도 있을 테고.'

사냥하기 힘든 사냥감을 노릴 때에는 어지러운 환경으로 끌어들여 잡는 게 최고였다.

장웨이는 혀로 입을 축였다. 사냥감. 그 단어가 너무 마음에 들었다. 무왕을 잡고 싶다는 바람이 생겼다.

'독식자. 그놈도 여기에 있으면 좋겠는데 말이야.'

＊　　　＊　　　＊

"이번 모집 공고에 참여한 용병의 명단입니다."

아트란은 수하가 가져온 명단을 보면서 눈을 흉흉하게 빛냈다.

"좆같은 새끼들."

레드 드래곤에 의해 경매가 엉망이 되어 버린 이후. 아트란이 여태껏 쌓은 명성도 부서진 경매장처럼 와르르 무너지고 말았다.

조합은 그를 외면했고, VVIP들은 등을 돌렸다. 딱히 잘못한 것은 없다지만, 어떤 이유에서든지 경매를 망친 신비 상인은 이 바닥에서 더 이상 살아남지 못하는 게 불문율이었다. 그는 모든 것을 잃은 것이나 마찬가지였다.

하지만 아트란에게는 딱 한 가지가 남아 있었다.

돈.

VVIP초대장을 발부하면서 끌어모은 재산이 있었다. 아트란은 오로지 복수를 하겠다는 일념 하나로 모든 재산을 털어 용병들을 닥치는 대로 끌어모았다.

블랙 스컬과 트와이스를 포함한 S급 용병들은 물론, 빙왕 같은 솔로 플레이어들, 그리고 철사자단을 위시한 거대 용병단도 막대한 웃돈을 주고 끌어모았다.

그렇게 모인 용병 숫자가 대략 500여 명. 하나같이 랭커에 이름을 올리고 있는 자들이었다.

그뿐만이 아니었다.

암흑가 쪽으로도 손을 뻗어 암살 집단 3곳과 계약을 맺었다. 블레이드 어쌔신, 달그림자, 검은 손길. 모두 이 바닥에서 유명한 곳들이었다.

다만, 모집할 때 대놓고 레드 드래곤을 노리겠다는 말은 하지 않았다.

레드 드래곤이 무서워서가 아니었다. 그렇게 대놓고 복수를 하는 건 아트란의 입맛에 맞지 않기 때문이었다.

'놈들이 하려는 일에 훼방을 놓는 것. 그것만이 답이다.'

오히려 레드 드래곤을 애타게 만들어 눈앞에서 목표를 가로채는 것이야말로 가장 짜릿한 복수일 테지.

그리고 이것은 아트란에게 새로운 기회이기도 했다.

탁본의 진본을 손에 넣을 수 있으면 막대한 이문을 남길 수 있을 테니까. 물론, 도박에 가까운 짓이었지만.

이런 무모한 올인은 젊은 시절 그에게 늘 있던 일이었다.

"레드 드래곤. 너희들은 내가 어떻게든 찢어 먹을 테다."

아트란이 쥐고 있던 종이가 와락 구겨졌다.

그리고 그날 밤.

발푸르기스의 밤이 있는 브로켄 성으로 연결되는 또 다른 거대 포탈이 열렸다.

용병 집단은 포탈을 통과하자마자 곧바로 협곡으로 들어섰다.

그 속에는 아트란도 섞여 있었다.

몸을 사리는 성격인 그는 원래라면 절대 참석하지 않았을 테지만.

지금은 반쯤 눈이 돌아간 상태라, 머릿속은 어떻게든 좌절에 빠진 레드 드래곤을 보고 말겠다는 일념으로 가득했다.

하지만 아트란은 귀계 결진을 지나 요계 상진에 들어설 때 즈음, 뭔가 잘못됐다는 생각이 들기 시작했다.

'뭐야, 이거?'

곳곳에 낭자한 격전의 흔적들. 특히 죽은 시체들 중에는 제법 이름이 알려진 랭커도 있을 정도였다. 기괴하게 생긴 키메라들도 가득했다.

때문에 아트란 등은 꽤 모진 고생을 해야만 했다.

"막아!"

"기습이다! 공중! 요격해!"

용병들은 일사불란하게 움직이면서 키메라들을 겨우겨우 밀어내고, 암살 집단은 어둠에서 튀어나와 녀석들의 숨통을 끊었다.

하지만 각자 소속 집단이 달라 지휘 체계가 통일되지 못해 피해는 계속 눈덩이처럼 불어났다.

거기다 간간이 마녀들까지 나타나 진행에 훼방을 놓았으니.

"마녀다! 또 마법을 부린다! 디스펠! 디스펠 펼쳐!"

"개새끼야! 그쪽이 뚫렸잖…… 으아악!"

결국 3번째 지역인 화계 화진에 들어설 무렵에는 500명에 달하던 인력이 100명 안팎으로 확 줄어 있을 정도였다.

그래도 특별히 눈에 띄는 자들이 있었다.

블랙 스컬, 트와이스, 빙왕을 비롯한 S급 용병들은 제 몸값을 톡톡히 해 줬다. 하지만 정작 사람들의 시선은 다른 곳으로 몰렸다.

퍼퍼펑!

"마녀가 맞았다! 개 같은 년이 뒈졌다고!"

"어, 어떻게 맞힌 거지? 분명히 배리어가 쳐져 있었을 텐데?"

다른 얼굴로 변장해 정체를 숨긴 장웨이가 활시위를 당길 때마다 마녀들의 머리통은 수박처럼 터져 나갔고.

촤촤촥!

"다, 단칼에 다 썰어 버렸다고?"

"괴, 괴물……!"

검은 로브를 깊게 눌러써서 정체를 알 수 없는 자가 간단하게 손날을 휘두르는 것만으로도, 궤적의 선상에 있던 몬스터들은 그대로 썰려 나갔다.

이 둘이 있는 덕분에 피해는 더 이상 커지지 않았고, 마지막 영역인 앙계 재진에 다다를 수 있었다.

이미 용병들 사이에서는 두 사람을 경외시하는 분위기가 만들어졌다.

S급 용병들은 대개 질시했지만, 다른 하급 용병들은 그렇지 않았다.

대부분 두 사람 덕분에 목숨을 부지한 입장인 데다가, 워낙에 실력 차가 명확해서 질투할 엄두도 나지 않았던 것이다.

다만, 문제는.

'대체 누구지, 저 사람들?'

그들의 정체를 알 수가 없다는 점이었다.

저만한 실력자들이라면 하이 랭커에서도 손꼽히는 이들일 텐데. 도저히 그들의 정체를 유추할 수가 없었다.

그리고 그건 아트란도 마찬가지였다.

'장과 턴? 이딴 이름을 내세운 걸 보면 가명이 확실할 텐데.'

둘 모두 처음 고용할 때는 별다른 실력을 보여 주지 않아서 D랭크로 처리가 되어 있었다. 그래서 여태 모르고 있던 것이다.

아트란은 두 사람과 친분을 쌓고자, 몇 번씩 말을 걸어 보기도 했다. 하지만 그럴 때마다 두 사람은 짧은 대답만 할 뿐, 길게 대화를 이어 나가지 않았다.

그래도 자신들이 할 일은 묵묵히 다 하고 있으니.

아트란도 더 이상 두 사람을 붙잡아 두고 이야기를 나눌 화젯거리가 없었다.

"저 앞에서 레드 드래곤과 엘로힘이 전투를 치르고 있는 것 같습니다."

그러다 척후를 나섰던 달그림자가 새로운 정보를 가져오면서, 분위기는 확 달라졌다.

"레드 드래곤과 엘로힘?"

달그림자의 수장, 크레센트가 무겁게 고개를 끄덕였다.

"예. 보아하니 초도 탐과 광요 가문의 아이테르인 것 같았습니다."

"으음."

아트란은 잠시 생각에 잠겼다. 레드 드래곤의 뒤통수를 노리는 게 목적이긴 했지만, 괜히 위험을 감수할 필요는 없었다.

"요새로 향하는 다른 길은 없습니까?"

"우회로를 개척할 수 있으면 두 집단을 피할 수는 있을 것 같습니다만……."

크레센트는 말끝을 살짝 흐렸다.

우회를 하면 그만큼 더 위험하단 뜻이겠지. 아트란은 슬쩍 '장'과 '턴'이 있는 곳을 봤다. 두 사람은 수레에 따로 떨어져 앉아 아무 이야기도 나누지 않고 있었다.

결국 아트란은 결정을 내리고 크레센트를 돌아보며 물었다.

"그럼 우회에 성공한다면 곧장 요새에 도착할 수 있습니까? 공략이 바로 가능하냐는 말입니다."

"예. 가능합니다."

"그럼 그럽시다. 탁본의 진본은 우리가 가져야지요."

아트란의 두 눈이 흉흉하게 빛났다.

*　　　*　　　*

"듄, 이제 대책을 마련해야 합니다."

"듄!"

"듄! 제발!"

브로켄 요새는 소란스러웠다.

마녀들의 얼굴에는 다급한 기색이 역력했다.

불과 몇 시간 전까진 거대 클랜들의 대대적인 공습에도 불구하고 얼마든지 녀석들을 막아 낼 수 있을 거란 자신감이 팽배했다.

파우스트의 비석에서 얻은 갖가지 지식과 현자의 돌만 있다면. 8대 클랜에 밀리지 않을 전력을 가질 수 있다고, 아니, 능가하는 전력을 가질 것이라고 자부했기 때문이었다.

그리고 실제로 방어는 순조롭게 이뤄지고 있었다.

갑자기 정체 모를 폭발이 일어나기 전까지는.

"듄!"

요새에 남아 있던 마녀들은 절망에 빠진 얼굴로 비에라 듄을 분잡았다. 빨리 대책을 마련해야 한다고.

하지만 비에라 듄은 눈을 지그시 감고만 있을 뿐. 여태 아무 말도 하지 않고 있었다. 환자처럼 창백한 얼굴이 더 하얗게 보일 뿐이었다.

그럴수록 마녀들의 속은 더 깊게 타들어 갔다.

지금 전력이란 전력은 전부 요새 밖으로 나가 적들을 막고, 계속된 폭발로 죽어 나가는 중이었다.

이곳에 남은 인력은 하나같이 싸움과는 거리가 먼 학자들밖에 없었다.

이대로 남아 있는 요새마저 뚫린다면 그들은 정말 끝장이었다.

"시의 바다, 동문에 다다랐습니다!"

"하늬바람 조합의 용병들이 우회로를 이용해서 빠르게 다가오는 중입니다. 15분 후에 서문에 도착할 예정입니다……."

"트라팔가 클랜이 남문에……!"

"랭커 션이 출몰……!"

"엘로힘이 북문을 뚫기 일보 직전입니다! 배리어의 내구도가 다했습니다! 듄! 제발 이제는 선택을……!"

수정구로 바깥 상황을 지켜보는 어린 마녀들의 보고가 계속될수록.

마녀들의 속이 타들어 갔다. 그래도 여전히 비에라 듄은 요지부동이었다. 푹 뒤집어쓴 고깔모자 사이로 길게 내려온 녹색 머리카락만 잘게 떨릴 뿐이었다.

그러던 중, 안 그래도 출렁이는 호수에 집채만 한 바위를 떨어뜨리는 소식이 들려왔다.

"귀, 귀, 귀계 결진에 외, 외뿔부족 추, 출현!"

"뭐? 그들은 왜!"

"요계 상진이 무너졌……! 화, 화계 화진, 명계 수진 전부 부서졌습니다! 앙계 재진으로 도, 돌입!"

"그게 무슨 소리야? 아무리 망가졌어도 어떻게 결계가 그렇게 빨리 파괴될 수 있……?"

"무왕입니다! 무왕이 나타났어요!"

"……!"

"……!"

결국 아홉 왕까지 등장했다는 소식. 그것도 괴물 중 괴물이라 불리는 무왕이 나타났다는 소식은 그들의 정신을 아득하게 만들었다.

'망했다.'

그 말밖에 떠오르지 않았다.

무왕과 외뿔부족이 왜 나타났는지는 알 수 없다. 바깥일에는 전혀 무관심하다는 그들의 관심을 언제 끌었는지도 모른다.

하지만 한 가지 확실한 건 이대로는 클랜이 더 이상 존속할 수 없다는 점이었다. 이건 재앙이었다. 그들 앞에 떡하니 놓인.

그렇게 마녀들의 얼굴에는 패배감이 어렸다. 망연자실한 공기가 무겁게 깔렸다.

그때.

여태껏 눈을 감고 있던 비에라 듄이 눈을 떴다.

검은 동공 없이 흰자위로만 가득한 눈. 모든 마녀들의 수장이자, 위대한 어머니의 분신이 천천히 입을 열었다.

"어머니께서 말씀을 내려 주셨어요."

그녀가 내뱉은 말은 지친 기색이 역력했던 마녀들의 얼굴에 활력을 불어넣었다.

위대한 어머니. 마녀들을 잉태했지만, 최근에는 계시를 내려 주지 않아 어디 가셨는지 걱정스러웠던 분이 되돌아오신 것이다. 위험한 딸들을 구하기 위해서.

"어, 어머니께서 무, 무슨 말씀을 하셨나요, 듄?"

누군가가 물었지만.

비에라 듄은 아무 대답 없이 자리에서 일어나며 말했다.

"저들이 오기 전에 빨리 지하 실험실에 가야겠어요. 거기에 해결책이 있을 겁니다. 그러니. 다들 조금만 더 버텨 주세요."

비에라 듄의 목소리가 나지막하게 울렸다.

"곧 못난 딸들을 어루만져 주시고자, 어머니께서 이 땅에 나타나실 거예요."

✻   ✻   ✻

콰아앙!

이대로 산이 무너지는 게 아닐까 싶을 정도로 엄청난 폭발과 함께. 아홉 겹이나 쳐져 있던 배리어가 유리처럼 터져 나가고, 요새의 북문도 한꺼번에 날아가 버렸다.

엘로힘이 드디어 가장 처음으로 요새를 뚫는 데 성공한 것이다.

먼지가 희뿌옇게 날리는 가운데.

아이온이 나지막한 목소리로 말했다.

"돌입한다. 마녀들은 마주치는 대로 전부 사살하도록. 어차피 악마에게 몸을 파는 더러운 탕녀밖에는 안 되는 것들. 세상에서 사라져야 할 족속들이다. 단, 저들의 실험실과 서고는 놔둬라. 금지된 지식을 분류한 뒤, 전부 압수할 것이니."

엘로힘의 플레이어들은 하나같이 차갑게 눈을 번뜩이면서 앞으로 튀어 나가기 시작했다. 감히 탕부들 따위가 여태 그들의 발목을 붙잡았던 것이니, 닥치는 대로 도륙을 낼 생각이었다. 모든 이들은 빛살처럼 신속하게 움직였다.

그리고.

멀리서 그들을 지켜보는 눈이 있었다.

'굳이 고생할 필요가 없군.'

연우는 인근에 있는 나무에 기척을 숨긴 채 피식 웃음을 흘렸다.

마녀들을 닥치는 대로 사냥하면서 이동하던 길에 만나게 된 녀석들은 착실한 길라잡이 역할뿐만 아니라, 성문까지 뚫어 주며 그의 수고를 덜어 주었다.

참 고마운 녀석들이었다. 처음부터 그렇게 선행을 쌓았으면 참 좋았을 텐데.

연우는 그런 시시껄렁한 생각을 하면서 인트레니안에서 비그리드를 뽑았다.

장난은 여기까지. 녀석들에게 고마운 건 사실이었지만, 그렇다고 해서 비에라 듄의 머리통까지 양보할 생각은 없었다.

'일단 발목 정도는 붙잡아 둘까.'

연우는 권능을 잇달아 전개했다.

[용체 각성(3차)]

[여신의 성흔]

[흉신악살]

용의 피가 빠르게 돌면서 비늘이 피부 위로 잔뜩 올라왔다. 연우는 갖가지 버프로 더해진 마력을 비그리드로 쏟아부었다. 동시에 튀어나오는 마성을 제지하지 않고 풀었다.

[불의 파도]

[72선술— 열, 파, 참]

수직으로 내리긋는 비그리드를 따라, 검은 불길이 마침 앞으로 튀어 나가려던 엘로힘의 머리 위로 떨어졌다.

우르르, 콰콰쾅!

콰콰콰—

효과는 대단했다.

엘로힘이 어떻게 손을 쓸 새도 없이, 검은 불길은 선두에 있던 엘로힘을 죄다 쓸어버리고, 나아가 아이온이 있던 곳까지 충격파를 뻗어 냈다.

여기에 부가 나타나 추가로 보조 마법을 잔뜩 걸어 주니.

폭발은 한 번에 그치지 않고 연쇄적으로 일어나면서 엘로힘을 몇 번이고 쓸어 내다가, 끝내 북쪽 성벽을 통째로 무너뜨려 그들의 머리 위로 와르르 쏟아지게까지 만들었다.

삽시간에 녀석들이 있던 자리는 아비규환이 되고 말았다.

"아아악!"

"대체 언제……!"

"살려 줘!"

천둥 벼락이 터지는 것처럼 계속된 열풍이며 후폭풍, 그리고 굉음이 이어지면서 그들은 도저히 정신을 차릴 겨를이 없었다.

피해가 얼마나 큰지. 자신이 얼마나 다쳤는지. 동료는 어디에 있는지. 또 어디서 다른 공격이 이어질지. 아무것도 알 수가 없었다. 제 몸을 가누기가 급급해 섣불리 움직일 수조차 없었다.

연우와 부의 콤비는 생각했던 것 이상으로 위력이 대단했던 것이다.

그 사이.

연우는 불의 날개를 한껏 키우면서 녀석들의 머리 위를 통과, 요새 안쪽으로 진입했다.

「지도. 를. 보여. 드리겠습니. 다.」

부는 여러 마녀들의 영혼을 쥐어짜 얻은 정보를 바탕으로 만든 요새의 지도를 도식화해, 연우의 시야 한쪽에다 띄웠다.

요새 내 건물 위치와 구조가 3D로 나타나고, 심지어 연우가 있는 위치는 푸른 점으로 표시되어 있어 알아보기가 아주 쉬웠다.

'꼭 내비게이션 같군.'

연우는 그런 생각을 하면서 녹색으로 표시된 목적지, 아난타가 있는 지하 감옥의 지상 부분으로 빠르게 움직였다.

그의 움직임은 절대 마녀들에게 들키지 않았다.

근처에 있는 자들은 초감각으로 포착해 오러를 날려 사살하고, 소리나 기척은 조금도 내지 않았다.

몇 번이나 건물 모퉁이를 돌아 녹색의 지상부에 도착했을 때.

연우는 발 쪽으로 마력을 잔뜩 끌어모으면서 부에게 말했다.

'부. 내가 감옥으로 향하는 대로, 너는 지하에 있는 것들을 모두 정리해.'

「알겠. 습니다.」

지하에는 감옥만 있는 게 아니었다. 지하는 지상의 요새보다 더 깊고 복잡한 구조로 되어 있었고, 구획에 따라 갖가지 실험실이며 마법 서고, 심지어 재화나 보물이 보관된 창고도 있었다.

발푸르기스의 밤과 여러 마녀들이 수천 년 동안 모은 보물 창고인 것이다.

그리고 지하 7층의 던전에는 에메랄드 타블렛의 진본이 비밀리에 보관되어 있었다.

이미 현자의 돌을 완성한 연우에겐 크게 필요하지 않은 것이지만. 굳이 다른 곳에 줄 필요는 없다. 연우는 엘로힘이나 레드 드래곤 등이 도착하기 전에 저들이 원하는 것을 싹 다 쓸어 갈 생각이었다.

이미 브로켄 요새의 모든 비밀을 알고 있는 부라면 충분히 가능할 테지.

곳곳에 가디언들이 배치되어 있는 것 같긴 했지만. 역시나 걱정은 하지 않았다. 여기에 오는 동안 현자의 돌을 몇 개씩이나 먹었다 보니, 부는 이미 강해질 대로 강해진 상태였다.

두 눈두덩이 사이에는 인페르노 사이트까지 켜졌으니. 마지막 한계만 벗어날 수 있다면 곧 엘더 리치로 승급까지 이룰 수 있을 터였다.

'생전의 기억도 어느 정도 돌아왔을 텐데. 일이 끝나면 따로 물어봐야겠어.'

그런 생각을 하면서.

콰아앙!

연우는 발을 있는 힘껏 내리찍었다. 그러자 지면이 그대로 터져 나가면서 단번에 6층까지 일직선으로 이어지는 구멍이 뚫렸다.

부가 그림자에서 떠나는 것을 느끼면서 연우는 그대로 지하 6층으로 떨어졌다.

그곳은 연우에게 데자뷰를 일으키게 하는 장소였다.

벽을 따라 수백 개의 유리관이 일렬로 놓여 있었다. 유리관 속에는 사람들이 보라색 액체에 잠겨 잠에 빠져 있었다. 현자의 돌의 색을 닮은 액체.

튜토리얼에서 아랑단이 현자의 돌을 만들기 위해 비밀리에 운영하던 실험실과 똑같은 풍경이었다.

그리고 각 유리관은 기다란 파이프로 복잡하게 연결되어 중심부로 향했으니.

그 속에.

아난타가 곤히 잠에 빠져 있었다.

마치 언젠가 찾아올 왕자를 기다리는 숲 속의 공주처럼.

"이건 뭐야? 생긴 건 꼭 누렇게 뜬 옥수수처럼 말라 비틀어져선."

……아난타는 처음 만났을 때부터 내게 강한 인상을 주었다. 누렇게 뜬 옥수수라니. 같이 자리에 있던 동료들은 빵 터졌고, 비에라 듄은 고개를 돌릴 정도였다.

그때 처음으로 난 진지하게 거울을 보고 싶은 충동에 잠겼다. 그래도 여태 살아오면서 못생긴 얼굴은 아니라고 생각했는데. 내가 정말 그렇게 생겼나?

하여간 그런 독설을 서슴없이 내뱉을 정도로 아난타는 독기에 가득 차 있었다.

그녀에겐 타인의 접근을 꺼리게 만드는 날카로운 분위기가 있었다. 그래서 팀원들도 그 자리에선 가볍게 웃었지만, 그녀와 굳이 가까이할 필요가 있냐면서 내게 몇 번이고 물었다.

그런데.

왜 유독.

내 눈에는 꼭 이만 잔뜩 드러냈을 뿐, 꼬리는 살랑살랑 흔드는 강아지처럼 보였던 건지.

나는 문득 그녀의 속내를 들어 보고 싶다는 생각이 들었다. 같은 용인이라서 그런 건지. 아니면 다른 이유가 있어서 그랬던 건지.

가까워져 보고 싶었다.

단순히 브라함이 내건 조건이 아니더라도.

동생이 처음 아난타와 만났을 때 받았던 느낌은 '표독스럽다' 였다.

그리고.

'외로워 보인다' 도 있었다.

아마 차갑지만 그 속에 숨겨진 쓸쓸함이 동생의 마음을 잡아당긴 것 같았다.

'원래 오지랖이 넓은 녀석이었으니까.'

언제나 방구석에 처박혀 있는 것을 좋아하던 주제에, 눈치는 빨라서 여기저기에 참견하지 않는 곳이 없던 녀석이었으니까. 탑에 와서도 성격은 바뀌지 않았던 것이다.

아난타는 처음에 뒤를 쫄래쫄래 따라다니는 동생이 너무 귀찮기만 했다.

그래서 독설을 퍼부으며 으르렁거려 보기도 하고, 나중에는 칼을 들고 공격하기까지 했다.

그런데도 거머리처럼 끈질기게 따라붙어서 '친구가 되자' 고 말하는 동생의 끈질긴 구애 아닌 구애에, 끝내 한숨을 내쉬면서 물었다.

—너, 나 좋아해?

　—아니. 나 애인 있는데.

　—뭐야, 그럼? 왜 자꾸 귀찮게 구는 건데? 노인
네 만나라고 하기만 해 봐. 그 헛바닥부터 잘라 줄
테니까.

　—브라함 만나라는 소리만 안 하면 칼 안 휘두를
거지?

　—보고.

　—으흐흐. 사실 같이 놀아 주려고.

　—뭐?

　—입은 걸걸하면서, 눈은 꼭 눈 만난 강아지처럼
초롱초롱하잖아. 그래서 놀아 주려고. 고맙지 않냐?
나 같은 친구가 세상 어디있……!

　—이 새끼가, 진짜!

　—우와악! 칼 안 휘두른다며!

　저런 장난 같은 대화들에서, 그녀가 어떤 느낌을 받았는
지는 모른다.

　하지만 확실한 건, 그 대화를 기점으로 아난타가 동생에
게 마음을 열기 시작했다는 점이었다.

　물론, 마음을 연 대상은 동생에게만 한정되었을 뿐. 아르

티야에 마음을 연 건 아니었다. 아르티야도 계속 욕설만 퍼붓는 아난타에게 질린 상태였기에 언제부턴가 그녀 주변에 나타나지 않았다.

그렇게 시작된 인연은 아난타와 브라함의 화해로 이어지고, 동생에 대한 연모로, 그리고 세샤의 구출로 이어지게 되었다.

그리고.

지금 바로 눈앞에 그런 아난타가 있었다.

'왜 이렇게 있는 거냐. 아난타.'

일기장 속에서나, 브라함의 기억 파편으로만 봤던 모습이 눈앞에 있었다.

동생을 열렬히 사랑했지만, 끝내 그 보답을 받지 못했고.

대신에 세샤를 딸처럼 키웠지만, 끝내 딸을 제대로 어루만져 주지도 못했던 비운의 여인.

그렇게 세상 구석까지 내몰리다 결국 마녀들에게 붙잡히고 말았다.

부는 여러 마녀들의 영혼을 심문했고, 그 과정에서 얻은 아난타와 관련된 사념 정보를 연우에게 고스란히 넘겼다.

덕분에 연우는 아난타가 겪은 일들에 대해서 대략적으로 알 수 있었다.

—실험체는? BX—71은 어디 있지?

　—실험체? 그딴 걸 왜 나한테 찾아?

　—모른 척한다고 달라질 것 같나? 네년이 데려간 용인 말이다! 우리들의 어머니를 잉태시켜야 할 그릇!

　—하하! 하하하!

　—왜 웃는 거지?

　—너희들, 정말 미쳤구나.

　—뭐?

　—비에라 년에게 똑똑히 전해. 자기 딸에게 실험체니 그릇이니 지껄이는 그 주둥이. 언젠가는 내가 찢어 버리겠다고.

실험체 BX—71.

발푸르기스의 밤이 세샤를 부르는 호칭.

　그녀들은 자신들을 잉태했다던 '위대한 어머니'를 이 땅에 강림시키고자 아주 오랫동안 수많은 연구를 진행했고, 그 과정에서 파우스트의 지식을 손에 넣었다.

　그리고 갖가지 인체 실험을 자행하다가, 끝내 용인인 세샤를 이용하기까지 이르렀다.

　아난타뿐만 아니라, 이 방에 있는 수많은 유리관 속에 갇힌 사람들이 전부 그런 실험체들이었다.

면면도 가지각색이었다.

평범한 성인 남자부터 새끼 고블린, 정령, 노인 등등. 공통점이 있다면, 보라색 수액에 잠긴 채 아무 미동도 없이 가만히 누워만 있다는 것이었다. 마치 인형처럼.

이들에게는 이름이 없었다. 그저 실험 번호만 있을 뿐. 실험이 잘못되어서 죽으면 폐기 처분할 물건밖에 되지 않았다.

세샤 역시 마찬가지. 세샤도 아난타를 만나고 난 뒤에야 '세샤'라는 이름을 얻을 수 있었다.

　　—기대해도 좋아. 사실 내가 이렇게 호락호락 당할 정도로 선인은 아니거든? 너희들 전부 팔다리를 찢어서 죽여 줄 테니까.

아난타는 계속된 고문에 피폐해질 대로 피폐해진 상태로도 끝까지 저항했다.

아니, 오히려 피투성이가 된 몰골로도 예리한 눈빛을 보이면서 마녀들을 노려보기까지 했으니.

때문에 꽤 많은 마녀들은 아난타에게서 섬뜩한 느낌을 받아야만 했다. 분명 움직일 수 없게 단단히 구속되어 있는데도 불구하고.

그리고 결국 아난타에게서 아무런 정보도 밝힐 수 없을 것 같다는 판단하에, 발푸르기스의 밤은 아난타에게 PA—12라는 뜻을 알 수 없는 개체 번호를 부여하고 실험실로 보냈다.

아난타 역시 용인. 비록 세샤와 다르게 자아가 완전히 갖춰져 그릇으로 쓰긴 힘들었지만, 갖가지 실험을 하기엔 좋았다.

'그리고 실제로 엘로힘에게 비싼 값에 거래하려 하기도 했었지.'

이 역시 마녀들의 영혼을 쥐어짜면서 알게 된 사실이었다. 발푸르기스의 밤은 최근에 엘로힘이 숙원 사업에 착수했다는 말을 듣고 접촉을 하고 있던 중이었다.

'고대종 복원 작업? 쓸데없는 짓을 잘도 하는군.'

엘로힘들의 혈통에 대한 집착은 정말이지 신물이 날 정도였다. 사실 이해가 안 가는 건 아니었다. 후손을 볼수록 신혈(神血)은 점차 옅어지고, 권능도 사라져 가니까. 그래서 몇몇 세력가들은 암암리에 근친상간을 일삼을 정도였다.

하지만 그러는 데도 한계가 있으니, 아난타를 필요로 하는 것이다. 쓸모가 다할 때까지 씨받이로 쓰다가, 나중에는 갖가지 실험 용도로 부리면서 폐기 처분하겠지.

아무리 고고한 척해도, 엘로힘도 발푸르기스의 밤과 똑같았다. 언젠가는 치워야 할 쓰레기였다.

'일단은 구하자.'

연우는 부와의 연결 고리를 통해 실험실을 장악하고 있는 마법진의 소스 코드를 파악하고, 손을 뻗어 마력을 마법진과 접촉시켰다.

현자의 돌의 장점 중 하나를 꼽으라면, 어느 종류의 마력으로도 전환이 가능하다는 점이었다. 여기에 칭호 '마력의 축복을 받은'의 효과가 더해지자, 금세 해킹이 가능해졌다.

지잉, 펑—

아난타의 유리관으로 향하는 모든 펌프와 파이프가 일제히 기능이 차단되면서 떨어졌다. 바닥에 끈적끈적한 보라색 액체가 한가득 쏟아지고, 김빠지는 소리가 나면서 천천히 유리관의 문이 열렸다.

연우는 재빨리 아난타의 안색을 살폈다. 모든 마법과 실험이 중단되었는데도, 그녀는 일어날 기미를 전혀 보이지 않았다. 안색이 창백했다.

'탈진이 너무 심해. 이성도 완전히 제압되었고. 빨리 치료가 필요해.'

아예 인형으로 만들 속셈이었던지, 이성이 거의 마비가

된 상태였다.

연우는 임시방편으로 치유 마법을 잔뜩 걸어 탈진을 중단시키고, 인트레니안을 열어서 미리 챙겨 왔던 캡슐을 꺼내 그곳에 아난타를 조심스레 눕혔다.

부상자가 생겼을 때를 대비해 따로 챙겼던 힐링 캡슐이었다. 이 속에 들어가 있는 것만으로도 상당한 치료 효과가 있었다.

"다음에 눈을 떴을 때는 그토록 보고 싶던 가족들이 있을 테니까. 조금만 더 참고 기다려."

연우는 곤히 잠든 아난타의 이마를 가만히 쓰다듬었다. 그러자 여태 살짝 일그러져 있던 그녀의 눈꼬리가 부드럽게 풀어졌다.

자신의 말을 듣기라도 한 걸까? 아니면 단순한 우연인 걸까? 이유는 알 수 없지만. 연우는 다행이라고 여기면서 힐링 캡슐을 도로 인트레니안에 넣고, 자리에서 일어났다.

여전히 실험실에는 아난타 말고도 많은 실험체들이 있었다. 하지만 그들에게서는 아무런 생기도 느껴지지 않았다. 숨만 쉬고 있을 뿐, 이미 영혼은 죽어 있는 상태였다.

그렇다면 더 이상 고통스럽지 않게, 편하게 보내 주는 것이 맞겠지.

우웅—

연우는 오러를 손끝에다 잔뜩 끌어모았다. 그리고 이대로 터뜨리려는 순간.

"이게 뭐야? 대체 무슨 일이 벌어진 거야!"

"창고가 왜 텅 비어 있어?"

"보물이 전부 사라졌습니다! 유령 함대의 보석 상자가 보이질 않습니다!"

"무구 창고도 텅 비었습니다!"

"서고도 똑같습니다! 마, 마법 서적들이며 에메랄드 타블렛까지 싹 사라졌습니다!"

"대체 언제 쥐새끼가……!"

"실험실! 실험실로 뛰어! 당장! 실험실이 위험하다!"

지하 통로 전체로 넓게 퍼뜨려놨던 초감각 너머로. 갑자기 마녀들이 바쁘게 뛰어다니는 것이 느껴졌다.

텅 비어 버린 보물 창고와 서고를 보고 난리가 난 것이다.

'시간이 조금 부족하지 않을까 했었는데. 부가 생각보다 잘해 준 것 같군.'

저들로서는 얼마나 황당할까. 잔뜩 일그러졌을 비에라 듄의 얼굴이 떠오르자, 연우는 자기도 모르게 피식 웃고 말았다.

「주인. 님.」

그때, 부가 그림자 위로 해골 머리만 불쑥 올리면서 메시지를 전달했다.

「적들. 이.」

"그래. 수고했다."

「주인. 님의 기쁨은. 제게. 크나큰. 영광. 입니. 다.」

부는 연우의 칭찬에 몸 둘 바를 모르겠다는 듯 고개를 푹 숙이면서 몸을 파르르 떨었다. 두 눈두덩이 사이로 지펴진 인페르노 사이트가 환희로 일렁였다.

연우는 다섯 손가락을 강하게 튕기면서 응축시켰던 오러를 쏘아 보냈다. 탄지(彈指). 최근에 오러를 연구하면서 터득한 기술이었다.

피피핑!

수십 개의 탄지는 유리문을 뚫고 정확하게 실험체들의 미간에 박혔다. 실험체들의 머리가 크게 뒤로 휘청거리다가 힘없이 떨어졌다. 핏물이 보라색 액체와 뒤섞이면서 부서진 유리 조각과 함께 바닥에 잔뜩 쏟아졌다.

부는 바닥을 흥건하게 적신 보라색 액체를 남김없이 흡수했다. 그것도 전부 현자의 돌을 만드는 재료들. 강화를 위해서는 필수였다. 이미 지하 창고들에 있던 다른 현자의 돌들도 죄다 수거한 상태였다.

비에라 둔과 마녀들이 지하 실험실에 도착한 건, 연우와 부가 기척을 완전히 숨긴 바로 뒤였다.

"어, 어, 어떻게 이런 일이……!"

"실험체들이!"

"PA—12는? PA—12부터 찾아!"

"PA—12만 보이질 않습니다!"

"제기라아알!"

"흔적이 생긴 지 얼마 되지 않았다! 쥐새끼들도 멀리 도망치지 못했을 테니 어서 찾아! 서둘러!"

마녀들은 엉망이 된 실험실에서 가장 먼저 아난타를 찾았다. 하지만 아난타가 없는 사실을 눈치채자 바쁘게 주변을 뒤지기 시작했다.

그사이.

다른 마녀들은 손끝을 덜덜 떠는 비에라 둔을 진정시켜야만 했다.

"그릇을 만들 재료가…… 어머니를 강림시킬 그릇이……!"

비에라 둔이 위대한 어머니로부터 받게 된 계시(啓示).

그것은 자신이 몸을 담기에 부족하더라도, 임시방편으로라도 앉을 그릇을 준비해 두란 것이었다. 그런다면 몸소 내려와 감히 자신의 단잠을 깨우는 것들을 징벌하겠다는 내용까지 담겨 있었다.

그건 계시라기보다는 신탁에 가까운 것이었기에, 비에라 듄은 가장 먼저 아난타를 떠올렸다.

비록 아난타를 엘로힘에게 비싼 값에 넘기고 동맹까지 맺을 예정이었지만.

지금은 워낙에 상황이 급박한 데다가, 이렇게 아이온이 아예 대놓고 뒤통수를 치려는 상황에서는 남아 있는 방법이 없었다.

하지만.

그릇이 되어야 할 아난타가 사라지게 되면 모든 계획이 헝클어지게 된다.

다급히 그릇이 될 만한 다른 것들이 있나 싶어 주변을 살폈지만, 실험체 전부가 머리에 주먹만 한 바람구멍을 달고 있어 쓸 수가 없었다.

이대로 있다가는 정말 발푸르기스의 밤은 끝장이었다.

"듄, 일단 진정하십시……!"

"진정? 지금 진정하게 생겼어? 다들 뭐 하는 거야? 일이 여태 이렇게 될 때까지 다들 그동안 뭘 하고 있었던 거냐고!"

비에라 듄은 자신의 어깨를 짚으려는 마녀의 손을 매섭게 쳐내면서 앙칼지게 쏘아붙였다. 흰자위만 남은 눈이 유달리 매서웠다.

마녀들은 놀란 나머지 흠칫 물러서고 말았다. 그동안 무슨 일이 있어도 단 한 점도 흐트러지는 기색이 없던 수장이, 처음으로 앙칼진 목소리를 내고 있었다.

그리고 그 순간, 그녀들은 여태 자신들이 모시던 비에라 듄이 어떤 사람이었는지를 떠올릴 수 있었다.

비에라 듄은 정말 마녀다운 마녀였다.

그녀는 아무런 배경도 없이 클랜에 들어와 경쟁자들을 모두 물리치고 수장이 된 인물이었다.

그동안에 경쟁자들은 하나같이 알 수 없는 이유로 죽었다. 중독, 암살, 세뇌, 실종……. 증거는 없지만, 모두가 비에라 듄이 철저한 계획 아래에 저지른 짓이란 것을 알 수 있었다.

그렇기에 초대 마녀들을 비롯해 모든 마녀들이 그녀를 두려워했다. 달콤한 애정을 나눴던 연인의 심장에 서슴없이 칼도 박아 넣은 자가 아닌가. 그들 따위는 눈 하나 깜빡하지 않고 처치할 수 있는 인물이었다.

더구나 위대한 어머니의 총애를 받을 정도로 재능도 깊었으니. 어느 누구도 그녀를 건드릴 수 없었다.

한동안은 별다른 일이 없어 잠잠했다지만. 비에라 듄이 가진 성정이 완전히 바뀐 건 아니었다. 아니, 오히려 그동안 억눌러왔기 때문에 독기는 더 지독했나.

샤아아!

고깔모자 아래로 내려온 머리카락들이 칭칭 감기면서 뱀이 되었다. 시그니처 스킬, 〈메두사〉. 제 부모를 잡아먹고, 눈이 마주치는 상대는 돌로 만든다는 뱀들이 길게 몸을 뻗어 마녀들의 목을 돌돌 감았다.

마녀들의 안색이 창백해졌다. 몸이 빳빳하게 굳었다. 수십 마리의 메두사 뱀과 독기로 일렁이는 비에라 듄의 흰자위가 그녀들의 숨을 턱턱 막히게 만들었다.

"모두들. 똑똑히 들어요. 불청객들이 이곳으로 오기 전에 어떻게든 PA—12, 아니, 아난타, 그년을 찾으세요. 당신들이 전부 여기서 죽는 한이 있더라도."

"……."

"……."

"알아들었나요?"

"예!"

"아, 알겠습니다!"

"뛰세요. 그럼."

비에라 듄의 목소리는 다시 차분하게 가라앉았지만, 싸늘한 분위기만큼은 여전히 마녀들의 목을 단단히 옥죄었다.

그녀들은 다급하게 뛰어야만 했다. 정말 이대로 있다가는 메두사의 먹이로 전락할 수가 있었다.

비에라 듄도 적을 추격하기 위해 여러 마법을 발동시켰다. 보안 체계가 해킹당한 흔적이 있었다. 대체 소스 코드를 어떻게 훔친 건지, 원인과 방법을 찾아 역으로 추적할 셈이었다.

그러다 그녀는 뜻밖의 사실을 알아차렸다. 마력의 사용 패턴이 어딘지 모르게 낯이 익었던 것이다. 용종의 체계와 흡사했다. 아니, 정확하게는 옛 연인과 비슷했다.

분명 자신이 죽였던 옛 연인.

순간, 비에라 듄은 머리카락이 쭈뼛 서는 듯한 공포를 느꼈다. 그래서 다른 마녀들에게로 고개를 돌리려는데.

콰앙!

갑자기 천장에서부터 폭발이 일어났다. 어마어마한 고열을 품은 검은 불길은 천장과 벽면을 따라 잔뜩 퍼져 나가면서 모든 것을 집어삼켰다.

주변에 있던 마녀들을 흔적도 없이 고스란히 녹이고, 수색에 나섰던 마녀들의 뒤를 쫓아 찢어 버렸다.

실험실, 서고, 창고. 어느 구획할 것 없이, 지하 6층에서부터 시작된 검은 불길은 단숨에 1층까지 치고 올라가 지하 전체를 위아래로 크게 격동시켰다.

그러다 지하가 과부하를 견디지 못하고 통째로 무너지면서 함몰되었다. 수많은 낙석들이 우수수 쏟아지면서 발푸르기스의 밤이 지난 세월 동안 쌓은 모든 결과물들을 통째로 무너뜨리고 말았다.

그리고.

연우가 검은 불길을 헤집으면서 나타나, 비에라 듄을 보호하던 결계를 거침없이 부수고 바로 그녀의 눈앞까지 다가왔다.

"너……!"

검은 가면 사이로 비치는 두 눈동자를 마주친 순간, 비에라 듄의 눈동자는 활짝 커지고 말았다.

비록 가면을 쓰고 있다지만. 5년이 넘는 시간 동안 손을 잡고, 입을 맞추고, 살을 섞으면서 마주치곤 하던. 아침 햇살과 함께 눈을 뜨면 자신을 보며 환하게 웃고 있던. 그 눈을 알아보지 못할 수가 없었다.

죽었던 옛 연인이. 바로 눈앞에 있었다.

퍼억!

하지만 연우는 그 어떤 대화도 할 가치가 없다는 듯, 가차 없이 비그리드를 휘둘렀다.

잘린 비에라 듄의 머리가 허공으로 튀었다. 검은 불길에 휩싸이기 전까지. 녀석의 두 눈에는 충격과 공포, 그리고 경악이 가득 담겨 있었다.

솔직히 아직까지 잘 모르겠다.

왜 비에라는 내게서 떠났던 걸까?

비에라 듄은 동생에게 독을 먹이고, 심장에 칼을 꽂았던 원수였다. 떠나기 직전까지, 사랑이라는 감정을 철저하게 이용하기만 했던 녀석.

때문에. 동생은 비에라 듄이 떠나고 난 뒤에도, 한참 동안 방황해야만 했다.

리언트와 바할은 그를 등지면서 얻은 것이 있었다. 각각 청화도와 레드 드래곤에서 높은 자리에 앉아, 아르티야에 있을 때보다 더한 명성과 권력을 떨쳤던 것이다.

하지만 비에라 듄은 전혀 그런 것이 없었다.

분명 발푸르기스의 밤의 수장이 되긴 했지만. 만약 그녀가 아르티야를 떠난다거나, 이중 소속이 된다고 해도 동생은 그러라며 고개를 끄덕여 줬을 터였다.

그만큼 동생은 연인을 믿었고, 그녀도 그 사실을 누구보다 잘 알고 있었다.

절대 배신할 이유가 없었던 것이다.

서로 오해가 쌓이거나, 싸운 적도 없었다.

분명 독을 먹이기 전까지만 해도. 칼을 찌르기 전까지만 해도. 서로가 서로를 보면서 웃고 있었으니까. 사랑한다고 속삭이고, 세상이 끝날 때까지 영원히 함께하자며 맹세했다. 그리고 용마안을 가진 동생의 눈은 그것을 '진실'로 받아들였다.

그런데도 비에라 듄은 결국 동생을 등지고 말았다.

여전히 알 수 없는 이유로.

그리고 동생과 사이에서 낳은 자식을 실험체로 쓰는 끔찍한 짓을 저지르고 말았다.

대체 무엇이 그녀를 이토록 비뚤어지게 만든 걸까.

아니면 원래 모난 사람이었던 것을, 여태 연기로 감쪽같이 속이고 있었던 걸까? 그렇다면 동생에게 말했던 달콤한 속삭임은 전부 거짓이었던 걸까?

결국 진실은 아무도 몰랐다. 비에라 듄밖에는.

그리고 연우 역시.

'알 바 아니지.'

무슨 이유가 되었든지 간에. 동생을 등졌던 놈이었다.

동생이 눈을 감기 직전까지 괴로움에 몸부림치게 만들었던 녀석의 사정 따위 신경 쓸 이유가 전혀 없었다.

하지만.

그런 원수의 목을 자르고도, 연우의 눈에는 여전히 아무런 감정이 담기지 않았다.

츠츠츠—

분리된 비에라 듄의 머리와 몸뚱이가 갑자기 연기처럼 흩어진 것이다.

'역시.'

비에라 듄의 시그니처 스킬, 〈체부 환승〉.

정확하게 말하자면 마녀들이 말하는 위대한 어머니로부터 물려받은 권능이었다.

비에라 듄은 최면과 세뇌 같이 정신 조작(Mind Control) 계통의 마법에 뛰어난 특성을 갖고 있었다.

위대한 어머니가 이것을 마음에 들어 하면서 내린 권능인 체부 환승은 '비에라 듄'이라는 에고 데이터(Ego Data)를 다른 육체로 고스란히 옮길 수 있게 했다.

쉽게 말해, 육체 갈아타기가 가능한 것이다.

물론, 여기에도 횟수 제한이나 한계가 있기 마련이겠지만.

당장 위기를 빠져나가는 데는 이만한 것도 없었다.

그리고 연우가 특히 노리고 있는 스킬이기도 했다.

'이건 반드시 강탈해야 해. 목숨을 여벌로 가질 수 있게 된다는 뜻이니까.'

연우는 곧장 그림자를 보면서 소리쳤다.

"부!"

「위치. 를. 포착. 했습니다.」

부가 연결 고리로 좌표를 찍어 보냈다.

화아악!

연우는 불의 날개를 활짝 펼쳤다. 스킬의 한계 때문인지, 좌표가 가리키는 위치는 그리 멀지 않았다. 그곳으로 몸을 던지며 블링크를 전개했다.

쾅!

곧 연우와 비에라 듄이 있던 자리로 무너진 천장 잔해가 우수수 쏟아졌다.

*　　　*　　　*

"허억, 헉! 헉!"

비에라 듄은 눈을 뜨자마자 바닥에 주저앉으면서 크게 숨을 헐떡였다. 이마에 송골송골 맺힌 식은땀이 바닥에 뚝뚝 떨어졌다.

성내 곳곳에 배치된 여러 육체 중 하나를 잃었을 뿐이라지만.

새로운 육체를 입는다고 해서 이전에 느낀 목이 잘려 나가는 통증이나 감각이 사라지는 건 아니었다. 아직까지 칼날의 감촉이 목에 선명하게 남아 있었다.

하지만 정작 비에라 듄을 미치게 만드는 건 따로 있었다.

'그 눈…… 분명히……!'

그건 분명히 더 이상 이 세상에 있어서는 안 될 눈이었다. 하지만. 왜 거기에 있었던 걸까? 무슨 이유로? 대체 어떻게 된 거지?

"듄!"

"왜 그러십니까, 듄? 괜찮으십니까?"

비에라 듄의 머릿속을 모르는 마녀들은 갑작스러운 체부 환승에 놀라 다급히 달려왔다.

이곳은 요새 한편에 위치한 키메라 창고였다.

계속된 성문 파괴와 적들의 침입에 추가로 키메라들을 투입시킬 예정이었는데. 갑작스레 체부 환승이 이뤄졌으니 마녀들은 놀랄 수밖에 없었다.

이미 본진이 적들에 의해 쑥대밭이 되었단 뜻이었으니까.

"……듄?"

그러다 마녀들은 비에라 듄의 눈빛이 흔들리고 있단 사실을 깨달았다.

언제나 차분한 얼굴만 하면서 별다른 동요를 보여 주지 않던 사람이었는데.

비에라 듄은 처음으로 혼란스러운 눈을 하고 있었다. 그리고 그녀들로서는 전혀 이해할 수 없는 말을 자꾸 중얼댔다.

"말도 안 돼. 말도 안 된다고. 녀석은 죽었어. 죽었다고! 내가 분명히 확인을⋯⋯!"

"듄?"

그때, 초대 마녀 굴락이 조심스레 비에라 듄의 어깨를 짚었다. 그 순간, 비에라 듄의 머리가 그쪽으로 홱 돌아갔다.

굴락은 자기도 모르게 움찔 놀라 주춤 물러서고 말았다.

흰자위만 남은 비에라 듄의 눈을 본 순간, 등골을 따라 오소소 소름이 돋았다. 금방이라도 비에라 듄이 자신을 잡아먹을 것 같다는 느낌을 받았다.

하지만 비에라 듄은 굴락이 도망칠 수 없게 멱살을 붙잡으면서 자기 쪽으로 잡아당겼다. 흰자위 위로 핏대가 잔뜩 선 두 눈이 잔뜩 일그러졌다.

"죽었지? 분명히 내 손으로 죽였다고! 그렇지?"

"무슨 말씀이신⋯⋯!"

"그렇다고 말해!"

"예! 마, 맞습니다!"

"⋯⋯."

그렇게 얼마나 있었을까.

비에라 듄은 한참 동안 굴락을 노려본 뒤에야 마음을 차분히 가라앉힐 수 있었다.

"……죄송해요. 제가 너무 흥분을 하고 말았어요."

굴락의 멱살을 풀어 주면서 식은땀으로 푹 젖은 머리카락을 쓸어 올렸다.

머릿속은 이제 평상시 냉정을 되찾고 있었다.

'그놈이 누구건 간에 중요한 건 아니야. 정체 따위야 붙잡아서 가면을 벗겨 보면 알 테니까. 하지만. 현자의 돌이 작동하지 않았어. 분명.'

아무리 기습이 벌어졌다고 해도, 자신이 이토록 안일하게 당할 수는 없었다.

그녀가 언제나 품에 간직하고 다니는 현자의 돌은 여태 발푸르기스의 밤이 생산한 것들 중 가장 뛰어났던 것. 영혼과 연결되어 있어 위험에 빠진다면 저절로 작동하게끔 되어 있었다.

때문에 비에라 듄은 설사 올포원이나 여름여왕이 온다고 해도 절대 현자의 돌을 깰 수 없을 거라고 자부했다.

하지만 목이 잘릴 때 분명히 현자의 돌은 전혀 작동을 하지 않았다. 마치 고장 난 시계처럼.

그렇다면 나올 수 있는 결론은 하나밖에 없었다.

'가면 쓴 놈. 그놈이 흑막이야. 갑자기 이상한 탁본을 뿌려 대서 이따위 혼란을 만들어 낸…….'

그리고 현자의 돌에 대한 연구도 사신들보다 한참 앞서

나가 있는 것이 틀림없었다. 그러니 돌의 작동을 멈출 수 있었겠지.

'설마 다른 마녀들도, 이것 때문에……?'

비에라 듄은 이를 악물었다. 어째서 방어선이 그토록 허망하게 무너졌는지를 알 것 같았다. 현자의 돌이 무용지물이 되어서야, 그들로서는 거대 클랜들을 도저히 상대할 수가 없었다.

'일단 그놈을 잡아야 해.'

비에라 듄은 머릿속이 복잡했다.

녀석이 대체 누군지는 알 수 없었다. 왜 자신들을 노리는지도 몰랐다.

하지만 확실한 건 가장 먼저 가면인을 상대할 방법을 마련해야 한다는 점이었다.

위대한 어머니를 깨우기 위해서는 아난타가 필요하지만. 정황상 아난타는 가면인에게 있는 게 분명했다.

그러니 이러나저러나 놈을 제압해야 하는 것이다.

'만약 이 사실을 다른 거대 클랜들에 알린다면……!'

늑대를 내쫓기 위해 호랑이를 안마당으로 끌어들이는 격이 될 수도 있었지만. 지금은 이런저런 수단을 가릴 때가 아니었다.

비에라 듄은 키메라 창고에 있는 마녀들을 돌아보면서

방비 태세를 갖추라고 말하려 했다.

그때.

"듄! 조심하십시오!"

놀란 눈을 한 굴락과 마녀들이 소리쳤다.

비에라 듄이 무슨 소리냐며 말을 하려는데.

퍼억!

갑자기 등에서부터 화끈한 느낌이 들더니 서늘한 칼날이 왼쪽 가슴을 뚫고 튀어나왔다.

비에라 듄은 비명 대신에 피가 섞인 가래를 토해 냈다. 폐부가 끊어졌다. 숨을 쉴 수가 없었다. 가슴이 답답했다.

"어딜 도망치려고?"

그리고 귓가에 들리는 목소리에 비에라 듄은 자기도 모르게 등골을 쭈뼛 세우고 말았다.

마치 네가 어디로 갈지 다 안다는 듯한 말투. 체부 환승을 알고 있다고? 이걸 아는 사람은 발푸르기스의 밤 내에서도 몇 되지 않았다. 그런데도 알고 있다는 건, 역시 나……!

스걱!

하지만 비에라 듄의 생각은 길게 이어지지 못했다. 새로운 칼날이 그녀의 머리를 다시 날려 버리고 말았기 때문이다.

의식이 끊어지기 직전. 뱅글뱅글 도는 시야에 잡힌 건, 검은 불길과 폭발하는 오러에 우수수 쓸려 나가는 마녀들과 키메라들의 모습이었다.

쾅!

"커헉!"

비에라 듄은 다른 곳에서 다시 눈을 뜨면서 좀 전에 내뱉지 못한 비명을 내뱉었다. 두 번이나 연속으로 목이 잘린 고통은 너무 끔찍하기만 했다.

아직 에고 데이터가 제대로 정착하지 않았는지, 시야가 뱅글뱅글 돌았다. 그녀가 있는 곳은 아무것도 없는 깜깜한 암실이었다.

하지만 비에라 듄은 제정신을 되찾기도 전에 다시 제 목을 붙잡아야만 했다.

이번에는 칼날이 목젖을 관통했다.

퍽!

"쿠르륵!"

이번에 시야가 끊어지기 직전에 본 것은. 어둠 사이로 불타오르는 한 쌍의 도깨비불이었다.

쾅!

비에라 듄의 죽음은 계속 길게 이어졌다.
그 뒤로도 몇 번씩이나.

스걱―
지하 깊숙한 곳에 위치한 방호 시설에서도.
"안 돼……!"

퍽!
전장에 나서 있는 어느 어린 마녀의 몸을 빌려서 눈을 떴
을 때도.
"안 된다고!"

콰콰쾅!
끝없는 밤의 세계에서 가장 외곽에 위치한 숲 속에서도.
"제발!"

콰르르―
심지어 바깥으로 이어지는 게이트 근방에서 깨어나 탈출
을 시도해도.

"제발 그만해애애애!"

비에라 듄이 체부 환승을 시도할 때마다, 연우는 귀신같이 쫓아와 목을 베고, 심장을 찌르고, 머리를 부쉈다.

그러다 적들의 공격으로 거의 무너지다시피 한 브로켄 요새의 가장 끄트머리에서, 비에라 듄은 작살에 꽂힌 물고기처럼 비그리드에 꽂힌 채로 퍼덕거렸다.

"제…… 발……! 제발……!"

비에라 듄은 계속 숨을 헐떡였다. 단단했던 그녀의 정신은 이미 반쯤 무너진 상태였다.

아무리 계속 되살아날 수 있다고 해도 죽음의 충격에서 완전히 벗어날 수는 없었다.

그리고 그것이 연속으로 누적되는 것도 모자라, 악착같이 자신을 죽이기 위해 쫓아오는 자가 있음을 알기에 공포는 극대화될 수밖에 없었다.

게다가 비에라 듄은 자신의 장기인 마인드 컨트롤도 번번이 실패해야만 했다.

그녀가 자랑하는 정신 계통 마법은 쟁쟁했던 라이벌들을 모두 죽음으로 내몰 정도로 대단한 숙련도와 완성도를 자랑했지만.

[알 수 없는 이유로 '저주: 최면'이 불발되었습니다.]

[알 수 없는 이유로 '저주: 세뇌'가 불발되었습니다.]

[계속된 스킬의 실패로 반작용이 일어납니다.]

마인드 컨트롤은 연우에게 전혀 통하지 않았다.

냉혈.

정신 계통 마법에 있어서는 천적이나 다름없는 그만의 특성이, 스킬을 죄다 불발로 만들어 버린 것이다.

때문에 비에라 듄은 스킬 실패로 인한 리플렉트와 패널티를 고스란히 감당해야만 했다.

에고 데이터에 손실이 가해지고, 정신과 육체 간에 괴리가 발생했다. 영혼이 붕괴되기 시작한 것이다.

어떤 일에 있어도 꿈쩍도 않는다는 마녀들의 수장은 공포에 단단히 절여진 상태가 되고 말았다.

"으으…… 아아아!"

하지만 녀석이 힘들어할수록.

연우는 더더욱 불쾌해져만 갔다. 가면 사이로 비치는 두 눈이 잔뜩 일그러졌다.

푸욱—

녀석을 찌르고 있던 비그리드가 더 깊숙하게 박히면서 지면에까지 꽂혔다. 비에라 듄은 이제 실 핀에 꽂힌 나비처럼 퍼덕이지도 못했다.

"엄살 피우지 마."

연우는 녀석을 보면서 으르렁거렸다.

"아난타는 너보다 훨씬 끔찍한 고통을 몇 번씩이나 겪었으니까. 세샤도, '녀석'도. 그들이 받았던 고통까지 전부 감당하려면 이 정도에서 무너져서는 안 되잖아? 안 그래?"

비에라 듄은 고개를 뒤로 홱 하고 돌렸다. 공포에 너무 극단적으로 내몰리다 보면 사람은 두 가지 중 하나를 선택하게 된다. 악을 쓰거나, 모든 걸 포기하거나.

그녀는 전자였다.

"넌! 넌 대체 누구야!"

이미 여기서 되살아날 방법 따윈 없다는 것을 알고 있기에. 영영 연우의 손아귀를 벗어날 수 없다는 것을 잘 알기에. 비에라 듄은 악에 받친 목소리로 소리를 질렀다.

연우는 그녀가 무슨 말을 하는지 잠시 이해를 하지 못했다. 그러다 곧 자신의 얼굴을 손으로 만져 보고는 피식 웃고 말았다.

"아. 여태 이걸 벗지 않고 있었군. 이러니 별 재미가 없었지."

천천히 가면을 벗었다.

딸칵—

그리고 드러나는 얼굴.

그것을 본 순간.

비에라 듄의 안색은 창백하게 질렸다. 두 눈이 잔뜩 커지고 말았다.

"……!"

그녀는 빳빳하게 굳어 아무 말도 하지 못했다. 그것은 또 다른 공포였다.

죽은 사람이 되살아왔다는 공포.

자신이 가면 사이로 보았던 눈은 착각이 아니었던 것이다.

연우는 비에라 듄의 투명한 흰자위에 비친 정우와 똑같은 얼굴을 마주하면서.

"부디 몇 번이고 되살아나라."

차갑게 말했다.

"그때마다 몇 번이고 죽여 줄 테니까. 비에라."

그 말과 함께.

연우는 허리춤에 있던 마장대검을 꺼내 비에라 듄에게 휘둘렀다.

촤아악!

마장대검이 비에라 듄의 목에 틀어박히려는 순간.

챙강!

갑자기 마장대검이 보이지 않는 보호막에 부딪쳐 위로 튕겨 났다. 그리고 갑자기 하늘에서부터 내려앉는 살기.

아주 짧은 순간 동안에 연우는 비에라 듄을 마저 죽이고 물러나야 할지, 아니면 몸만 내빼야 할지 결정해야 했다.

그리고 결국 비에라 듄을 놔두고 즉각적으로 재빨리 몸을 뒤로 물렸다. 동시에 벗고 있던 가면을 다시 얼굴에 도로 썼다.

쾅!

그러자 연우가 있던 자리로 무언가가 세게 내려앉았다. 바닥이 무너지면서 공간이 위아래로 크게 들썩였다.

"호오. 제법이로군. 그것을 읽어 냈단 말이지? 오행산을 오를 때보다 감각이 제법 많이 단단해졌구나. 애송아."

보통 랭커들도 목이 달아날 만한 속도였는데 말이지. 다짜고짜 기습을 감행한 녀석은 가볍게 웃으면서 몸을 일으켰다.

키가 작은 탓에, 푹 뒤집어쓰고 있는 로브는 바닥에 질질 끌리고 있었다.

로브 사이로 드러난 얼굴은 악동처럼 익살맞게 웃고 있었다.

하지만 연우는 그 모습에서 등골이 서늘해지는 포악함을

엿볼 수 있었다. 자신의 군주 외에는 세상 모든 것을 찢어 발긴다는 마군의 맹수. 역귀가 앞에 있었다.

"킨드레드."

"그래. 오랜만이구나. 어디 놀라지 않는 것을 보니 내 정체를 알고 있었던 모양이로고?"

킨드레드는 로브를 뒤로 젖히면서 가볍게 웃음을 터뜨렸다. 미후왕의 궁전에서 서로 지나친 뒤로 직접적으로 마주치게 된 건 이번이 처음이었다.

다만, 그동안 이런저런 일이 많았기 때문일까. 왠지 오랜만에 만난 것 같지가 않았다.

"하긴. 모르는 것도 이상한 일이려나? 그렇게나 많이 동선이 겹쳤으니. 세상사 인연이란 게 참 신기하단 말이지."

미후왕의 궁전에서도. 악마의 숲에서도. 지금 발푸르기스의 밤에서도. 근 몇 달 동안 킨드레드가 가는 곳에는 언제나 연우의 흔적이 남아 있었다. 세상에 과연 우연이란 게 있을까? 킨드레드는 없다고 생각했다.

세상 모든 일은 천마께서 직접 주관하시는 것. 그러니 이렇게 만나게 된 것은 천마께서 직접 점지해 주신 일이니. 킨드레드는 기쁜 마음으로 연우를 맞았다. 그의 웃음은 가식 띠위기 아닌 진심이었다.

"어떠냐. 브라함은 잘 지내고 있는가?"

"브라함은 죽……."

"하하. 삑! 아무리 서로 친해질 이유가 없어도 거짓말은 아니 되는 법이지. 내가 설마 그런 것도 모르고 물었을까? 죽긴 죽었겠지. 하지만 지금 제 발로 버젓이 돌아다니는 것을 모를 줄 아는가?"

가면 아래, 연우의 눈빛이 딱딱해졌다. 대체 그걸 어떻게 아는 거지? 분명 칠흑왕의 절망과 관련된 것은 극비 중에서도 극비였다. 일행 중에도 칠흑왕의 절망이 가진 진짜 비밀을 알고 있는 사람은 거의 없었다.

그런데 킨드레드가, 아니, 마군이 어떻게 아는 거지?

하지만 킨드레드는 재미있어 죽겠다는 듯 씩 입꼬리를 말아 올렸다.

"천마께서 임하실 곳에 우리가 모르는 것은 절대 없나니. 네가 가진 비밀이 어떤 것인지는 사실 우리도 잘 모른다. 하지만 천마께서는 알고 계실 테니, 우리도 저절로 알게 되는 것이지. 이것 또한 천마께서 우리에게 허락하신 자애로운 은혜가 아니고 무엇이겠는가?"

광신도들의 말은 반만 알아들을 수 있고 나머지 반은 알아듣기 힘들다는 세간의 말이 틀린 것이 없었다.

하지만 연우는 한 가지 사실을 깨닫게 되었다.

자신이 그동안 어둠 속에서 마군을 지켜봤듯이. 마군 역시 어둠 속에서 움직이며 자신을 주시하고 있었다는 것.

미후왕의 궁전에서부터 왜 자신을 따라오지 않는가 싶었는데. 따라오지 않았던 게 아니라, 눈만 따로 붙여 뒀던 것이다.

'앞으로는 움직이는 데 조심해야겠어.'

연우는 속으로 가볍게 혀를 찼다. 자신의 행보는 앞으로도 철저하게 비밀리에 이루어져야 했다. 하물며 마군에게 들킨다는 것은 절대 있을 수 없었다.

'다행이라면 많은 것을 알고 있지는 않아 보인다는 건데.'

만약 녀석들이 자신의 정체를 눈치챘다면. 당장 그를 죽이려 들었을 것이다. 아르티야를 해체시키는 데 가장 앞장선 곳이 마군이었다. 동생과 마군의 대주교는 그만큼 사이가 좋질 않았다.

하지만 지금 킨드레드는 자신에게 호의까지 내비치고 있다. 그렇다는 건 다른 목적이 있단 뜻이었다.

아니나 다를까.

"그러니 애송아. 천마께서 점지하신대로, 이제부터는 우리와 함께해야겠다. 그동안 나는 네가 나타나기만을 애타게 기다리고 있었던다."

연우가 눈을 가늘게 뜨면서 물었다.

"세샤 때문인가?"

"겸사겸사. 그대를 묶어 둔다면 브라함도 따라올 테고, 하면 그 아이도 같이 올 테지. 하지만 그것만이 아니다. 너는 미후왕의 후예가 아닌가? 그렇다면 우리와도 형제라 할 수 있을진대, 섭섭하게 하지는 않을 것이다."

미후왕과 마군 간에 어떤 관계가 있는지는 알 수 없지만, 연우는 유독 세샤가 마음에 걸렸다. 엘로힘은 그렇다 쳐도, 마군이 왜 세샤를 노리는지는 도무지 짐작 가는 바가 없었다.

"세샤를 대체 어떻게 하려는 거지?"

"나도 모른다."

연우의 미간이 살짝 좁혀졌다.

"뭐?"

"하하. 말하지 않았나. 전부 천마의 뜻에 따를 뿐이라고. 천마께서 그러라고 계시를 내리시었고, 그분의 종인 나는 그저 묵묵히 말씀을 따를 뿐이다. 이보다 명확한 이유가 달리 필요하겠는가?"

역시 이들은 정상인의 사고로 이해를 해서는 안 되는 미친놈들이었다.

천마가 세샤를 필요로 해? 하지만 단언컨대, 그건 천마의 뜻이 아닌 대주교의 뜻일 가능성이 컸다.

'천마가 직접 계시를 내리지 않게 된 건 꽤 오래되었으니까.'

결국 세샤를 보호하기 위해서는 마군과 대적할 수밖에 없다는 의미였다. 엘로힘이나 혈국처럼. 어차피 달라지는 건 없었다.

쿠쿠쿵!

그때, 요새 전체에서 진동이 느껴졌다. 성문을 통과한 자들이 벌써 내성까지 침투했다는 뜻이었다.

킨드레드는 이제 숨만 겨우 내뱉는 비에라 듄의 뒷덜미를 잡으면서 연우에게 손을 내밀었다.

"자, 이제 잡설은 여기까지다. 곧 잡스러운 이교도 놈들이 여기까지 닥칠 것이니. 나와 가자꾸나."

"싫다면?"

순간, 호선을 그리던 킨드레드의 눈꼬리가 치켜 올라갔다. 살갑던 분위기가 반전되면서 흉흉한 살기가 휘몰아쳤다. 입술 사이로 송곳니가 훤히 드러났다.

"감히 천마의 행사를 따르지 않으려 하다니. 불경한 놈이로고. 설마 너에게 다른 선택지가 있을 거라 생각하는 것이냐?"

"선택지야 만들면 그만이지."

"무슨 말을 힐……!"

킨드레드가 으르렁거리면서 한 발자국을 내디디려는 순간.

콰아앙!

갑자기 요새가 위아래로 크게 요동쳤다. 킨드레드가 등장했을 때와는 비교도 할 수 없는 강한 충격파. 지진과 함께 요새가 한쪽으로 기울기 시작했다.

"무슨?"

성내에 있던 모든 물건들이 기울어진 방향으로 쓸려 내려갔다. 천장과 벽면을 따라 균열이 일어나고, 낙석이 분진을 마구 뿜어 대면서 우수수 쏟아졌다.

요새가, 무너지려 하고 있었다.

지난 수백 수천 년 동안 발푸르기스의 밤이 있게 만들었던 요새가!

브로켄 성이!

쿠쿠쿠!

"무슨 짓을 저지른 것이냐, 너!"

킨드레드가 다급한 목소리로 소리를 질렀다. 그는 두 번째 주교가 된 후, 처음으로 오싹한 공포를 느끼고 있었다.

하지만.

가면 속에 비치는 연우의 두 눈은 웃기만 하고 있었다. 그는 연결 고리를 통해 권속들에게 말했다.

'시작해.'

*   *   *

"우리의 주인께서 시작하라는군."

브라함은 연우의 목소리를 듣고 차갑게 입꼬리를 말아 올렸다.

그 말에, 옆에 있던 갈리어드가 크게 고개를 끄덕이면서 활시위를 저만치 높은 상공에 떠 있는 푸른색 거대 크리스탈에게로 겨누었다.

"저것이란 말이지? 그 요상한 결계들을 만든 축(軸)이란 것이?"

브로켄 성을 따라 둥근 반구를 그리면서 다섯 겹으로 이뤄졌던 결계들.

귀계 결진에서 앙계 재진까지 이어지는 결계들은 결국 침입자들을 허락하고 말았지만, 여전히 제대로 작동하는 중이었다.

브로켄 요새를 보호하기 위해서였다. 실제로 결계들은 겹겹이 쌓인 상공 부분이 가장 튼튼했다. 때문에 플레이어들은 공성(攻城)을 시도하면서도 공중전은 아직 엄두도 내지 못하는 중이었다.

브라함과 갈리어드는 이런 결계들을 완전히 해체시키고자 했다.

결계를 구축하기 위해서는 당연히 축이 있어야 했고, 발푸르기스의 밤은 이것을 어떻게든 숨겨 두려 했다.

하지만.

그들이 전혀 염두에 두지 못한 것이 있었으니.

'죽음'에 있어서는 이미 플레이어들 중에 연우를 따라올 사람이 없다는 점이었다.

[제3천의 영]
[무면목 법서]

두 권능을 이용, 연우는 부의 도움을 받아서 마녀들의 영혼을 쥐어짜 '축'의 위치를 알아내는 데 성공했다.

그것들은 브로켄 요새를 둘러싼 여러 협곡들에 몰래 숨겨져 있었다.

연우는 즉각 귀계 결진에서 흩어져 일행들을 찾으러 갔던 권속들에게 일러, 요새로 모이지 말고 각 축의 위치에서 대기하도록 지시했다.

명령을 내리면 곧바로 축을 부술 수 있도록.

현재 파악된 축의 위치는 동서남북, 중앙까지 총 5개.

브라함과 갈리어드가 맡은 곳은 동쪽이었다. 서쪽은 샤논과 판트가, 남쪽은 한령과 에도라가, 북쪽은 레베카가 대기 중일 터였다. 중앙에 있는 축은 부가 언제든지 부술 수 있다고 이야기를 해 둔 상태였다.

물론, 결계를 없앤다고 해서 바로 어떤 효과가 있는 것은 아니었다.

하지만 그 뒤에 새로운 공격을 시도할 수는 있겠지. 이미 부와 브라함은 모든 준비가 끝난 상태였다.

'많기도 많군.'

브라함은 축을 부수기 전에 아주 잠깐 저 발아래를 내려다봤다.

요새로 한창 진격 중인 군중들이 보였다.

동쪽에는 시의 바다가, 서쪽에는 하늬바람 조합 소속의 용병들이. 남쪽에는 마탑과 랭커들이 포진해 있었으며, 북쪽에는 엘로힘이 폭격을 맞아 한창 어지러워져 있었지만 다시 전열을 가다듬고 있는 중이었다.

그 외에도 여러 용병단이며 암살 집단 등등. 수많은 인파들이 뒤섞여 있는 모습은 마치 배고픔에 굶주린 아귀들로 보일 정도였다.

아무리 그들이 만든 무대라지만.

불구덩이인지도 모르고 저렇게 불나방처럼 뛰어드는 놈

들을 보니 딱하기만 했다.

저만한 위치까지 올랐을 정도라면 분명 명석한 자들일 텐데. 무엇이 저들의 눈을 가린 걸까.

욕심? 야망? 무엇이 되었든 간에 그 어리석음의 결과로 저곳에서 살아 나올 자는 그렇게 많지 않을 듯했다.

"킨드레드, 그 친구의 얼굴이 꽤나 망가질 텐데. 직접 이 두 눈으로 보지 못하는 게 아쉬울 따름이로군."

브라함은 지금쯤 주인과 마주하고 있을 킨드레드를 떠올리면서 혀를 찼다. 녀석은 과연 알까? 사실 킨드레드가 접촉해 오길 기다린 건, 오히려 연우 쪽이었단 것을?

'제 놈만 똑똑한 줄 알고 까불다가 도랑에 빠진 꼴이지.'

브라함은 나중에 연우에게 킨드레드가 어떤 얼굴을 하고 있었는지 자세히 물어봐야겠다고 생각했다.

그러다 문득 그런 생각이 들었다.

'아무리 마녀들의 영혼을 쥐어짜 심문했다지만. 부는 결계들의 약점을 너무 쉽게 파악했어. 그게 그렇게 쉬운 거였나? 그래도 마녀들이 심혈을 기울여 만든 것인데 말이지. 옛 기억이 꽤 돌아왔다던데. 그것과 관련이 있는 건가?'

하지만 의문은 잠시. 당장 해야 할 일은 따로 있었다. 브라함은 친구를 돌아봤다.

"갈리어드."

"그러지."

갈리어드는 고개를 끄덕이면서 시위에서 손을 뗐다. 〈폭발시(暴發矢)〉. 순보와 함께 다크 엘프 족 내에서도 '사냥꾼'의 호칭을 받은 자들만이 얻을 수 있다는 스킬이었다.

콰콰쾅!

푸른색 크리스탈에 쇠 화살이 깊숙하게 박혔다. 화살이 폭발하면서 크리스탈 안에 다시 크고 작은 연쇄 폭발을 일으켰고, 결국 크리스탈은 잔뜩 균열이 가다가 부서져 바닥에 우수수 쏟아지고 말았다.

첫 번째 축이 박살 났다.

가장 외곽에 위치해 있던 귀계 결진이 흐릿해지면서 사라진 순간.

화아악!

브라함은 책자를 하나 꺼내면서 마법을 외기 시작했다. 〈화성의 서〉. 아직 기존에 자랑하던 수성의 서만큼은 되지 못하더라도, 연금술 지식이 더해지면서 탄생한 마도서였다.

"나와라."

브라함은 소환 마법을 발동시켰다. 막대한 대가를 지불해서 외계의 불선을 상제로 끌어오는 마법.

상공을 따라 거대 마법진이 형성되었다.

대가는 아주 손쉽게 마련할 수 있었다.

마녀들이 결계 강화를 위해 축에 심어 뒀던 현자의 돌들.

비록 연우가 가진 것에 비하면 질은 떨어졌지만, 그래도 시공간을 제멋대로 돌아다니던 물건들을 부르기엔 충분했다.

아마 마녀들은 꿈에도 몰랐을 것이다. 자신들을 보호하기 위해서 만든 것들이, 도리어 자신들을 겨누는 칼이 될 줄은.

쿠쿠쿠—

하늘이 크게 진동하면서. 마법진 밖으로 열기에 휩싸인 운석이 조금씩 모습을 드러내기 시작했다.

브라함은 그것을 보면서 차갑게 웃었다.

"메테오 스트라이크."

콰아앙!

*　　　*　　　*

바로 그때.

팅, 팅, 티티팅—

기다렸다는 듯이 남은 축들이 차례대로 끊어졌다.

요계 상진과 화계 화진, 명계 수진이 사라지고, 마지막 남은 앙계 재진마저 흩어지면서. 요새를 보호하고 있던 결계는 아무것도 남지 않았다.

거대 운석은 바로 그 시점에 브로켄 요새 한가운데에 떨어졌다.

거대한 재앙이 되어서.

지상은 순식간에 혼란에 잠겼다.

"저, 저건 뭐야?"

"메, 메테오 스트라이크? 미친! 저게 여기서 왜 나와!"

단일 타격력으로는 탑 내 모든 마법 중에서 가장 큰 위력을 자랑한다는 주문.

용종마저도 한 번 전개하기 위해서는 드래곤 하트의 마력을 절반 이상이나 써야 한다는 마법이 등장한 순간.

방금 전까지만 해도 기세 좋게 요새로 진격하던 플레이어들은 하나같이 제자리에 서서 두 눈을 부릅떠야만 했다.

지금 이 순간은 마녀도, 키메라도, 가디언도. 레드 드래곤이나 시의 바다, 엘로힘 어느 소속을 가릴 것이 없었다.

"피해라!"

"도망쳐! 전부!"

"이 미친 탕부 년들이! 다 같이 죽기라도 하자는 것이냐!"

개중에는 마녀들이 저지른 짓이라고 생각한 이들도 있었다.

하지만 그들은 보복할 새도 없이 돌아서서 도망치기 시작했다. 조금이라도 충격의 범위에서 벗어나기 위해서.

하지만 그보다 그들의 머리를 뒤덮은 그림자가 커지는 속도가 더 빨랐다.

게다가 결계도 없기에. 운석은 아주 손쉽게 요새 한가운데에 틀어박힐 수 있었다.

콰아앙!

콰콰콰, 쿠르르르ㅡ

요새는 형체도 알아볼 수 없을 정도로 완전히 사라졌다.

지면은 깊이를 짐작할 수도 없을 만큼 아주 깊숙하게 파였고, 그 여파로 주변엔 모래 기둥이 하늘에 닿을 정도로 높게 치솟았다.

운석이 달궈 놓은 뜨거운 대기는 중심부에서 불어온 후폭풍과 함께 사방팔방으로 퍼져 나갔다.

모든 것이 사라졌다.

협곡의 허리가 통째로 절단 나고, 위에 있던 것들은 모두 쓸려 나갔다.

가장 먼저 동쪽에 있던 시의 바다는 모래 폭풍에 휩쓸려 흔적도 남지 않고 사라졌다. 마치 원래부터 그 자리에 없었다는 듯. 가장 베일에 싸여 있다는 집단답게 퇴장하는 것도 가장 먼저였다.

그다음 여파가 닿은 것은 서쪽이었다.

하늬바람 조합 소속의 용병단과 암살 집단들은 충격파도 충격파지만, 웬만한 사람 하나는 뼈째로 녹일 것 같은 고온 섞인 열풍에서 어떻게든 살아남아야만 했다.

"얼음 장벽!"

"아이스 포트리스!"

"블리자드!"

빙왕이 있는 힘껏 양손 위로 냉기를 끌어 올리면서 바닥에다 내리찍었다.

삽시간에 지면이 얼어붙으면서 고슴도치처럼 얼음 가시가 위로 수도 없이 치솟았고, 서로 넝쿨처럼 뒤엉키다가 거대한 장벽을 만들었다.

한때, 철사자와 함께 용병계의 최강자라고 손꼽히다가, 젊은 시절의 무왕에게 꺾이면서부터 명성이 바닥에 곤두박질치긴 했지만.

그는 여전히 옛 명성이 생생하게 살아 있다는 것을 보여 주려는 듯, 전력을 다해 마력을 얼음 장벽에 쏟아부었다.

다른 용병들은 그를 중심으로 움직였다.

마법이 가능한 마법사들은 빙왕을 보조해 버프를 걸어 주거나, 냉기를 실어 얼음 장벽을 보다 더 탄탄하게 만들었다.

콰콰쾅!

열풍이 실어 온 바위들이 수도 없이 방벽을 두들겨 댔다. 그럴 때마다 벽면을 따라 균열이 퍼지고, 다시 얼어붙기를 반복했다.

냉기 관련 스킬이나 마법이 없는 플레이어들은 일제히 오러를 격발해서 그런 바위들을 쳐 내는데 몰두했다.

트와이스는 투척 무기를 잇달아 던져 바람의 방향을 바꿨고, 블랙 스컬은 이상한 벌레들을 마구 부리면서 열기를 먹어 치웠다.

특히 아트란이 눈여겨봤던 '장'과 '턴'은 화살을 쏘거나, 오러를 격발시키면서 위험한 파편들을 치우는 데 큰 도움이 되었다.

그래도 이따금 날아온 눈먼 파편들이 불쑥 나타나기도 했으니.

"어, 어?"

"미친놈들아! 거기 막아아!"

"피, 피해!"

"아아악!"

"컥!"

달그림자 집단이 사각지대에서 날아온 파편을 미처 알아

채지 못했다.

뒤늦게 발견해서 막으려 들었을 때에는 이미 바로 눈앞까지 다다라 어떻게 처분하기가 힘들었다.

원래는 요새의 가장 끄트머리에 있던 지붕 부분이었던걸까.

가장 먼저 수장인 크레센트가 뾰족한 십자가에 몸뚱이가 박살 난 채 튕겨 나고, 뒤따라 날아온 바위가 다른 달그림자의 소속원들을 덮쳤다. 그들은 시체조차 남기지 못하고 피떡이 되어 흩어졌다.

쿠쿠쿵!

문제는 바로 그 뒤였다. 한쪽이 허물어지면서, 한순간 그쪽으로 날아오는 파편들을 막을 손이 부족해진 것이다.

빈자리를 메우기도 전에 재차 파편들이 연속으로 날아왔다. 거기다 열풍까지 들이닥쳤으니.

아트란이 비싼 값을 주고 모셔 왔던 철사자단의 3부대가 갈려 나가고, 뒤이어 다른 용병들은 고열에 줄줄이 녹아 비명만 지르다가 쓰러졌다.

랭커?

S급 용병?

거대한 재앙 앞에서 그딴 것은 아무런 소용도 없었다. 저마다 자기 목숨을 부지하기에도 급급했다.

지옥.

말로만 듣던 지옥이 있다면 바로 이곳을 말하는 게 아닐까.

"제기라아알!"

아트란은 두 눈이 시뻘겋게 달아오른 채로 소리를 질렀다.

하지만 그 소리마저도 곧 날아온 파편에 가려져 사라지고 말았다.

＊　　　＊　　　＊

비슷한 광경은 다른 곳에서도 똑같이 이뤄지고 있었다.

"으아아아! 레드 드래고오오온!"

아이온은 피투성이가 된 채로 비명을 질렀다. 비록 그 소리마저도 제대로 울리지 않았지만.

갑작스럽게 검은 불길이 일행들의 머리 위에 떨어진 뒤로. 아이온은 너무 큰 피해에 울분을 토해 내야만 했다.

그리고 이런 재앙을 불러들인 레드 드래곤과 여름여왕을 저주했다.

그의 상식선에서, 감히 엘로힘에게 이런 해코지를 할 수 있는 곳은 그들밖엔 없었기 때문이었다.

연우가 알았다면 뜻하지 않은 분쟁이라며 웃었을 테지만.

그런 사실을 전혀 모르는 아이온은 도저히 이 끓는 속을 달랠 길이 없었다.

그러나 더 큰 문제는 겨우겨우 전열을 가다듬어 진격을 하려는 순간, 새로운 재앙과 마주쳤다는 것이었으니.

부상을 수습하던 자들이 그대로 쓸려 나갔다. 아이온을 따르는 가신들이며 충복들, 그리고 엘로힘이 자랑하는 의원들 몇 명까지.

아이온은 어떻게든 그들을 붙잡고 싶었지만, 곳곳에 설치해 뒀던 와드가 제멋대로 움직여 시야가 뱅글뱅글 돌아 아무것도 할 수가 없었다.

"아아아아악!"

처절한 비명을 지르는 수밖에는.

* * *

남문은 사정이 더 처절했다.

공략을 시도하던 마탑 및 여러 랭커들은 협업은커녕 자기 살길만 찾아 움직이다가, 곧 소리도 없이 거센 열풍에 파묻혀 사라졌다.

*　　*　　*

　요새 곳곳에서 플레이어들을 혼란으로 몰아넣던 재앙은 한 번으로 그치지 않았다.

　콰콰콰콰—

　휘이이!

　떠밀려 났던 공기가 기압 차이로 인해 다시 안쪽으로 몰렸다. 폭풍이 제자리를 쉴 새 없이 맴돌면서 그나마 남아 있던 것들도 계속 갈아 댔다.

　끝없는 밤의 세계는 그야말로 폭발과 고열, 먼지구름으로 가득한 아수라장이 되고 말았다.

　그리고.

　연우는 불의 날개를 활짝 펼친 채, 아주 드높은 상공에서 이 수라장을 내려다보고 있었다.

　메테오 스트라이크가 작렬할 때 즈음에 블링크를 잇달아 전개해 사정권에서 훨씬 멀리 달아났던 것이다.

　'생각보다 훨씬 잘 통했어.'

　거대 클랜들을 브로켄 요새로 끌어모으고, 킨드레드까지 나타났을 때 메테오 스트라이크를 처박는다는 계획.

　처음 이 계획을 이야기했을 때, 일행들은 하나같이 '미쳤다'고 말했다.

보통 외우주는 여러 결계와 방호 마법으로 보호되기 마련. 이것을 전부 해제하고 운석을 갖다 처박는다는 발상이 말도 안 되는 짓이라고 여겼던 것이다.

만약 그것이 가능했다면. 그동안 여러 클랜들에게 팔린 외우주들이 똑같은 신세로 전락하고 말았을 테니까.

하지만 연우는 브라함, 부와 여러 논의 끝에 가능하다는 판단을 내렸다.

발푸르기스의 밤은 분명 현자의 돌을 맹신한 채로 단단히 무장을 시도했을 테니, 이것을 역으로 이용하려 한 것이다.

물론, 그러기 위해서 선행되어야 할 조건이, 바로 거대 클랜들을 끌어들이면서 상황을 혼전으로 몰아넣어야 한다는 점이었다.

그래야 몰래 침투를 해서 아난타의 행방을 알아내고, 방호 시설을 해킹해서 운석을 불러올 수 있을 테니까.

이미 현자의 돌에 있어서는 미녀들이 따라잡을 수도 없을 만큼, 깊은 지식을 갖게 되었기 때문에 가능한 일이었다.

그리고.

결과는 아주 성공적이었다.

농서남북 어디를 돌아봐도 멀쩡한 곳은 하나도 없었다.

간간이 충격파에서 겨우 살아남은 자들이 있긴 했지만, 그렇다고 그들도 사정이 좋은 건 아니었다.

운석이 처박힌 중앙은 볼 필요도 없었다.

'수집된 망령들도 질적으로 꽤 좋은 것들이고.'

연우는 컬렉션에 있는 망령들을 보면서 괴이와 샤논 등이 참 좋아하겠다는 생각이 들었다.

이렇듯 모든 게 만족스러웠지만.

아쉬운 점이 전혀 없는 건 아니었다.

'여름여왕은 여기에 없나?'

마독에 중독되어 다 죽어 가는 중인 그녀라면 이 일에 매달릴 수밖에 없다고 생각했는데. 아무래도 몸 상태가 예상보다 더 좋질 않은 모양이었다.

'어차피 운석에 맞아 죽나, 마독에 시름시름 앓다 죽나 똑같을 테니.'

연우는 피식 웃음을 흘리면서 불의 날개를 접어 자신이 원래 있던 곳으로 천천히 낙하했다.

때마침 지상에서는 혼란이 어느 정도 가라앉고 있었다.

요새는 이미 모두 흔적도 없이 사라지고, 대신에 그 자리에는 깊은 구덩이와 부서진 바위 조각들만 가득한 폐허가 되어 있었다.

탁!

연우는 킨드레드와 비에라 듄의 시체를 찾고자 용마안을 활짝 열었다. 비에라 듄은 아직 체부 환승을 하지 않고 있었다. 요새가 통째로 날아갔으니 남아 있던 다른 육체들도 전부 날아간 모양이었다.

바로 그때.

"카이이인!"

무너진 폐허 속에서. 킨드레드가 낙석을 밀어내며 불쑥 일어나 소리를 질렀다.

녀석은 마군의 두 번째 주교라는 이름에 걸맞지 않게 꼬락서니가 좋질 않았다.

마령과 72선술을 잇달아 전개하면서 겨우겨우 부지한 목숨. 하지만 팔다리가 모두 부러지고, 먼지를 뒤집어쓴 채 피를 토하는 모습은 금방 죽어도 이상하지 않을 정도였다.

그런데도 연우를 노려보는 그의 눈에는 힘이 빠지지 않았다.

메테오 스트라이크가 아무리 단일 타격력으로는 최강으로 손꼽히는 마법이라지만. 대인(對人)이 아닌 대물(對物) 마법에는 한계가 있을 수밖에 없었다.

그리고 킨드레드는 그런 곳에서 제 몸을 하나 빼내기엔 충분한 실력을 지니고 있났다.

다만, 예상치 못한 운석의 등장 때문에 이런 꼴이 되었을 뿐. 이미 마령도 제대로 이뤄졌는지, 망가진 신체는 한눈에도 확연히 보일 만큼 빠른 속도로 복구가 되고 있었다.

그는 당장이라도 연우를 찢어 죽이겠다는 듯, 두 눈을 활활 불태웠다.

그를 둘러싼 마기가 안개처럼 퍼져 나가면서 주변의 농담(濃淡)도 서서히 짙어지고 있었다. 이리저리 얽힌 마기가 악귀의 형상을 떴다.

〈마령〉
〈72선술 – 흉〉

화아악―

킨드레드는 분노를 토해 내면서 곧장 연우에게 달려들 태세였다. 마기가 태풍처럼 휘몰아쳤다. 먼지구름이 쓸려 나가면서 해일처럼 엄습했다.

하지만.

"그것도 좋지."

연우는 그런 녀석을 보면서 피식 웃었다. 명백한 비웃음. 각성이나 권능도 발휘하지 않은 채, 팔짱을 끼는 여유까지 보였다.

킨드레드는 그 모습에서 알 수 없는 불안감을 받았다. 처음 메테오 스트라이크를 맞았을 때와 똑같은 위기감.

"뭐?"

"메테오 스트라이크. 설마 한 발만 준비했다고 생각하는 건 아니겠지?"

"……!"

"잘 막아 봐."

킨드레드는 재빨리 뒤를 돌아봤다. 처음처럼 상공에서 내려오는 것이라면 얼마든지 피할 수 있을 거라고 여겼지만. 소환 마법진은 바로 눈앞에서 열려 있었다.

"카이이인!"

킨드레드는 단숨에 머리를 덮는 그림자를 보면서 인상을 와락 일그러뜨렸다.

브로켄 요새를 박살 낸 운석에 비하면 작았지만, 그래도 장정 십여 명은 쉽게 덮을 수 있는 크기였다.

콰앙!

킨드레드는 주먹을 거칠게 휘둘러서 운석을 박살 냈다. '빙'과 '시'가 합쳐진 음양합벽. 하지만 아직 몸이 다 낫질 않아 위력은 원래의 것보다 현저히 낮았다.

때문에 충격파도 모두 상쇄하지 못해 킨드레드는 실 끊이진 연처럼 난반에 넝셔 나고 말았다.

"잘 막는군. 그럼 그렇게 계속 더 막아 봐."

연우는 그런 녀석을 보면서 가볍게 손가락을 튕겼다. 그러자 킨드레드 주변으로 수십 개의 마법진이 일제히 열리면서 크고 작은 운석을 쉴 새 없이 토해 냈다.

쾅! 콰앙!

콰콰쾅!

대가는 결계의 축을 이루던 4개의 푸른색 크리스탈들이었다. 비록 3개는 현자의 돌들과 함께 초기 운석을 소환하기 위해서 써 버렸지만, 작은 운석만 소환한다면 남은 1개로도 충분했다.

여기에 부가 무면목 법서로 포문을 열고, 연우도 룬 마법을 바탕으로 한 악마술을 얹었으니.

화력은 이미 두려울 게 없었다. 거기다 한 사람을 대상으로 한 집중포화. 아무리 킨드레드라고 해도 부상을 입은 몸으로는 전부 당해 낼 수 없었다.

콰르릉!

콰콰콰콰—

쿠르르—

결국 끝없이 이어질 것 같던 마법 포격이 전부 끝났을 때.

새카맣게 그을린 구덩이 위에는 만신창이가 된 킨드레드가 남아 있었다.

한쪽 무릎을 바닥에 찍은 채, 몸뚱이가 화상과 구멍으로 가득했다. 얼굴도 죄다 부서져 하나 남은 눈으로 연우를 올려다볼 뿐이었다.

　망가진 그의 모습은 더 이상 역귀라는 명성에 어울리지 않았다.

　"카, 인……!"

　"용케 잘도 버티는군."

　"카인!"

　"미안하지만."

　찰칵—

　"아직 한 발 남았다."

　연우의 머리 위로 마지막 포문이 열렸다.

　"카이이이이이인!"

　콰아아앙!

Stage 34.
여름여왕

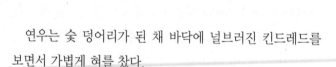

연우는 숯 덩어리가 된 채 바닥에 널브러진 킨드레드를 보면서 가볍게 혀를 찼다.

이젠 꿈쩍도 할 수 없는 상태인데도 불구하고. 녀석은 여전히 숨이 붙어 얕게 헐떡이고 있었다. 끈질긴 생명력이었다. 바퀴벌레가 아닐까 싶을 정도로.

'이것도 72선술의 영향인가?'

아마 이대로 둔다면 부활까지도 가능하겠지. 말도 안 되는 수준의 재생 능력이었다. 하지만 한편으로는 72선술이 가진 깊이가 생각했던 것 이상으로 대단하다는 사실이 기쁘기도 했다.

"널…… 찾아, 와 죽……!"

연우는 제멋대로 지껄여 대는 킨드레드의 머리통에다 비그리드를 쑤셔 넣었다.

퍼석. 녀석의 머리가 아주 가볍게 부서졌다. 검은 가루가 허공에 흩어졌다.

"역시 가짜였군."

연우는 가볍게 혀를 찼다. 혹시나 하는 생각에 바토리의 흡혈검으로 흡수를 하지 않고 일단 비그리드로 찔러 본 것이었는데. 아무래도 분신이었던 모양이었다.

미후왕의 궁전에서 발견되었던 사체도 바로 이런 분신이었겠지. 어쩌면 본체나 다른 분신이 찾아와 복수를 하려 들지도 몰랐지만. 연우는 당분간은 힘들 거라고 생각했다.

'아무리 분신이라고 해도 정신적인 타격까지 만회할 수 있는 건 아닐 테니.'

분신이 죽는다고 해서 리플렉트까지 사라지는 건 아니었다. 오히려 정신적 반작용이 더 클 것이다.

아무리 킨드레드라고 해도 제정신을 찾는 데 상당한 시간이 걸릴 터였다.

그리고 연우에게는 그것만으로도 충분했다.

도저히 속내를 알 수 없는 마군의 개입을 차단하는 것만 해도 아주 큰 성과였으니까. 게다가 킨드레드가 데려온 다른 주교 등은 모두 죽었을 게 분명했다.

연우는 킨드레드가 있던 자리를 지나쳤다. 얼마 떨어지지 않은 곳에서 폭발의 잔해에 반쯤 파묻힌 비에라 듄을 발견할 수 있었다.

비에라 듄은 킨드레드와 달리 이미 숨이 끊어져 있었다. 체부 환승을 한 흔적이 없었다. 용마안으로 녀석의 영혼이 묶여 있는 것이 보였다.

캬아아!

망령으로 타락한 비에라 듄은 연우에게 날을 잔뜩 세웠다. 하지만 망령 따위가 연우에게 해코지를 할 수 있을 리만무했다.

쯧.

연우는 그녀를 보면서 가볍게 혀를 찼다.

고작 이따위로 허망하게 죽을 줄 알았다면, 더 많이 괴롭히다 죽일 것을.

그래도 명색이 하이 랭커이고, 한 집단의 수장이었기에 기습을 한다 해도 어려운 싸움이 되지 않을까 생각했었다.

아무리 현자의 돌의 기능을 정지했어도, '위대한 어머니'의 총애를 받는 사도였으니까.

하지만 비에라 듄은 변변한 저항도 하지 못하고 죽고 말았다. 기습에 너무 내몰려 마법을 쓸 겨를이 없었던 걸까,

아니면 현자의 돌을 너무 믿었던 걸까.

어떤 이유가 되었든 간에. 연우로서는 조금 허무하게 느껴지기까지 했다.

'이 여자는 이렇게 죽어서는 안 되었어.'

연우의 두 눈이 스산하게 빛났다. 비에라 듄은 다른 배신자들보다 더 끔찍하게 죽었어야만 했다. 다른 놈들은 동료였다가 등을 돌렸을 뿐이지만, 비에라 듄은 동생의 마음을 갖고 놀기까지 했으니.

그리고 세샤의 일까지, 절대 용서할 수가 없는 자였다.

컬렉션에 묶어 두고 끔찍한 고통을 가할 수 있다지만. 그래도 생자일 때와 사자일 때의 차이는 큰 법이었다.

그래도 일이 이렇게까지 된 이상 어쩔 수 없는 일.

연우는 영혼이라도 끝까지 쥐어짜야겠다고 생각하면서.

"삼켜라."

왼손을 활짝 펼쳐, 바토리의 흡혈검으로 비에라 듄의 사체를 흡수했다.

사도의 몸이었기 때문일까. 막대한 양의 마력과 생기가 체내로 흘러들어 왔다.

[생기와 정기를 갈취합니다.]

[힘이 1만큼 올랐습니다.]

[민첩이 2만큼 올랐습니다.]

……

['바토리의 흡혈검'의 스킬 숙련도가 올랐습니
다. 49.8%]

이미 육체가 거의 완성될 대로 완성되었기 때문에 능력
치에 큰 변화는 없었다.

하지만 뜻하지 않은 수확도 있었다.

[영혼을 수거하는 데 성공했습니다. 영혼과 연결
된 모든 마법 무장이 해제되며, 아티팩트는 강탈자
에게로 환원됩니다.]

['불길한 현자의 돌'을 획득했습니다.]

연우의 왼손 위로 보라색 광채가 맴돌았다. 손바닥 반쪽
만 한 크기의 돌. 연우가 가진 것보다는 못했지만, 여태 발
푸르기스의 밤이 가진 것들 중에서는 가장 큰 돌이었다.

원래 비에라 둔이 가지고 있던 물건. 확실히 수장의 것이
라 그런지 다른 것들과는 등급도 달랐다.

연우는 아주 잠깐 자신이 가질까 하는 생각을 하다가, 곧
원꾀 임지에게로 넘겼다.

'부.'

「감사. 합니. 다.」

자신이 가진 현자의 돌과는 섞이기 힘들 것 같았다. 게다가 이번 기습에서 가장 큰 공헌을 한 일등 공신은 부. 그에게 제대로 된 선물을 해 주고 싶었다.

부는 덜덜 떨리는 손으로 돌을 받았다. 인페르노 사이트가 활활 타올랐다. 눈두덩이에 갖가지 감정이 깃들었다. 환희, 황홀, 감동.

그는 이제 탈피를 위한 마지막 지점을 눈앞에 두고 있었다. 이 돌이라면 아주 큰 도움이 될 터.

이런 물건을 아무렇지 않게 내어 주는 주인에게 감사하고 또 감사했다. 새롭게 태어나 얻은 가장 큰 행운은 역시 연우를 모실 수 있게 되었다는 것이었다.

연우는 그런 부를 보면서 피식 웃다가, 다시 왼손으로 고개를 돌렸다. 어느새 갈취가 끝나 가고 있었다.

그리고 다행히 원하던 메시지가 망막에 떠올랐다.

['바토리의 흡혈검'이 상대의 근원을 갈취, 스킬을 일부 강탈하는 데 성공했습니다.]

[스킬 '체부 환승'이 생성되었습니다.]

'됐다.'

비에라 듄의 시그니처 스킬을 빼앗는 데 성공한 것이다. 체부 환승. 다른 육체만 있다면 에고 데이터를 몇 번씩이나 옮길 수 있게 하는 스킬.

용인이라는 새로운 육체를 구할 수 없을 연우에게는 별다른 필요가 없을지도 모르지만.

스킬은 플레이어의 특성에 맞춰 조금씩 성질이 달라질 수도 있는 법이었다.

[스킬 '체부 환승'의 등급은 권능입니다.]

[권능의 원주인이 자신의 사도를 죽이고 권능을 강탈한 데에 대해 강한 불쾌감을 드러냅니다. 이름을 알 수 없는 이가 권능을 회수했습니다.]

[사라진 스킬을 대신해 새로운 스킬을 탐색합니다.]

[특성 '마룡체'의 강한 영향을 받습니다.]

[칭호 '죽음을 이끄는 자'의 영향을 받습니다.]

[칭호 '마의 인도자'의 영향을 받습니다.]

......

[새로운 스킬 '재생(再生)'이 생성되었습니다.]

'됐다!'

연우는 주먹을 꽉 쥐었다. 체부 환승은 마녀들의 위대한 어머니가 내려 준 힘이기 때문에 애당초 가질 수 있을 거라고 생각지 않았다.

하지만 보상을 철저하게 챙겨 주는 시스템의 특징상, 그와 비슷한 것을 찾으려 할 게 분명했다.

그렇게 해서 얻은 스킬은 아주 만족스러웠다.

[재생]

넘버링 91

숙련도: 0.0%

설명: 빼앗긴 권능 '체부 환승'을 대신해서 얻게 된 스킬.

부상을 입었을 시, 자가 치유 속도가 빨라진다. 숙련도가 높아질수록 잘려 나간 팔다리의 복구도 가능해진다. 때에 따라서는 부서진 심장의 수복도 가능하다.

단, 뇌는 반드시 살아 있어야 한다는 절대 조건이 붙는다.

* 충전

체력과 마력이 일정 한계치 이하로 저하되었을 시

에 임의로 활력을 불어 넣어 빠른 수복을 가능케 한
다.

만약 체력이 10% 이하로 떨어졌을 시, 하루에 단
한 번 정신적 각성을 통해 체력을 최대 50%까지 복
구시킨다.

＊복원

육체가 크게 손상되었을 시, 자동적으로 세포와
인자에 저장되어 있는 원래 형태로 되돌아가고자 한
다. 치유 속도나 한계 범위는 숙련도와 마력량에 비
례한다.

넘버링 스킬이라면 절대 나쁜 것이 아니었지만. 사실 권
능을 대신해서 얻은 것 치고는 등급이 낮은 편이라고 할 수
있었다.

하지만 연우는 이것으로도 충분히 만족했다.

갖가지 부상 위험을 겪는 그로서는 여러 개의 목숨을 갖
게 된 것이나 마찬가지였으니까.

게다가 연우가 재생을 노린 건 다른 이유도 있었다.

'이것으로 순보에 이어서 올포원으로 갈 수 있는 두 번
째 스킬을 연 셈인가?'

축지와 천리안. 이 두 가지에 더해 뒤늦게 플레이어들이 알아낸 올포원의 세 번째 스킬이 있었다.

불사(不死).

물론, 이름처럼 정말 죽지 않는다는 것은 아니었다. 그런 존재는 신과 악마 같은 자들 말고는 없을 테니까. 아니, 그들도 결국 '소멸'이라는 죽음을 맞을 수 있었다.

다만, 올포원이 가진 불사 스킬은 정말 사람들이 보기에 불사와 다를 게 없을 정도로 사기적이었다.

심지어 머리와 영혼이 부서져도 되살아날 수 있는 힘.

몇 번씩 죽어도 거짓말처럼 다시 나타날 수 있는 힘.

그 힘 때문에. 모든 플레이어들은 올포원이라는 벽을 끝내 넘지 못했다.

올포원의 '불사'가 진짜 스킬인지는 알 수가 없었다. 어쩌면 다른 이름을 가진 스킬일 수도 있겠지.

하지만 동생은 오랜 추적 끝에 불사에 어떤 비밀이 있다는 것을 깨달았고, 여기에 필요한 재료가 재생이나 체부 환승이라는 것을 알아차렸다.

다만, 재생은 그 자체로도 넘버링 스킬이기 때문에 마스터리나 승급이 쉽지 않았다.

하지만 마스터리를 이루고, 다른 조건들도 추가적으로

갖출 수 있다면.

여름여왕이나 무왕마저도 넘지 못한 올포원의 비밀에 다가설 수 있을지도 몰랐다.

'이것으로 필요한 건 모두 챙겼고.'

연우는 컬렉션에 비에라 듄의 망령이 제대로 소속된 것을 확인하고, 천천히 몸을 일으켰다.

사실 마음 같아서는 여기서 비에라 듄의 심문도 같이하고 싶었지만.

아직 모든 싸움이 끝난 건 아니었다.

초감각으로 뿌려 둔 감각 영역 사이사이로 아직 살아 있는 사람들이 느껴졌다. 그런 난장판 속에서도 목숨을 부지한 것이다. 역시 랭커는 랭커. 절대 무시할 수가 없었다.

그래도 다행히 일단 이것으로 가장 큰 목표는 처리한 셈이었으니.

조금은 긴장을 풀며 움직일 수 있을 것 같았다.

그때.

띠링, 띠링—

[서든 퀘스트(현상 수배2)가 끝났습니다.]

[최종 성적]

1위. ###(182,333Point)

2위. 에도라(812Point)

3위. 판트(695Point)

4위. 아이온(30Point)

……

[퀘스트를 압도적인 성적으로 달성했습니다.]

[보상으로 '인트레니안 개방'을 획득했습니다.]

[레드 드래곤이 보유한 11번 인트레니안으로 이동할 수 있는 자격이 주어졌습니다. 앞으로 주어진 12시간 동안 원하는 물건을 총 5종을 획득하여 갖고 나올 수 있습니다.]

[숨겨진 조건, '비에라 둔의 사살'을 달성했습니다.]

[보상으로 '용의 피(적룡종의 혈청)'를 획득했습니다.]

분명 끝없는 밤의 세계로 들어오면서 받았었지만, 비에라 둔을 추적하느라 잊고 있었던 두 개의 현상 수배 퀘스트.

그중 하나를 달성했다는 메시지를 받은 것이다.

연우의 눈이 저절로 커졌다.

＊　　　＊　　　＊

"……대체 무슨 일이 벌어지고 있는 거야?"

아이테르는 흔들리는 눈으로 뒤를 돌아봤다. 요새에서 갑자기 일어난 폭발과 불어닥친 먼지구름은 한창 광기를 띠고 있던 레드 드래곤과의 싸움을 강제로 중단시켰다.

콰르르ㅡ

협곡이 무너지고, 능선을 따라 거대한 산사태가 일어났다. 저곳에는 분명 아이온과 엘로힘이 있을 텐데. 과연 그들은 어떻게 되었을까?

이미 엘로힘에게서 마음이 떠난 아이테르로서는 그들이 걱정스럽거나 하지는 않았다. 그보다는 다른 감정이 들었다.

불신. 아이테르에게 있어 아이온을 비롯한 원로원의 의원들은 절대 죽을 수도, 사라질 수도 없는 절대성, 그 자체였다.

단 몇 마디로 자신의 가문을 몰락시키고, 신분을 복구시켜 줄 수 있었던 절대성. 그를 둘러싼 모든 세상을 바꿀 수 있었던 힘을 가진 이들이 바로 저들이었다.

그랬기에. 아이테르의 세계관에서 저들이 죽는다는 건, 절대 상상조차 할 수 없었다.

하지만 저런 폭격이라면. 저 정도 규모의 폭발이라면. 아무리 아이온과 엘로힘이라고 해도 위험하지 않을까. 아이테르는 자신을 둘러싸고 있던 무언가가 무너지는 듯한 충격을 받아야만 했다.

"메테오?"

그리고 그런 충격은 탐을 비롯한 레드 드래곤도 마찬가지였다. 엘로힘인지 마군인지, 정체도 알 수 없는 이놈들따위야 아무래도 상관없었다. 하지만. 그들은 저 요새로 가던 길이었다.

만약 메테오가 떨어진 게 조금만 더 늦었더라면. 다른 놈들과 똑같이 휘말리지 않았을까. 그리고 과연 그 속에서 살아남을 수 있었을까? 확답을 할 수가 없었다.

그러면서 한편으로는 과연 어떤 놈이 외우주에다가 저런 무식한 짓을 저지를 수 있었을까, 하는 생각이 들었다.

마녀들이 자폭이라도 하자는 심정으로 제집 앞마당에 운석을 소환한 것이 아니라면. 어떻게 외우주의 결계를 뚫고 운석이 나타날 수 있었던 건지 도무지 짐작도 가지 않았다.

드래곤 하트가 멀쩡할 때의 여름여왕도 쉽게 엄두 내지못할 일일 텐데.

그래서 탐은 섣불리 움직일 수가 없었다. 언제 또 운석이 2차, 3차로 떨어질지 몰랐으니까. 현자의 돌을 구하러 가다가 괜히 목숨만 위험해지는 건 사양이었다.

결국 아이테르와 탐, 둘 모두 눈치만 볼 뿐. 아무도 섣불리 움직이려 하지 않았다. 암묵적인 대치만 길게 이어지던 그때.

우웅, 웅—

갑자기 탐의 머리 위로 새로운 포탈이 열렸다. 익숙한 얼굴들이 대거 나타났다.

백발을 길게 늘어뜨린 여인과 그녀를 호종하는 여덟 명의 용아병들. 탐의 형제들이, 그들의 어머니이자 왕인 분을 모시며 등장한 것이다.

여름여왕의 강림.

전쟁이 새로운 국면으로 접어드는 순간이었다.

촤아악!

여름여왕은 가장 먼저 앞길을 가로막고 있는 아이테르 등이 귀찮다는 듯, 허공에다 손을 가볍게 휘저었다.

그러자 마력이 섞인 돌풍이 채찍처럼 휘둘러져 전면에 있던 플레이어들을 죄다 피떡으로 만들어 버렸다.

엘로힘의 명문가에서 엘리트 교육을 받고, 마군의 마안까시 빋을 성노로 뛰어난 실력을 자랑하던 자들이었지만.

아이테르에게는 가문의 재건과 원로원에 대한 복수를 꿈꿀 수 있게끔 도와주는 소중한 가신들이었지만.

여름여왕 앞에서는 그저 한낱 하루살이에 불과했다. 이들이 사라지게 만드는 데 필요한 시간은 단 1초. 그 이상은 낭비였다.

그리고 그건 아이테르도 마찬가지였다.

'도, 도망쳐야……!'

여름여왕은 감히 자신의 〈풍신편(風神鞭)〉을 피한 아이테르를 보면서 한쪽 눈썹을 꿈틀거렸다. 그녀는 곧장 손날을 반대로 돌렸다.

쐐애액!

손끝에서 연장된 바람 채찍은 회전력까지 더해서 아이테르의 정수리를 후려쳤다.

쾅!

"쥐새끼같이 도망쳤군."

풍신편이 휩쓸고 지나간 자리에는 바위나 나무 따위는 남아 있지 않았다. 죄다 쓸려가 평지만 남았지만, 아이테르는 이미 자취를 감춘 뒤였다.

〈백광(魄光)〉. 빛의 입자로 잘게 쪼개져 가까스로 도망치는 데 성공한 것이다.

하지만 여름여왕은 굳이 아이테르를 뒤쫓지 않았다.

잡으려면 얼마든지 잡을 테지만. 지금 그를 뒤쫓는 것은 귀찮고 쓸데없는 일에 지나지 않았다.

그래서 그녀는 아이테르에 대한 것을 잊고, 탐을 휙 하고 돌아봤다.

탐은 재빨리 무릎을 꿇으면서 머리를 땅에다 세게 박았다. 이마가 찢어지면서 피가 튀었다.

"죄송합니다!"

여름여왕이 송곳니가 훤히 드러날 정도로 으르렁거렸다.

"내가 이런 너절한 곳에 직접 모습을 드러내야만 하는 것이냐? 이 일이 그토록 어려운 것인지 꿈에도 몰랐구나!"

"용서해 주십시오……!"

"초도. 이 책임은 나중에 따로 묻겠다. 하지만 이 일이 끝날 때까지 네 피를 내놓을 각오로 뛰어야 할 것이다."

"기회를 주셔서 감사합니다, 어머니!"

탐은 머리가 부서져라 다시 몇 번이고 지면에디 이마를 박았다. 두개골이 부서지는 소리가 들렸지만. 그는 통증을 느낄 새가 없었다.

여름여왕이 이곳에 직접 모습을 드러냈다는 것. 그건 그만큼 크게 진노했단 뜻이었다.

용아병의 위계는 대개 수혈된 용의 피의 양으로 정립되

는 것이었고, 여름여왕은 얼마든지 그 양을 조절할 수 있는 권한이 있었다. 여차하면 이미 투입된 피를 모두 수거하는 것도 가능했다.

그랬다가는 더 이상 용아병도, 용생구자도 아니게 되겠지. 권능이 모두 박탈된 셈이니 81개의 눈도 되지 못할 것이다. 왕자의 신분에서 평민 신세로. 한순간에 나락으로 떨어지는 것이다.

뒤통수가 뜨거운 것 같았다.

다른 형제들의 비웃음과 조롱 섞인 시선이 쏠리는 게 느껴졌다. 이미 그가 경쟁에서 도태되었다고 여기는 게 틀림없었다.

탐으로서는 그런 상황을 절대 상상도 할 수 없었다. 어떻게든 남은 시간 동안 여름여왕이 품은 진노를 달래야만 했다.

하지만.

여름여왕은 탐에게 시선도 주지 않았다. 이미 그녀의 두 눈은 먼지구름을 쉴 새 없이 토해 내는 협곡에 단단히 고정되어 있었다.

저곳에. 그토록 찾던 현자의 돌이 있었다.

'어떻게든. 어떻게든……!'

여름여왕은 이를 악물면서 그동안 억눌러 뒀던 마법을

발동시켰다. 새하얀 빛무리가 그녀를 감쌌다. 폴리모프. 빛이 가신 자리로 거대한 용이 모습을 드러냈다.

용은 과거 청화도와 전쟁을 치를 때와는 다르게 많은 곳이 망가져 있었다.

루비처럼 반짝이던 비늘은 까맣게 죽었고, 불을 뿜을 것 같던 두 눈은 탁기로 가득했다. 거대한 몸뚱이나 날개에도 구멍이 숭숭 뚫려 마치 누더기처럼 보일 정도였다.

망가진 드래곤 하트와 마독 중독.

여름여왕은 방금 전 겨우 남겨 뒀던 마력을 뿌리까지 뽑아 썼다. 사실상 본체로의 마지막 변신이었고, 목숨을 건 시도였다. 여기서 실패한다면? 죽음밖에 남지 않을 것이다.

그렇기에 여름여왕은 마음이 더 다급했다. 마독이 골수까지 침범한 이상, 이미 그녀는 더 이상 물러설 곳도 없었다.

최후의 용으로서. 용종의 마지막 남은 후예로서 이런 곳에서 개죽음을 당할 수는 없었다. 절대로!

크롸롸롸!

여름여왕은 하늘을 보며 길게 울부짖었다. 그리고 날개를 활짝 펼치면서 비상을 시도, 갖가지 마법을 동시에 발동시키면서 거대한 몸집을 크게 술렁였다.

콰아앙—

꼬리로 허공을 강하게 후려치자, 어느새 브로켄 요새가 있는 협곡까지 단숨에 날아올랐다. 마지막 남은 마력이 바닥났다.

그녀는 이제 영혼을 쥐어짜면서 영력을 억지로 마력으로 치환하는 중이었다.

영력의 사용은 자칫 영육의 불일치와 격의 상실로 이어질 위험도 컸지만. 그녀는 그런 것을 신경 쓸 겨를이 없었다.

마독에 억눌렸던 권능들이 하나둘씩 깨어났다. 용이 용으로 있게 할 수 있는 권능들이 순차적으로 나타나고, 드래곤 피어가 상공을 따라 잔뜩 퍼져 나가면서 주인을 잃은 외우주를 장악했다.

지금 이 순간.

끝없는 밤의 세계는 더 이상 마녀들의 영지가 아닌, 여름 여왕의 권역이었다.

*   *   *

'인트레니안 개방과 용의 피라고?'

연우는 보상으로 주어진 것들을 보고 묘한 눈빛이 되었다.

뜻하지 않은 횡재를 한 셈이니 마다할 생각은 없었지만.

사실 5대 명장 여러 명과 인연을 맺고 있는 연우로서는 레드 드래곤이 보유하고 있을 여러 아티팩트들에 딱히 흥미가 가진 않았다.

신이나 영웅이 쓰던 보구면 모를까. 하지만 그런 것을 넣어 뒀을 리는 없으니 기대는 하지 않는 게 좋았다. 보나 마나 A등급 무기나 보석 몇 개를 넣어 둔 게 전부겠지.

하지만 다른 보상은 달랐다.

용의 피.

이건 이제 절대 구할 수 없는 물건이었다.

[적룡종의 혈청]

분류: 영약

등급: S+

설명: 최후의 용, 여름여왕 이스메니오스의 피를 정제해서 만든 혈청. 마시는 것만으로도 대단한 능력치 향상을 이룰 수 있으며, 때에 따라서는 용아병으로의 각성도 가능하다.

사실 이건 단순한 'S+등급' 이상의 가치를 갖고 있는 물건이었다.

모든 용종이 절멸한 이때. 용의 피는 더 이상 구하려야 구할 수가 없었다.

게다가 탑의 세계에서 용생구자가 얼마나 강한지 모르는 사람은 없었다.

그들이 주기적인 수혈을 통해 탄생된다는 것을 감안한다면. 이것은 어느 플레이어든지 간에 눈에 불을 켜고 달려들 수밖에 없는 보상이었다.

'새로운 용아병이라도 만들 생각이었나?'

그럴지도 모르겠다는 생각이 들었다.

여름여왕의 눈에 발푸르기스의 밤은 어쨌든 빨리 처리해야 할 놈들이었으니까. 그들을 제거하고 현자의 돌의 비밀을 가져온다면, 단순히 용아병에서 그치지 않으려 했을 수도 있었다.

'문제는 혈청이 내 손에 들어왔다는 거지만.'

연우는 이 혈청을 어떻게 해야 할지 잠깐 고민했다. 이 자리에서 바로 마시는 것도 나쁘지 않았다.

하지만 연우의 체내에도 용의 피는 잘 흐르고 있는데, 여기에 추가로 더해진다고 한들 크게 달라질 건 없었다. 게다가 고룡 칼라투스는 여름여왕과 다르게 적룡종이 아니었다. 흡수율이 떨어질 수밖에 없었다.

잘 궁리해 본다면 괜찮게 쓸 구석이 있을 것 같은데. 갑자기 주어진 보상이라 그런지 딱히 떠오르는 것이 없었다.

'아니면.'

연우는 슬쩍 손에 쥐고 있는 비그리드를 내려다봤다. 우웅, 웅— 비그리드가 연우의 시선을 받고 잘게 몸을 떨었다. 마치 자신을 알아봐 달라는 듯.

비그리드는 신력을 품으면서 거의 모든 저주를 씻었지만, 아직 마지막 봉인을 풀지 못하고 있었다. 90% 지점에서 멈춰서 더 이상 진행되는 게 없었다.

신력은 이제 큰 도움이 되지 않는 것 같았다. 그렇다면 한때 신과도 어깨를 나란히 했다는 용종의 힘이라면 어떨까?

'연구해 봐야겠어.'

연우는 나중에 브라함과 따로 논의를 해 봐야겠다고 생각하면서 인트레니안을 열어 혈청을 넣어 뒀다.

그리고 돌아서려던 그때.

화아악!

연우는 갑자기 등골을 타고 흐르는 오싹한 기운에 허리를 쭈뼛 세웠다.

그리고 기운이 느껴신 쪽으로 고개를 놀린 순간.

상공을 따라 거대한 그림자가 맹렬한 속도로 날아오고 있는 것을 볼 수 있었다.

그리고 그보다 더 빠르게 엄청난 기세가 구름 떼처럼 몰려왔다. 메테오가 떨어졌을 때와 비교해도 절대 뒤지지 않을 위압감.

'여름여왕……!'

살갗이 따끔거렸다. 등골이 서늘했다. 세포 속에 있는 용의 인자들이 발버둥 쳤다. 약자를 종속시키는 드래곤 피어를 어떻게든 떨어뜨리고자 날뛰는 것이었다.

반편이에 불과한 용인과 완전체인 용종 간에는 엄청난 격의 차이가 있을 수밖에 없었고.

위계질서가 확실한 용의 구도 속에서, 용인에게 용종은 꺼려질 수밖에 없는 상대였다.

그래서 어떻게든 마의 인자를 획득하려 했던 것이기도 했다.

연우는 최대한 마음을 차분하게 가라앉히면서, 이곳으로 떨어지는 여름여왕에게서 벗어나고자 했다.

[드래곤 피어로 인한 극심한 공포 상태가 육체를 지배합니다. 스턴 상태에 빠집니다.]

['냉혈' 특성으로 이성을 유지합니다.]

[마의 인자가 활동합니다.]

[마의 인자가 활동합니다.]

……

[스턴 상태가 해지되었습니다. 드래곤 피어에 대한 내성이 생겼습니다.]

'메테오가 남아 있다면 좋았을 텐데. 하필 이럴 때 나타날 줄이야. 왜 지금이지?'

연우는 잇달아 블링크를 전개하면서 여름여왕의 시야에서 벗어나고자 했다. 마독에 중독시키긴 했어도, 그의 실력으로 아직 여름여왕은 무리였다.

'설마.'

그러면서 한편으로는 왜 여태껏 모습을 드러내지 않던 여름여왕이 나타났는지 이유를 떠올렸다.

그러다 한 가지 생각에 닿았다.

'비에라 듄을 잡은 것 때문에?'

서든 퀘스트가 끝난 것을 확인하고 나타난 건 아닐까? 연우는 이를 악물었다. 만약 그렇다면. 이건 명백한 연우의 실수였다.

하지만.

'아니. 어떻게 보면 기회일 수도 있어.'

연우는 이것을 기회라고 받아들이기로 했다.

어차피 여름여왕은 곧 죽을 운명이었다. 망가진 드래곤 하트와 마독에 중독된 몸으로 뭔가를 할 수 있다면 뭘 얼마나 더 할 수 있을까.

반면에 연우는 아직까지 컨디션이 좋았다.

용체 각성은 물론, 다른 권능은 아직 깨우지도 않았다. 부도 현자의 돌을 삼키면서 다시 변태를 하는 중이었고, 곳곳에 흩어진 샤논과 한령, 레베카, 브라함도 빠르게 이쪽으로 불러들일 수 있었다.

무엇보다.

연우는 현자의 돌이 완성된 이후로 자신이 가진 한계에 대해서 아직 명확하게 깨닫지 못하고 있었다.

그러니 전력을 다한다면 어떻게든 수를 낼 수 있을지도 몰랐다.

물론, 이런 가정들은 너무 희망적인 관측일지도 몰랐다.

악에 받친 맹수만큼 위험한 것도 없으니까. 게다가 여름 여왕의 기세는 평소와 비교해도 절대 약하지 않았다. 청화도 때의 모습 그대로였다.

'아직까지 저 정도라니.'

드래곤 피어를 물리쳤다고 해도, 위압감은 여전히 남아

있었다. 냉혈을 이용해도 여전히 손발이 저릴 정도였다. 정면에서 마주치는 것만으로도 힘이 쭉 빠졌다.

하지만 그래도 연우는 희망을 버리지 않았다.

자신을 믿고, 주변에 돌아가는 상황을 믿었다.

초감각으로 잡혔던 생존자들. 그들이 하나둘씩 일어나면서 이쪽으로 몰려오고 있었다.

게다가.

그들의 적의는 모두 여름여왕에게로 향하고 있었다.

'여름여왕. 당신은 실수를 해도 너무 크게 했어.'

[서든 퀘스트 / 현상 수배 (1)]

설명: 조금 전, 관리국에서는 사적인 이익으로 쿌라트 경매장을 공격한 레드 드래곤에 대한 제재를 결의했습니다. 하지만 관리국에서 가할 수 있는 제약에는 한계가 있어 많은 도움을 필요로 합니다.

지금부터 정해진 시간 동안 레드 드래곤의 플레이어를 찾아 생포하거나 사살하십시오.

사살 성공 시, 일정 확률로 죽은 상대의 스킬이나 아티팩트를 강탈할 수 있습니다.

관리국이 내걸었던 서든 퀘스트. 낭연한 말이지만, 여기서 말한 '레드 드래곤의 플레이어'에는 여름여왕도 포함되었다.

만약 여름여왕을 잡을 수 있다면. 얼마나 많은 보상을 받을 수 있을까? 게다가 지금 여름여왕은 척 보기에도 상태가 위중해 보였다.

할 수 있다. 그런 생각이 생존자들의 머릿속에 퍼지고 있는 게 틀림없었다.

그래도 아직까지 섣불리 덤비는 사람은 없었다. 일단 그녀의 전력을 먼저 체크하려는 것이다.

콰앙!

그때. 여름여왕이 지상에 착지하며 주변을 두리번거렸다. 돌기가 가득한 얼굴이 쉴 새 없이 움직였다.

세로 동공으로 쭉 찢어진 두 눈이 무언가를 찾고자 했다.

퀘스트를 완수한 자. 비에라 듄을 죽인 자를 찾으려는 것이다.

『현자의 돌은! 나의 현자의 돌은 어디에 있느냐!』

여름여왕은 잔뜩 노한 음성으로 소리쳤다. 포효가 협곡을 따라 울려 퍼지면서 끝없는 밤의 세계를 크게 진동시켰다.

하지만 그런다고 해서 이미 연우가 전부 수거했거나 사용해 버린 현자의 돌이 나타날 리 만무했고.

『내놓아라!』

어느새 탁하게 물든 두 눈은 광기로 번들거리며 분노를 풀어낼 대상을 찾아 움직였다.

그때. 연우의 모습이 여름여왕의 두 눈에 단단히 새겨졌다. 퀘스트를 내건 주체가 그녀였기에, 단번에 1등이 누군지 알아챌 수 있었다.

『내놓아라아!』

여름여왕은 당장이라도 연우를 짓밟으려는 듯, 자세를 낮추면서 크게 투레질을 했다.

연우는 언제 뒤로 빠질까, 어떻게 주변에 포진한 자들을 이쪽으로 끌어들일까 고민하면서 적절한 타이밍을 쟀다.

여기서 실수란 있을 수 없었다. 조금만 타이밍이 늦어도 녀석에게 뜯어 먹히거나, 짓밟혀 죽을 것이다.

하지만 성공할 수 있다면. 가장 멀리 있는 것처럼 보이던 원수의 명줄을 자신의 손으로 끊을 수 있었다. 이건 도박이었다. 모든 것을 챙길 수 있느냐 없느냐가 걸린. 목숨이 걸린 도박.

확률은 반반이었다. 아니. 사실 그건 스스로에게 거는 자기 암시에 지나지 않을 뿐. 냉정하게 따지고 보면 10퍼센트도 되기가 어려웠다.

그래도 연우는 그 10퍼센트도 안 되는 확률에 모든 판돈을 던지고자 했다. 그만한 확률만 해도. 연우에게는 아주 컸으니까.

긴장감과 압박감이 숨통을 옥죄는 것 같았다. 그래도. 연우는 지금 이 순간이 기뻤다. 아드레날린이 마구 분비되면서 비그리드를 쥐고 있는 손길에 힘이 바짝 실렸다.

그리고 이쪽으로 튀어오르려는 여름여왕에 맞춰 뒤로 빠지려던 순간.

갑자기 뒤에서 그의 어깨를 짚는 손길이 느껴졌다.

뒤를 돌아봤을 때, 연우는 거짓말처럼 긴장이 확 풀리는 것을 느꼈다.

"스승님."

무왕이 그를 보며 씩 웃고 있었다. 그의 뒤로 다른 부족원들도 서 있었다. 예상치도 못한 만남. 어째서 외뿔부족이 여기에 나타난 것일까.

하지만 그들이 여기에 있다는 것만으로도, 연우는 여름여왕을 손에 넣을 수 있겠다는 확신을 얻을 수 있었다. 10퍼센트의 확률은 이제 90퍼센트가 되었다.

무왕은 더 이상 걱정 말라는 듯 연우의 어깨를 두어 번 두들기고, 한쪽 주머니에 손을 꽂으면서 건들거리는 자세로 앞으로 나섰다.

『내놓아라!』

"뭘?"

『내놓아라아!』

"그러니까 아줌마, 뭐?"

『내놓아라!』

이제 광기에 완전히 물든 여름여왕은 한 가지 말만 계속 내뱉고 있었다.

무왕은 그런 녀석을 보면서. 비웃음과 함께 주머니에서 손을 빼 여름여왕 앞으로 내밀었다.

"혹시, 찾는 게 이거야?"

무왕은 중지만 곱게 펼쳐서 살랑살랑 흔들어 주었다.

'역시 이 사람은……'

연우는 자기도 모르게 헛웃음을 흘렸다. 저렇게 무지막지하게 살기를 피워 내는 거대 용 앞에서도 아무렇지 않게 중지를 흔들어 대는 여유라니.

무왕답다면 무왕답달까. 정말이지 상식적으로 보기 힘든 사람이었다. 힘과 여유. 아무나 가질 수 없을 절대자의 오만함이 그에게는 너무나 자연스러웠다.

그러면서도.

한편으로는 그런 생각이 들었다.

겉으로는 한없이 건들거리지만.

등은 참 넓은 것 같다고.

*   *   *

『나유!』

아무리 반쯤 이성을 상실했어도, 자존심 강한 여름여왕은 상대가 자신을 능멸하고 있다는 사실까지 눈치채지 못할 정도로 멍청해지지는 않았다.

아니, 오히려 무왕의 저런 뻔뻔한 낯짝 때문에 분노가 더 커지고 말았다.

지난 세월 동안. 여름여왕에게 가장 큰 장벽은 올포원이었다. 탑의 끝을 보고자 하는 열망이 있는 그녀였지만, 언제나 그가 가로막고 있어 76층 이상으로 올라가지 못했다.

그래서 레드 드래곤을 세운 이후, 그녀는 올포원에 대항하는 데 대부분의 세월을 보냈다.

그리고 그런 투쟁은 언제나 번번이 꺾여야만 했다. 만년 2등. 여름여왕은 그 한계를 벗어나지 못했다. 올포원에 대한 열등감은 그녀의 영혼을 옥죄는 저주가 되었다.

그러던 중에 외뿔부족에서 한 남자가 나타났다.

나유. 처음 그 이름을 들었을 때 알 수 있었던 건 '새로운 루키'라는 것이 고작이었다. 아래 충계에 별다른 관심이 없던 그녀가 그 이름을 듣게 된 것도 외뿔부족에서 모처럼 기대할 만한 신예가 나왔다는 수하의 보고 때문이었다.

외뿔부족. 한때, 용종이나 거인족과도 대등했던 초월종. 트리니티 원더의 후예로서, 엘로힘에서도 손꼽히는 계급인 프로토게노이 족이나 바니르 족도 발아래로 볼 정도로 뛰어난 혈통을 지녔던 그들이었지만.

외뿔부족은 자신들에게 주어졌던 신통(神通)과 권능을 아무렇지 않게 버렸다. 그리고 직접 탑 외 지역으로 근거지를 옮기기까지 했다.

조상들 따위는 아무래도 상관없다면서. 혈통이나 조상에 기대지 않고, 운명을 개척하겠다는 것이 그들의 의지였다.

그리고 실제로 외뿔부족은 모든 의무를 버렸으면서도, 금세 자신들만의 영역을 구축하는 데 성공했다.

그랬기에 여름여왕은 외뿔부족을 존경했다.

그리고 언제나 수하들에게 일러 그들과 되도록 갈등을 빚지 말라고 충고했다.

고개를 숙이거나, 싸움을 피하라는 말은 아니었다. 충돌이 벌어진다면 전쟁도 불사하겠지만. 그렇다고 해서 굳이 부딪칠 필요는 없었다.

그것이 여름여왕 나름의 경애 표시였다. 그리고 외뿔부족도 그 사실을 잘 알고 있었다.

그리디 여름여왕이 나유라는 이름을 다시 들은 것은 그

가 21층 그림자 도장에서 자신의 그림자를 이겼다는 소식에서였다.

그때까지만 해도 '제법이다'는 생각은 했지만, 경계하지는 않았다. 자신의 그림자야 천 년도 훨씬 전에 남긴 것이니, 아무리 나유가 날고 긴다고 해도 그 정도로 긴 세월을 따라잡을 수 없을 거라고 여겼기 때문이었다.

하지만 다음에는 그가 랭커 빙왕을 이겼다는 보고가 들어왔고, 또 그 다음에는 중층 구간의 입구인 30층을 단기간에 돌파했다는 소식이 들려왔다.

여름여왕의 귀에 들리는 나유의 소식은 점차 간격이 좁아졌다.

처음에는 연 단위였던 것이, 월 단위가 되었고, 정신을 차렸을 때에는 매일같이 그에 대한 소식을 들을 수 있었다.

그리고 그럴수록.

여름여왕은 알 수 없는 불안감을 받기 시작했다.

그녀가 절대자로 군림하던 지난 수천 년 동안. 나유와 같은 성장 속도를 보였던 자가 있었던가?

있긴 있었다.

흡혈군주 바토리나 마물왕 하나비, 악마 사냥꾼 드 로이, 검은 현자 파우스트 등.

하나같이 한 시대를 풍미했고, 탑의 절대자로 군림하던 자들이었다.

하지만 그들은 끝내 여름여왕의 아성을 넘지 못했다. 76층에 도전했고, 결국 무릎을 꿇어야 했다.

그들 나름대로 다양한 방식을 구가하긴 했다.

바토리는 에너지 드레인으로, 하나비는 키메라로, 드 로이와 파우스트는 악마에게로 손을 뻗어 여름여왕에 대적했다. 그러나 실패했다.

애당초. 남들은 그들이 어쩌면 여름여왕과 올포원을 넘을 수 있을지 모른다면서 입방아를 찧어 대긴 했었지만, 여름여왕은 그들에게 위협을 느낀 적이 단 한 번도 없었다.

그만큼 그녀는 강했고. 누구도 범접할 수 없는 절대자였다. 올포원만 없다면.

그랬던 그녀가. 처음으로 본능적으로 위험하다는 느낌을 받았다. 당시엔 소식만 들었을 뿐, 얼굴도 보지 못했던 애송이 따위에게.

그러다 나유는 최연소로 외뿔부족의 왕이 되었고.

우연히 전장에서 여름여왕과 만나게 되었다.

─아줌마가 그 용가리야?

─아, 숨마……?

―응? 아줌마를 아줌마라고 불렀을 뿐인데. 무슨
문제라도?

용가리라는 하찮은 단어만 해도 짜증 나기 충분한데. 아
줌마라니. 그런데도 나유는 끝까지 자신이 뭘 잘못했는지
모르는 얼굴이었다. 안하무인에 괴팍한 성격이라더니. 말
로 듣던 그대로였다.

그때부터 여름여왕과 무왕이 된 나유는 충돌하기 시작했
다.

팽팽한 접전이었다. 격전은 몇 개의 스테이지를 쑥대밭
으로 만들 정도로 거칠었다.

사람들은 무왕을 가리켜 여름여왕과 함께 올포원에 대항
할 수 있는 새로운 강자라며 추앙했다. 하지만 여름여왕은
그 사실이 너무 수치스럽기만 했다.

이딴 애송이가. 백 년도 살지 못한 이깟 미물이. 필멸자
가. 감히 나와 동등한 선을 논한다고? 말도 안 되는 소리였
다.

하지만 무왕을 꺾어 보고자 했던 여름여왕의 시도는 번
번이 실패로 돌아갔다.

그러다 언젠가 정신을 차렸을 때. 그녀는 자신의 신경이
더 이상 위에 있는 올포원이 아닌, 아래에 있는 무왕에게로

집중되고 있다는 것을 깨달았다.

수천 년 동안 그녀를 움직이게 만들었던 원동력이 바뀌어 버린 것이다.

그래서 더 이상 무왕과의 경쟁에서 신경을 거두고, 다시 시선을 위층으로 돌리긴 했지만.

그때 심장에 남은 상실감은 여태껏 그녀를 괴롭혀 대고 있었다.

하지만 자존심이 강한 용종답게, 자신이 받은 이 수모를 언젠가 갚겠노라고.

자신의 자존심을 무참히 꺾은 무왕을 자신의 이빨로 짓이겨 놓겠노라고 다짐했다.

그리고.

『지금이라면…….』

여름여왕은 지금이 바로 그때가 아닐까 하는 생각이 들었다.

동시에 저 멀리, 무왕의 뒤편에서 꼿꼿하게 선 가면 쓴 남자가 눈에 밟혔다.

비에라 듄을 죽인 자. 자신이 내건 퀘스트를 압도적인 성적으로 수행한 녀석이다. 현자의 돌에 가장 근접한 자란 뜻이기도 했다.

사넌인에서는 자신과 비슷한 체향이 풍기고 있기도 했

다. 용마안도 분명히 상대가 뭔가를 숨기고 있다는 것을 말해 줬다.

그 순간, 여름여왕은 본능적으로 깨달았다. 가면인이야말로 이 모든 일들의 흑막이며. 자신을 이 꼴로 만든 원흉이라고.

그런 작자를 무왕이 보호한다고? 그렇다는 건 결국 무왕을 짓밟아야만 한다는 뜻이었다. 녀석과 함께!

『내놓아라아!』

쾅!

여름여왕은 지면을 세게 박찼다. 드래곤 피어와 함께 세상이 울리면서 수십 미터에 달하는 거대한 몸집이 빠른 속도로 무왕에게 쇄도했다.

멀리서 보면 거대한 산이 움직이는 게 아닐까 싶을 정도로 끔찍한 광경이었다.

"제자야. 거기서 똑똑히 보아라. 이 스승이 얼마나 잘났는지!"

"맞고 울지나 마십시오."

"하여간 그 주댕이는 진짜!"

무왕은 어마어마한 기세의 해일 앞에서도 연우와 농담 따먹기를 하면서 앞으로 튀어 나갔다. 입술 사이로 송곳니가 훤히 드러나도록 웃으면서 양팔을 앞으로 뻗었다.

쿵!

기세와 기세가 충돌했다. 세상이 크게 위아래로 들썩였다. 새로운 운석이 떨어진 게 아닐까 싶을 정도로 어마어마한 굉음이 사방으로 뻗쳐 나가고, 충격파가 동심원을 그리면서 협곡을 넘어 외우주 전체로 퍼져 나갔다.

연우는 혹시나 마력 폭풍에 휩쓸릴까 싶어 불의 날개를 활짝 펼치면서 뒤쪽으로 블링크를 잇달아 전개했다.

'이기십시오. 꼭.'

연우가 넓은 무왕의 등을 보면서 그의 승리를 기원하는 동안에.

'스승님.'

무왕과 여름여왕 사이에 팽팽한 힘겨루기가 이뤄졌다.

무왕은 여름여왕의 덩치에 비하면 터무니없이 작은 양팔로 녀석의 양쪽 아가리를 밀어냈다.

크롸롸롸!

여름여왕은 길게 울부짖었다. 자신의 주둥이보다도 작은 무왕을 씹어 삼키고자 으르렁거렸지만, 무왕의 양팔은 바들바들 떨리기만 할 뿐 녀석의 돌격을 버텨 내고 있었다.

오로지 상대를 밀어내고 찍어 누르기 위한 힘 대결. 힘과 힘이 팽팽한 내지를 이뤘나.

콰콰콰—

두 사람을 따라 퍼져 나가는 기세는 이미 다른 사람들의
접근을 허락하지 않았다.

"아, 그거 진짜. 이 아줌마, 다이어트도 안 하나. 더럽게
무거워 죽겠네!"

무왕은 꿈쩍도 않는 여름여왕을 보면서 인상을 와락 찌
푸렸다.

제자를 구해 주겠답시고 기세 좋게 나섰다가 아무것도
못 하고 있는 꼴이라니.

스승이 되어서 이게 대체 무슨 모습인 건지. 쪽팔렸다.

원래는 수하의 원수를 갚기 위해 왔던 길이었다. 반년 가
까이 일족을 골탕 먹였던 궁무신이란 놈이 이곳에 왔단 사
실을 알고 쫓아왔다가, 제자를 발견하고 이렇게 나서게 된
것이다.

지금 저 멀리서 수상쩍은 가면을 쓴 채 자신을 보고 있는
녀석이 없었다면.

애당초 무왕은 이런 시끄럽기만 한 전쟁에 뛰어들 생각
도 않았을 것이다.

제자. 제자라. 무왕에게 있어 제자란 단어는 언제나 낯선
단어였다. 절대 익숙해질 수 없는. 그런 단어.

이전에도 제자라고 말할 수 있는 녀석은 둘이나 있었지

만. 녀석들은 그에게 실망감만 안겨 줬다. 한 놈은 하고 싶은 게 있다며 떠났고, 다른 한 놈은 길이 다르다며 떠났다. 사실상 실패한 놈들이었다.

그래서 세 번째 제자를 받아들였을 때. 무왕은 녀석에게 더 이상 마음을 주지 않으려 했다. 척 보기에도 앞선 두 놈보다 더 제멋대로인 놈이었고, 금세 떠날 것 같았다.

하지만 그랬던 녀석이 지금은 그를 가장 많이 의지하고 있었다. 이따금 존경 섞인 시선을 보내기도 하고.

바로 지금처럼.

존경.

그 단어가 무왕의 마음을 열었다.

'저런 눈으로 똘망똘망하게 쳐다보면.'

그래서 무왕은 스승으로서의 위엄을 되찾기 위해서라도. 어디로 튈지 모르는 제자의 길을 조금이라도 밝혀 주기 위해서 이를 악물었다.

"씨발. 아무것도 안 할 수가 없잖아! 안 그래?"

무왕은 송곳니가 훤히 드러나라 웃으면서 소리를 질렀다. 팔뚝에 힘이 바짝 들어갔다.

"으랏차차!"

그때. 힘과 힘의 대결에서 무왕이 조금씩 우세를 보이기 시작했다. 핏대가 잔뜩 선 발을 한 걸음, 한 걸음씩 앞으로 옮기면서. 여름여왕을 뒤로 밀어내기 시작했다.

마치 거대한 산이 떠밀리는 듯한 광경에.

뒤늦게 여름여왕을 쫓아 따라온 용생구자와 레드 드래곤
은 모두 충격에 빠진 얼굴이 되었다.

"어머니!"

"여왕님!"

무왕이 강하다는 사실을 그들도 익히 알고는 있었다지
만. 그렇다고 해서 힘겨루기에서 자신들의 주인을 밀어낼
정도로 강하다는 생각은 단 한 번도 해 본 적이 없었다.

아니, 할 수조차 없었다.

그들이 가진 상식선에서는 절대 있을 수 없는 일이었다.
레드 드래곤에게 있어서 여름여왕이야말로 신이자 군주였
으니까.

그러다 가장 먼저 정신을 차린 것은 탐이었다.

'지금이 적기다!'

탐은 욕심이 많은 막내답게, 계속해서 때를 노리고 있었
다. 어쩌면 이번이 마지막 기회일지도 모른다는 생각이 들
었다. 아니, 어쩌면 기회 정도가 아니라, 맏이로 올라갈 수
있는 행운의 순간이었다.

어차피 이대로 있다가는 용생구자의 자리를 내어 줘야
할 판이니, 여름여왕을 구해서 판세를 바꿀 생각이었다.

쾅!

탑은 지면을 으스러져라 박차면서 여름여왕과 무왕의 격전지로 뛰어들었다.

기세가 사납게 휘몰아쳐 대기마저 찢어발길 정도로 위험천만한 곳이었지만. 탑은 전혀 그런 것을 신경 쓰지 않았다.

그리고 다른 용생구자들도 탑이 무슨 생각을 하는지 깨닫고, 뒤따라 몸을 던졌다.

"저놈이!"

특히 용생구자의 맏이이자, 용아병의 수장을 겸하고 있는 비희(贔屭) 왈츠는 이를 세게 바득 갈았다.

여름여왕이 가장 먼저 사도이자 자식으로 받아들인 그녀의 입장에서는. 감히 자신의 자리를 탐내려는 탑의 노림수가 간교하게만 비쳤다.

콰콰쾅!

탑을 시작으로. 용생구자들은 저마다 가지고 있는 시그니처 스킬을 잇달아 발동시켰다.

화려한 이펙트들이 하늘을 따라 길게 수를 놓았다. 무왕과 여름여왕의 사나운 기세 속에서도 용케 균형을 잡고, 공격을 시도할 수 있다는 건. 그만큼 그들이 뛰어나다는 증거였나.

그리고 그 뒤를 따라 다른 81개의 눈들도 개입했다. 트로이와 가라비토를 비롯한 하이 랭커들도 공격을 시도했다.

목표는 무왕. 비록 합공을 한다는 점이 마음에 들지 않긴 하지만, 어떻게든 여름여왕을 도와야겠다는 생각밖엔 없었다.

하지만.

"감히 우리의 왕께서 하시는 행사를 누가 방해하려는가?"

갑자기 하늘에서부터 사나운 목소리가 울리더니. 짙은 선홍색으로 빛나는 벼락이 용생구자와 81개의 눈의 머리 위로 세차게 떨어졌다.

콰르르릉—

용생구자와 81개의 눈은 일제히 스킬 발동을 중단하면서, 각자 허공에서 크게 몸을 비틀어 자리에서 최대한 벗어나고자 했다.

핏빛 벼락과 충돌하면 절대 무사하지 못할 것 같다는 느낌을 강하게 받았던 것이다.

아니나 다를까.

벼락이 꽂힌 자리에는 어마어마한 크기의 크레이터가 깊게 파였다. 마치 메테오 스트라이크가 다시 나타나기라도 한 듯한 파괴력이었다.

하지만 벼락은 거기서 끝나지 않았다.

애꿎은 지면을 때리고 위로 튀어 오른 수백 수천 개의 스파크가 서로 거미줄처럼 연결되면서, 주변 세상을 핏빛으로 환하게 물들였다.

파지직!

이대로 눈이 머는 게 아닐까 싶을 정도로 밝은 광채.

주변에 있던 플레이어들은 물론, 심지어 외우주의 외곽으로 달아나고 있던 아이테르마저도 비명을 지를 정도로 강렬했다.

그리고 겨우 다시 시야를 되찾았을 때.

감히 무왕을 방해하려던 용생구자와 81개의 눈은 표정을 딱딱하게 굳혀야만 했다.

탁!

핏빛 벼락이 떨어진 자리로, 안경을 쓴 외뿔 노인이 천천히 착지했다.

겉보기에는 심유한 지식을 가진 학자로만 보였지만. 그를 따라 감도는 선홍색 뇌기는 보는 이로 하여금 간담을 서늘케 만들었다.

파직, 파지직—

"핏빛…… 현자."

한때, 마군의 검은 새벽과 함께 쌍벽을 이루며 탑의 세계에서 정점을 이뤘던 자.

그리고 지금은 무왕의 등장과 함께 일선에서 물러나, 외뿔부족 내 대장로 직을 맡고 있다는 핏빛 현자의 등장에 용생구자도 잔뜩 경계를 할 수밖에 없었다.

"아직도 이 늙은이를 알아봐 주는 사람이 있다니. 감개가 무량하군."

말은 저렇게 한다지만. 하이 랭커까지 되어 그를 모르는 게 더 이상했다.

아무리 은퇴를 했다고 해도. 그는 무왕과도 자웅을 겨룰 만하다는 평가를 받을 정도였으니까. 무왕 같은 괴물이 하나 더 있다는 것. 레드 드래곤으로서도 긴장할 수밖에 없는 것이다.

"그렇다면 이야기하기 훨씬 순조롭겠지? 뒷골목 왈패처럼 굴긴 해도, 우리에겐 하나밖에 없는 왕이시다. 이 이상 방해를 한다면."

파지지직—

〈뇌정권〉. 청람가의 비기이자, 판트를 상징하던 힘. 하지만 대장로는 오랜 연구 끝에 뇌정권을 뜯어고쳤고, 파괴력에 있어서만큼은 무왕의 팔극권과도 견줄 수 있다는 절학을 탄생시켰다.

그것이 바로 〈혈뢰(血雷)〉. 핏빛 벼락은 당장이라도 녀석들을 잡아먹을 것처럼 강렬한 천둥소리를 냈다.

"죽는다."

콰콰쾅!

대장로를 따라 감돌던 뇌기가 다시 한번 더 사방으로 번져 나갔다. 주변에 있던 모든 것들이 쓸려 나갔다.

콰르르르—

용생구자와 81개의 눈은 정면에서 혈뢰와 부딪칠 엄두도 전혀 내지 못한 채, 다시 있는 힘껏 자리에서 달아나야만 했다.

탑을 지배한다는 레드 드래곤의 간부들이라고 해도, 압도적인 힘 앞에서는 여타 플레이어들과 다를 바 없는 약자였다.

하지만 유일하게 자리에서 벗어나지 않은 자가 있었다.

발끝까지 흑발을 길게 늘어뜨린 여인. 비희 왈츠가 몸을 크게 틀면서 하늘에서부터 떨어지는 혈뢰 쪽으로 손을 뻗었다.

그러자 왈츠를 따라 매서운 마력 폭풍이 휘몰아침과 동시에.

좌르륵!

피부가 뒤집어지면서 용의 비늘이 잔뜩 올라와 눈 밑까지 덮었다. 등 뒤로 삐죽 솟은 날개와 꼬리는 헤븐윙 차정우의 죽음 이후로 사라졌다던 새로운 용인의 탄생을 말해 주었다.

콰아아앙!

콰콰콰—

왈츠는 손에 잡힌 혈뢰를 바닥에 내려치면서 그대로 양팔로 찢어 버렸다.

부서진 뇌기의 잔해가 뒤로 뿌려지면서 땅거죽을 몇 번이고 뒤집었다. 먼지구름이 치솟고, 탄내가 사방에 진동했다.

아무리 전력을 다하지 않았다지만 무왕에 버금간다는 대장로의 공격을 찢을 정도의 힘.

세간에 잘 알려지지 않았을 뿐. 용생구자의 맏이인 왈츠는 용인에게 주어진 한계를 넘어, 이미 용의 권능을 5단계나 각성한 상태였다.

여름여왕을 제외하면, 레드 드래곤에서 그녀를 당해 낼 수 있는 자는 아무도 없었다.

그렇게 자욱하게 퍼져 나가는 모래 안개 사이로.

"방금, 죽는다고 했나요?"

왈츠는 흉포한 기세를 잔뜩 드러내면서. 여름여왕에 비교해도 크게 뒤지지 않을 드래곤 피어를 잔뜩 담아 으르렁거렸다.

"그 말씀, 그대로 돌려 드리죠. 감히 레드 드래곤에게 대항한다는 게 어떤 의미인지 똑똑히 가르쳐 드리겠습니다."

그 말이 끝난 것과 동시에, 왈츠는 피막으로 이뤄진 용의 날개를 활짝 펼치면서 단숨에 대장로에게 쇄도했다.

대장로는 양손에 잔뜩 끌어모은 혈뢰를 앞으로 터뜨렸다. 〈혈뢰만강(血雷滿罡)〉. 강기가 섞인 핏빛 벼락이 소낙비처럼 녀석에게로 쏟아졌다.

콰르릉, 콰릉, 콰르르!

그리고 그것을 기점으로.

쐐애애액—

콰콰쾅!

"왈츠를 엄호해!"

"여왕님을 구해야 한다!"

곳곳으로 흩어졌던 81개의 눈이 일제히 궤적을 그리면서 다시 앞으로 내달리기 시작했다.

그리고 그들의 앞으로 무왕을 따라왔던 외뿔부족의 장로와 전사들이 막아서면서 거세게 충돌했다.

"이거. 간만에 좀 새미있게 놀 수 있겠는데? 어?"

청화도에서도 벌어지지 않았던.

레드 드래곤과 외뿔부족의 전쟁이었다.

콰콰콰—

분명 거대 요새가 있었던 협곡은 운석의 충돌과 계속된 폭발로 인해 여러 차례 깎이길 반복하다가, 끝내 넓은 평지가 되고 말았다.

하지만 그마저도 계속 층위가 낮아지고 있었으니.

그 위에서 외뿔부족과 81개의 눈이 충돌에 충돌을 거듭하고 있었기 때문이었다.

이미 그들 사이에는 누가 누구를 상대한다는 자각이 없었다. 손에 잡히는 자를 죽여야만 했고, 눈먼 마력 폭풍에 휩쓸리지 않도록 주의해야 했다.

난전. 상대의 전력을 깎는 것에만 몰두할 뿐이었다.

탑을 지배한다는 레드 드래곤과 탑에서 최강의 전력을 구가한다는 외뿔부족.

두 거대 집단이 전면전을 치르고 있었지만. 겉보기에 화려하다거나 하는 면은 없었다.

오히려 상대를 반드시 찢어 죽이고 말겠다는 처절하고 흉흉한 기세만 맴돌았다.

그리고 그사이에도 드넓은 상공을 따라 붉은색 포탈이

쉴 새 없이 열렸다.

소식을 듣고 부리나케 찾아온 전력들. 아직 참전하지 못한 다른 81개의 눈이며 레드 드래곤을 상징하는 무력 부대들이 하늘에 열린 포탈을 타고 나타나면서 저마다 화려한 스킬을 터뜨려 댔고.

재미난 놀이판이 벌어졌다는 소식을 들은 외뿔부족의 전사들도 속속 등장하면서 여태껏 단련만 해 뒀던 무공을 아낌없이 풀어냈다.

콰콰쾅!

그렇게 해서 번져 나간 싸움은 끝내 끝없는 외우주 곳곳으로 흩어지면서 엄청난 범위의 격전으로 확전되었으니.

그중에서도 가장 눈에 띄는 자들은 총 9명이었다.

용생구자.

왈츠와 탐을 중심으로 한, 여름여왕의 피를 물려받은 용 아병들.

비희, 왈츠.

이문, 치미.

포뢰, 웨일즈.

폐한, 트라이거.

이호, 할.

공복, 이수.

애자, 바하라탄.

금예, 산.

초도, 탐.

이들은 단순히 여름여왕을 수호하는 용아병 내지는 가디언이라고만 알려져 있었다.

막내인 탐이나 바하라탄 외에는 대외 활동을 거의 하지 않은 탓이었다. 맏이인 왈츠도 공식 석상에 얼굴을 보이는 게 전부였다.

하지만 지금, 그들은 여태껏 숨겨 뒀던 정체를 단번에 개방했다.

크와아앙!

둘째 치미가 빛무리에 잠기더니 갑자기 수십 배 크기로 부풀어 오르면서 거대한 아룡(亞龍)이 되었다.

뱀처럼 길쭉한 체구에 장장 30미터는 될 것 같은 길이. 몸을 덮은 비늘은 검은색으로 빛났고 입가를 따라 독기가 잔뜩 퍼졌다.

흔히 말하는 하위 용종 중 너커를 닮은 모습이었지만. 크기나 생김새는 그보다 훨씬 크고 포악했다. 특히 위압감은 여름여왕의 드래곤 피어 못지않아 주변의 대기가 끓을 정도였다.

『어머니께 위해를 끼치려는 해충들아. 죽어라!』

치미는 아가리를 쩍 벌리면서 숨결을 사방으로 뿌렸다. 숨결이 닿는 자리마다 지독한 산성으로 땅이 녹아내리고, 검은 독안개가 자욱하게 퍼지면서 닿는 모든 것을 게걸스럽게 먹어 치웠다.

외뿔부족의 전사들이 이것을 피해 옆으로 달아나려 할 때, 이번에는 넷째인 폐한이 들이닥쳤다.

드레이크를 닮은 형체로 변한 녀석은 사족보행에 5미터도 넘는 덩치를 하고 있어서, 돌진할 때마다 부딪치는 것들을 족족 부숴 나가고 있었다.

콰콰쾅!

이외에도 씨—서펀트를 닮은 셋째 웨일즈는 지상 위를 미끄러지고, 프로스트 웜으로 변한 다섯째 할은 지하로 파고들었다가 행동이 굼뜬 이들만 집요하게 노리며 지면을 뚫고 나왔다.

와이번을 닮은 이수, 엠피티어의 바하라탄, 린트부름을 연상케 하는 산 등.

용생구자는 곳곳에서 끔찍하게 생긴 괴수로 변해 주변을 있는 대로 짓밟고 부쉈다.

여름여왕이 자신의 유전자를 바탕으로 갖가지 마법과 연금 지식을 더해 탄생시킨 분신들. 용생구자는 정확하게 말하자면 변형 이룡이라고 할 수 있었다.

하지만 아룡이라고 해도, 여름여왕의 뛰어난 형질을 타고났기 때문에 이미 녀석들은 아룡의 한계를 넘어 새로운 용종으로 재탄생했다고 봐도 과언이 아니었다.

실제로 그들은 원래 하위 용종에게는 절대 허락되지 않았던 권능까지 마구잡이로 발동시키고 있었으니까.

드래곤 피어가 들끓고, 브레스가 지면을 훑었다. 녀석들이 선포한 영역 내에서, 녀석들은 왕이나 다름없었다.

그들 중에서도 가장 눈에 띄는 자는 맏이인 왈츠였다.

용의 날개와 꼬리, 비늘을 잔뜩 드러낸 채. 왈츠는 자신이 개척한 권능을 바탕으로 대장로가 뿌려 대는 혈뢰를 잇달아 옆으로 쳐내면서 그와의 간격을 바짝 좁혔다. 그리고 강하게 내지르는 정권.

대장로는 가볍게 코웃음을 쳤다. 무공에 있어서 무왕도 이따금 대련을 피하는 자신에게 직접 육탄전을 걸어? 왈츠의 행동은 혈기가 넘치는 것을 넘어 어이가 없을 정도였다.

녀석의 가녀린 팔뚝을 따라 갖가지 마법진이 회전하는 것이 보였지만, 그래도 한계가 있기 마련이었다.

그런데.

파앙!

대장로는 순간 섬뜩한 느낌이 들어 머리를 옆으로 홱 돌렸다. 그러자 정권에서 발출된 기파가 옆으로 아슬아슬하게 스쳐 지나가 애꿎은 하늘을 때렸다.

콰아앙!

그리고 울려 퍼지는 폭발 소리. 저 멀리, 대기가 일그러지면서 마치 하늘 한가운데에 구멍이 뚫린 것처럼 구름이 산산이 흩어지는 것이 보였다.

하지만 정작 대장로를 놀라게 한 건 위력이 아니었다. 왈츠가 방금 전에 보였던 자세. 주먹을 비트는 동작. 분명 진각(震脚)과 전사경(轉絲勁)이었다. 권법의 달인들이나 해낼 수 있다는 것들. 게다가 정권에서 발출된 힘이 허공을 격타하는 것은.

"백보신권?"

무공이었다. 그것도 일족 내 무서고에서도 금급에 놓인 신공절학. 아무에게나 허락된 것이 절대 아니었다.

그런데 지금 눈앞에 있는 용인이 그것을 펼쳤다. 이리저리 뜯어고친 흔적은 있었지만. 그렇다고 원형이 사라진 정도는 아니었다.

대장로의 인상이 딱딱하게 굳었다.

"레드 드래곤의 플레이어가, 어떻게 우리 일족의 비기를 알고 있는 거지?"

하지만 왈츠는 그의 추궁 따윈 신경 쓰지 않겠다는 듯,

몸을 도중에 비틀면서 왼쪽 팔꿈치로 대장로의 명치를 찍어 나갔다. 격산붕첨. 역시나 백보신권과 자웅을 견줄 만한 무공이었다.

대장로는 몸을 타고 흐르던 혈뢰를 앞으로 끌어모았다. 콰아앙! 혈뢰와 격산붕첨이 부딪치면서 충격파로 두 사람 간의 거리가 벌어졌다.

왈츠는 다시 한번 더 진각을 밟으면서 주먹을 내뻗었다. 그러자 팔뚝을 타고 희뿌연 오러가 올라와 구슬처럼 단단히 뭉치면서 꽃잎 형태를 띠었다.

그렇게 만들어진 꽃잎이 수십 개. 돌개바람과 함께 강기(罡氣)로 이뤄진 꽃잎들이 대장로에게로 휘몰아쳤다.

파지직!

대장로를 따라 감돌던 혈뢰가 강하게 발출되어 지상으로 내리꽂혔다.

한 발에 꽃잎 하나씩.

혈뢰도 하나하나가 강기로 이뤄진 힘이었기에, 꽃잎을 요격하기엔 충분했다. 강기가 부서지면서 일어난 폭발이 일대 공간을 몇 번씩이나 뒤흔들었다.

차이점이 있다면 대장로는 높은 깨달음을 바탕으로 강기를 단단히 밀집시켜 파괴력을 높이는 데 반해, 왈츠는 그와 비교했을 때 뒤처지는 부족분을 막대한 양의 마력으로 커

버한다는 점이었다.

이 정도의 마력량이라니.

대장로는 침음했다. 한평생 운기행공을 게을리하지 않았던 자신도 저만한 내공을 모으지 못했었는데.

어떻게 저렇게 과년한 처자가 가능한 걸까? 드래곤 하트라도 어디서 훔친 게 아니고서야.

게다가 왈츠가 뿌려 대는 무공들은 절대 수박 겉핥기식으로 익힌 수준이 아니었다. 오랫동안 연구하고, 단련에 단련을 거듭하여 육체에 단단히 새긴 것들.

"이스메니오스가 우리의 왕을 견제한다는 말을 들었었지만…… 그대가 바로 그 결과물인가?"

하지만 그렇다고 해도 의아한 점이 전부 사라지는 건 아니었다. 아무리 여름여왕의 용마안이 뛰어나다고 해도 무공을 저렇게 완벽하게 훔칠 수는 없었다. 형태는 어떻게 할수 있어도, 그 속에 있는 구결까지는 불가능했다.

직접 본 것이 아니라면.

"……."

하지만 왈츠는 답변을 할 이유가 없다는 듯이, 다시 꽃잎들을 흩날리면서 접근을 시도했다.

역근경, 제운종, 백보신권으로 이어지는 일격. 서로 연원이 다른 무공들을 한데 뭉그러뜨렸는데노 불구하고, 마치

물 흐르듯이 너무 자연스러웠다.

여기에 왈츠를 따라 갖가지 마법이 추가로 발동되었다.

다리에서, 머리에서, 팔뚝에서, 팔꿈치에서, 주먹에서. 화려한 이펙트와 함께 마법진이 솟아오르면서 갖가지 버프를 싣고, 용의 권능까지 추가로 얹어졌다.

마법과 무공의 결합. 여름여왕은 무왕에게서 느꼈던 위기감을 이런 식으로 극복하고자 했다.

무왕을 있게 만든 무공에 용종의 마법이 더해진다면. 더 높은 경지를 노릴 수 있을 것이고, 여기서 허실도 파악할 수도 있다.

그래서 만들어진 연구 결과가 바로 왈츠. 실제로 왈츠는 뛰어난 재능을 바탕으로 여름여왕의 기대를 충분히 만족시켰다.

쿠쿠쿵!

대장로와 어느 정도 대등한 일전을 벌일 수 있다는 게, 바로 그 증거였다.

"하지만."

대장로는 그런 여름여왕의 생각을 꿰뚫어 보면서. 비웃음을 흘렸다. 어쩐지 왈츠의 모습에서 어떤 친구의 모습을 떠올린 탓이었다.

연우.

그 친구도 용의 힘을 바탕으로 무공을 개척하고 마법을 익히는 등, 다양한 일을 해내고자 했었다. 열의가 너무 대단해서 대장로는 이따금 그에게서 젊은 시절의 무왕을 엿볼 수도 있었다.

어쩌면 왈츠의 지금 이런 모습도 연우와 패턴이 비슷하다고 할 수 있을지 몰랐다. 무공, 마법, 용체까지. 너무 비슷했다.

그러나. 단언컨대, 연우와 왈츠가 비슷하냐고 누군가가 묻는다면. 대장로는 이렇게 말할 것이다. 절대 아니라고.

또한, 이유가 무엇이냐고 묻는다면. 이렇게 대답할 것이다.

"조잡해. 너무."

무왕과 여름여왕의 결합. 도무지 말도 안 되는 그런 시도가 바로 눈앞에 있었다.

무왕은 새로운 무의 영역을 개척했고, 여름여왕은 위대한 마법 체계의 꼭짓점이었다.

애당초 걷는 길이 다르며, 구축한 영역이 달랐다. 그런데 한참이나 떨어진 두 사람을 만나게 한다? 터무니없는 짓이었다.

하지만 왈츠가 그랬다.

무공은 무왕을 모방했고, 마법은 여름여왕을 따랐다. 이런 말도 안 되는 해괴한 짓거리를, 용케 잘도 저질렀다 싶은 생각밖엔 들지 않았다.

거리가 동떨어진 것들을 억지로 붙이려 해 봤자, 언젠가는 무너질 얕은 교량에 지나지 않는다는 것을 왜 모를까.

반면에 연우는 달랐다.

분명 연우도 처음에는 이것저것 잡다하게 쌓은 것들은 많았다. 하지만 그는 자신만의 영역을 구축하려 했고, 이를 토대로 여태 얻은 것들을 차곡차곡 정리했다. 그리고 이제는 '길'을 찾아 움직이고 있었다.

대장로도 이따금 옆에서 지켜보고 있으면 감탄이 저절로 나올 정도로. 무척이나 탄탄한 행보였다.

물론, 지금 당장은 왈츠가 연우보다 앞서 있을지는 몰라도. 언젠가 대등한 위치에 놓였을 때 어떻게 될지는. 불 보듯 뻔한 일이었다.

그리고.

연우와 비교한 덕분에. 대장로는 왈츠에게 가졌던 의문을 쉽게 풀 수 있었다.

쿵!

대장로는 왈츠가 내뻗은 주먹을 오른손으로 막았다. 마치 범종을 두들긴 것처럼 웅장한 소리와 함께 수십 개의 파문이 주변으로 흩어졌다.

그는 고요한 눈빛으로. 재차 공격을 시도하려는 왈츠를 노려보면서 물었다.

　"너. 외뿔부족 출신이로군. 그렇지?"

　"……."

　"누구의 자식이냐?"

　쐐애액!

　하지만 왈츠는 아무런 답변도 하지 않았다. 마법이 다시 여러 개 중첩되면서 연타(連打)가 이어졌다.

　쾅, 쾅, 쾅―

　지반이 들썩이고. 대기가 터져 나갔다.

　"대답하지 않는다면."

　대장로는 왈츠의 주먹을 막아 내고, 밀치고, 피하면서 곧바로 녀석의 뒤를 점했다.

　"제대로 답할 때까지 볼기짝을 두들기는 수밖에."

　파지지지직!

　콰르르릉―

　최대로 출력된 혈뢰가 잔뜩 응축되면서 하늘에서부터 떨어졌다. 〈혈뢰파천〉. 하늘마저 부순다는 오만한 이름이 붙을 정도로 강한 일격에 왈츠가 두 눈을 부릅뜨면서 실드를 중첩시키려는 순간.

　"으랏치차차!"

갑자기 하늘을 따라 우렁찬 고함 소리가 울리더니, 거대한 그림자가 빠른 속도로 이쪽으로 날아왔다.

대장로와 왈츠는 그쪽으로 시선을 돌렸다가, 황급히 자리에서 멀찍이 떨어져야만 했다.

이곳으로 날아온 건, 용이었다. 여름여왕. 여태 팽팽한 힘겨루기를 하던 무왕이 끝내 여름여왕을 들어 냅다 패대기를 쳐 버린 것이다. 저 산처럼 무식하게 크기만 한 것을!

"저 미친놈이, 또!"

특히 여태껏 근엄한 태도로 싸움에 임했던 대장로는 인상을 와락 일그러뜨리면서 욕설을 내뱉었다.

콰아앙!

하지만 그의 욕설은 곧 들린 굉음에 파묻혀 사라지고 말았다. 마치 공성을 위해 사용하는 투석기처럼, 여름여왕도 하늘로 높이 떠올랐다가 지면에 처박히면서 끔찍한 소리를 냈던 것이다.

쿠르르.

여름여왕은 그러고도 한참이나 더 밀려가다가 협곡 서너 개를 부순 뒤에야 겨우 멈출 수가 있었다.

"흐흐."

무왕은 그 광경을 보면서 뿌듯한 표정으로 이마에 맺힌 땀을 손등으로 훔쳤다. 마치 작물을 수확하는 농부처럼 보일 정도였다.

대장로, 왈츠, 용생구자와 81개의 눈 등. 전투를 치르던 사람들은 모두 거짓말처럼 동작을 멈추고, 입을 쩍 벌리면서 볼썽사납게 나자빠진 여름여왕을 쳐다봐야만 했다.

쿠쿠쿵!

결국 위태롭게 서 있던 나머지 협곡들이 더 이상 버티지 못하고 여름여왕 위로 와르르 쏟아졌다. 거대한 용의 몸체가 낙석 더미에 파묻히고 말았다.

"푸하핫!"

"역시, 우리 왕! 힘 하나는 대단하다니까! 어떻소?"

"거봐, 나 아직 안 죽었지? 이참에 우리 판트와 에도라에게 74번째 동생이나 만들어 줄까?"

"으하핫! 그거 좋은 생각이오!"

"그래! 그래야 남자지!"

무왕과 성정이 비슷한 전사들만이 재미있어 죽겠다는 듯이 무릎을 치며 웃음을 터뜨려 댔다.

무왕은 저 멀리서 자신을 보면서 고개를 절레절레 흔드는 자식들의 시선을 받았지만, 전혀 개의치 않으면서 농담 따먹기를 해 댔다.

그러다 낙석 더미가 들썩였다. 바위 사이사이로 대기가 일렁일 정도로 지독한 드래곤 피어가 마구 피어 나왔다.

『죽인다.』

분노 섞인 목소리가 울려 퍼졌다. 쾅 하는 소리와 함께 여름여왕이 다시 모습을 드러냈다.

날개를 활짝 펼치면서 이글거리는 눈으로 무왕을 노려봤다. 이제 그녀는 영혼을 쥐어짜 영력을 마구잡이로 뽑아내기 시작했다. 격이 빠른 속도로 상실되겠지만, 이제는 그런 건 아무래도 상관없었다.

『죽인다아, 나유!』

오로지 무왕을 씹어 삼키겠다는 생각밖엔 남지 않았다.

그리고 그녀의 강렬한 의념에 따라. 이미 권역으로 구축되었던 끝없는 밤의 세계도 이리저리 휘기 시작했다. 공간이 어지러워지면서 여러 플레이어들은 구토감을 느껴야 했다.

하지만.

그런데도 불구하고. 무왕은 여전히 웃는 낯짝으로 히죽거렸다.

"그래. 그러자니까, 이스메니오스? 아까 전부터 말했잖아."

주먹을 불끈 쥐었다. 손등 위로 핏줄이 잔뜩 올라왔다. 그리고 그 위로 저마다 다른 색을 자랑하는 8개의 기운이 아지랑이처럼 올라왔다.

〈팔괘(八卦)〉. 팔극권을 극성으로 단련했을 때 나타난다는 현상. 대장로가 개척한 무의 끝이 혈뢰라면, 무왕에게는 팔괘였다.

그를 휘감는 아지랑이 하나하나가 전부 강기를 극한까지 압축시킨 것들.

팔괘에 따라 무공을 펼친다면, 강기는 일제히 속성을 바꾸어 사방을 난도질할 터였다.

"올포원의 재수 없는 낯짝에다 주먹을 갈길 놈이 누군지. 여기서 겨루자고."

콰앙! 쐐애애액—

무왕은 포탄처럼 앞으로 날아가면서 일격을 내질렀다. 파공. 연우도 이미 알고 있는 8대 비기 중 하나였지만, 위력은 절대 그가 알고 있는 것이 아니었다.

여름여왕이 날개를 펼치며 날아오른 장소로 파공이 박혔다. 콰르릉, 하는 소리와 함께 산자락 중심에 거대한 구멍이 휑하게 뚫렸다.

결국 엄청난 산사태와 함께 산이 무너졌고, 여름여왕은 그 위에서 입에 머금은 브레스를 내뱉었다.

화르르륵!

마치 지옥의 유황불을 끌어올린 것처럼 매서운 불길은 순식간에 이웃 주의 대기를 뜨겁게 달궈 놓을 정도였다.

무왕은 이것을 피하지 않았다. 도리어 손날을 바짝 세우면서 옆으로 크게 비틀었다. 단천. 공간을 따라 길쭉한 단층이 새겨졌다.

공간의 위아래가 서로 비틀렸고, 브레스도 똑같이 허망하게 사라졌다. 아니, 그것으로도 모자라, 그 뒤에 있던 공간까지 모조리 비틀어 버렸으니.

구름이 갈라지고, 하늘이 벌어졌다. 그리고 태양이 쪼개졌다. 헤아릴 수도 없을 만큼 엄청난 양의 불꽃이 아래로 우수수 쏟아지면서 한순간 어둠이 내려앉았다.

그러다 태양이 제자리를 찾아 다시 거짓말처럼 세상이 밝아졌을 때. 드높은 상공에서는 어느새 무왕과 여름여왕이 격전을 벌이고 있었다.

여름여왕이 수십 개의 마법을 잇달아 구동시켰다. 곳곳에서 마법진이 피어났다. 거기서 휘몰아치는 마법들은 하나같이 8써클 이상의 대마법밖엔 없었다.

블리자드, 인페르노 헬, 메테오 스트라이크, 파워 워드 오브 킬. 하나하나가 전부 스테이지에 떨어지면 거대한 재앙이 될 것들밖에 없었고, 무왕은 그것을 정면에서 두 주먹만으로 부숴 나가는 기행을 보였다.

그러면서도 전진은 멈추지 않았으니.

무왕을 따라 감돌던 팔괘들이 뱅그르르 회전하면서 갖가

지 이적을 풀어냈다. 하늘, 땅, 바람, 불, 물, 벼락…… 8개의 서로 다른 속성들이 강기라는 형태를 띠며 마법들을 일제히 부숴 나가다가.

콰앙!

끝내 한 지점에서 충돌했다. 극한의 힘과 힘이 서로 누르고 누르면서 압박이 거세졌다.

여러 마법과 팔괘들이 한 점까지 단단히 압축되었다가, 결국 압력을 버티지 못하고 폭발했다.

콰르르르릉—

불길은 상공을 타고 외우주 전체를 뒤덮었다. 공기가 전소되고, 끝없는 밤의 세계는 이제 열과 빛만이 가득한 세상으로 변하고 말았다.

산과 협곡은 어떤 흔적도 남기지 못하고 싹 밀려 사라졌다. 그러고도 여진은 한참이나 이어지다가.

쩌저적—

끝내 외우주를 둘러싸고 있던 공간까지 달걀 껍네기처럼 쪼개 나가기 시작했다.

스테이지를 붕괴시킬 정도의 힘.

아홉 왕 중에서도 끄트머리에 앉아 있다는 두 존재의 싸움은. 이미 더 이상 단순한 플레이어들의 싸움이 아니었다. 대재앙일 뿐이있다.

그런데도 무왕과 여름여왕은 아직 끝나지 않았다는 듯, 다음 공격에 들어갔다.

무왕이 주먹을 안쪽으로 끌어당겼다. 폭발과 함께 떠밀려 났던 대기가 다시 무시무시한 속도로 안쪽으로 몰려들었다. 그를 중심으로 엄청난 크기의 태풍이 형성되었다.

사일과 궤월. 두 개의 비기를 하나로 합치려 했다. 여태껏 도안만 구상했을 뿐, 한 번도 펼쳐 보지 못했던 것이었다. 그래서 자칫 조절에 실패해 크게 다칠 수도 있었지만. 무왕은 아주 기뻤다.

마을에서는 절대 펼칠 엄두도 내지 못했던 것을, 이번 기회에 마음껏 해 볼 수 있었으니까.

아홉 왕이 된 이후로 억눌러 둬야만 했던 맹수로서의 욕망이 한 번 뚜껑을 열고 나니, 이제 더 이상 걷잡을 수가 없었다.

그래서 이참에 그 욕망을 한데 털어 여름여왕의 머리를 부수려던 순간.

"죽어라, 여름여와아앙!"

난데없이 불청객이 끼어들었다. 여태 몰래 사태를 관망하고 있던 아이온이 두 사람 사이로 와락 달려들었다.

"저건 또 뭐 하는 새끼야?"

무왕은 인상을 와락 일그러뜨렸다. 잔뜩 올랐던 흥이 갑자기 확 식었다. 그는 뭔가에 집중하고 있을 때 방해받는 것을 가장 싫어했고, 그럴 때면 방해꾼을 꼭 뒤집어엎어야 직성이 풀렸다.

하지만, 다급한 건 아이온도 마찬가지였다.

'놈의 목숨만큼은! 내가! 내가아!'

아이온은 자신을 이딴 비참한 꼴로 만든 레드 드래곤에게 어떤 식으로든 보복을 하지 않으면 속이 풀리지 않을 것 같았다.

켈라트 경매장에서는 한참 어린 탐이란 놈에게 능멸을 당해야만 했고, 이곳에 오고 나서도 어떻게 탁본을 손에 넣었다 싶었을 때 갑작스러운 변고를 당해야만 했다.

위대한 가문의 가주로서, 한평생 존경과 경외만 받고 살아왔던 그로서는 절대 참을 수 없는 모욕이었다.

게다가 여기에 같이 왔던 원로원의 의원들이며 가신들이 전부 나가 죽은 상황에서.

이대로 엘로힘에 돌아간다면 그는 한평생 뒷방 늙은이 신세가 되어 원로원의 구석 자리를 전전하다가 몰락할 게 틀림없었다.

수천 년 동안 엘로힘을 지탱하던 생명의 가문이 이대로 자신의 대에서 무너지는 것은, 절대 있을 수 없는 일이었고, 주어서도 조상을 뵐 면목이 없는 수치였다.

하지만 아이온은 한 가지 믿는 구석이 있었다.

네브로. 나의 모든 것을 다 바친 소중한 자식. 비록 피를 물려준 건 아니었지만, 그래도 자신의 영지(靈智)를 내어 주었다. 그것만 해도 그 아이는 아이온의 분신이나 다름없었다.

그런 아이가 앞으로도 제 길을 걷게 하려면. 아니, 날게 하려면. 자신이 여기서 희생되어야만 했다. 그래야 원로원에 빚을 씌워 무너질 가문을 복구할 기반을 마련할 수 있었다. 미래가 밝은 아이에게 날개는 되어 주지 못할망정, 장애물이 될 수는 없었다.

콰콰쾅!

아이온은 푸른 빛무리에 잠기다가 곧 거대한 수백 수천 개의 화살이 되어 여름여왕의 머리 위로 쏟아졌다.

〈재앙의 별〉. 프로토게노이 족은 원래 신이었지만, 격이 박탈되어 지상에 떨어진 존재들. 하지만 신성은 일부 남아 있어, 존재를 해체해 '개념'으로 환원되는 것이 가능했다.

이때에는 원래 그가 가져야 할 신위를 잠깐이나마 구현할 수 있으니. 촛불이 마지막에 타오를 때 가장 화려한 것처럼, 개념으로 돌아간 프로토게노이도 한순간만큼은 그토록 원하던 신의 힘을 낼 수 있었다.

하물며 한 가문의 가주나 되는 이가 스스로를 해체시켰

다면. 그 힘은 어떨까.

아이온이 해체되어 나타난 수천 개의 화살은 무더기로 쏟아져 여름여왕의 몸 곳곳에 구멍을 숭숭 뚫었다.

『감히! 감히이!』

그리고 이 기회를 빌려, 여태 눈치만 보고 있던 다른 랭커들도 일제히 뛰어들면서 저마다 갖고 있던 최고의 스킬들을 풀어냈다.

사도는 권능을, 초인은 시그니처 스킬을, 군주는 주문을.

갖가지 이펙트들이 화려하게 터졌고, 여름여왕은 거대한 덩치만큼이나 커다란 과녁이 되어 그 많은 피해를 고스란히 감당했다.

콰콰쾅!

『아아아!』

그러다 화가 단단히 난 채로 브레스를 뿜으려 할 때.

무왕은 주먹을 아래로 내리치면서 여태껏 응축시켰던 두 비기를 한꺼번에 발출시켰다.

사일과 궤월. 해를 가르고, 달을 뚫는다는 거창한 이름을 가진 두 강기는 여름여왕의 날갯죽지를 자르고, 어깨에서부터 사타구니까지 몸뚱이에 깊은 궤적을 남겼다.

콰드드득!

엄청난 양의 피가 솟구치다가 비가 되어 지상으로 쏟아졌다. 갈라진 비늘이 우수수 떨어졌다.

『카아아!』

갈 길을 잃은 브레스는 여러 곳으로 흩어지면서 애꿎은 랭커들을 지워 버렸다.

그리고.

쾅!

무왕은 천근추의 수법을 발휘. 일직선으로 수직 낙하하면서 여름여왕의 뒷덜미에 몸을 내리꽂았다. 여름여왕은 'V' 자로 크게 접히면서 그대로 추락했다.

콰드득.

경추에 실린 어마어마한 압박에 여름여왕은 척추와 늑골이 차례대로 으스러지는 고통을 맛봐야 했다.

무왕은 그것으로도 모자라, 녀석의 잘린 날갯죽지와 팔 근육을 뒤로 잡아당겼다. 콰드드득. 비늘이 으스러지고, 살갗이 거북이 등껍질처럼 갈라졌다.

용의 비늘과 가죽, 근육, 힘줄, 뼈. 강도나 탄력만 따진다면 아다만티움과도 견줄 만하다는 육체였지만. 무왕의 무지막지한 힘 앞에서는 쉽게 바스러지고 말았다.

그런 끔찍한 고통 속에서도. 여름여왕은 허공에서 억지로 몸을 비틀었다.

쩍 벌린 아가리에서 쏟아진 브레스가 무왕을 덮쳤다. 콰 콰쾅. 팔괘들이 팽이처럼 회전하면서 호신강기를 수십 겹 이나 만들어 냈지만 연달아 파괴되었다.

용암을 내뱉은 것이나 다름없는 위력이었지만. 무왕은 살갗이 지글지글 끓고, 얼굴이 내려앉는 고통 속에서도.

"하하하!"

오히려 재미있다는 듯이 크게 웃으면서 쥐고 있던 날갯 죽지를 통째로 뽑아 버렸다.

쿠우—웅!

여름여왕은 그렇게 지면에 깊숙하게 처박혔다. 깊은 구 덩이가 파이면서 동시에 생겨난 봉우리의 옆구리가 깊게 쓸려 나갔고.

콰르르르—

곧 거친 산사태와 함께 한쪽으로 기울어지다가 여름여왕 과 무왕을 통째로 생매장했다.

그러다 다시 그 위로 용암이 분출되듯이 불길이 높게 치 솟으면서, 위로 여름여왕과 무왕이 튀어 올라왔다.

여름여왕은 날개가 뽑히고 팔다리가 부러지는 등 몸이 크고 작은 상처로 도배되어 있었다. 피가 뚝뚝 떨어지면서 땅바닥을 흥건하게 적셨다. 홍수가 난 게 아닐까 싶을 정도 로 어미이미힌 출혈량이었다.

그런데도 여름여왕은 끝까지 무왕을 갈아 마시겠다는
듯. 피로 덮여 잘 보이지 않는 눈을 잔뜩 찡그리면서 다시
한번 더 브레스를 뿜었다.

무왕 역시 추락의 충격으로 적잖게 데미지를 입었는지
비틀거리는 발걸음이었지만. 다시 몸 위로 팔괘를 떠올리
면서 주먹을 앞으로 내질렀다.

수십 개의 강기가 잇달아 터졌다. 다른 속성을 가진 빛의
칼날이 되어 브레스를 난도질했다.

콰콰쾅!

영원히 끝나지 않을 것 같은 폭발과 후폭풍이. 다시 한번
더 외우주의 겉 부분을 따라 휘몰아쳤다.

* * *

"괴…… 물."

아트란은 격전지에서 한참이나 떨어진 곳에서 무왕과 여
름여왕의 싸움을 넋을 잃고 쳐다봐야만 했다.

그리고 혼잣말로 작게 중얼거렸다.

"저딴 괴물의 낯짝을 갈긴다고? 미친 새끼."

그건 스스로에 대한 욕설이었다. 여름여왕에 의해 경매
가 파투 났을 때. 레드 드래곤에게 엿을 먹이겠다는 일념

하나만으로 전 재산을 털어 이곳으로 넘어왔다.

처음에는 의기양양했다. 빙왕, 트와이스, 블랙 스컬. 모두 손꼽히는 S급 용병들이었고, 철사자단이나 달그림자 같은 집단도 뒤를 받쳤다. '장'이나 '턴' 같은 생각지 못한 인재를 만나기도 했다.

그래서.

겉으로 내색은 하지 않았지만. 이만한 전력이라면 레드 드래곤의 팔 하나쯤은 뽑을 수 있지 않을까 하는 막연한 기대도 했었다.

아무리 탑의 세계에서는 무력이 최고라지만. 금력도 만만치 않노라고, 나 역시 너희들에 못지않노라고 당당히 말할 수 있을 줄로만 알았다.

하지만 상황이 이렇게 된 순간. 아트란은 자신이 얼마나 멍청한 생각을 했는지를 절실히 깨닫고 말았다.

팔 하나? 미친 헛소리였다. 손가락 하나 뽑기 힘들었다. 여름여왕의 옆에도 다가가지 못하는데 무슨.

방금 전, 브레스에 쓸려 나간 랭커들 중에는 블랙 스컬도 있었다. 여름여왕의 발톱이라도 잘라서 퀘스트 공적치를 얻어 보겠다고 설치면서 나섰다가, 시체도 남기지 못하고 사라졌다.

일반 플레이어들에게는 S급 용병이니, 랭커이니, 불리던 자였지만. 여름여왕에게는 그냥 평상시 아무렇지 않게 짓밟고 지나가는 미물에 불과하지 않았을까?

"저 괴물은 더 큰 괴물이 되었군. 하핫. 하여간 대단해. 나도 부단히 노력한다고 했었는데 말이지."

그때. 아트란의 옆에 있던 빙왕이 껄껄 웃음을 터뜨렸다. 시리도록 투명한 머리칼과 눈썹을 지녔지만, 그는 이곳으로 오는 내내 혼잣말을 쉬지 않고 내뱉던 말 많은 영감이었다.

이미 무왕과 여름여왕이 두려워 달아난 다른 용병들과 다르게. 빙왕은 트와이스, '턴'과 함께 마지막까지 임무를 지켜 주고 있었다.

날아오는 파편들을 옆으로 쳐 내고, 적의 공격에 휘말리지 않는 영역까지 아트란을 무사히 피신시켰다.

마음 같아서는 게이트를 타고 이런 지랄맞은 외우주를 빠져나가고 싶었지만. 그쪽으로 가는 길목은 무왕과 여름여왕이 가로막고 있어서 여기서 발이 묶이고 말았다.

아트란은 빙왕을 슬쩍 돌아봤다. 그러고 보니 빙왕은 한창 현역이던 시절, 아직 저층 구간 플레이어였던 무왕에게 꺾인 이후로 내리막길을 타야만 했던 과거를 갖고 있었다.

반대로 무왕은 빙왕과의 대결로 자신의 이름을 널리 알리며 화려하게 데뷔할 수 있었지만.

'이 사람은. 아무렇지도 않나?'

보통 평범한 사람들이라면 거기에 대해 꿍한 마음을 갖고 있기 마련일 텐데도.

빙왕은 오히려 싸움을 보는 내내 원하던 장난감을 만난 사람처럼 너무 좋아하고 있었다.

그리고 그런 건, 트와이스와 '턴' 도 마찬가지였다.

빙왕처럼 나사 빠진 사람인 양 해맑게 웃는 건 아니었지만. 무왕과 여름여왕의 격전을 보면서 놀라기도, 흉내 내기도 하고, 고심에 빠지기도 했다.

하지만 세 사람의 눈에 담긴 감정은 모두 똑같았다.

열의.

선망.

동경.

혹은 경외.

'미쳤어. 이놈들, 전부······!'

아트란은 뇌가 전부 근육으로 가득 찬 것 같은 이들 때문에 학이 떼일 지경이었다. 여태껏 동전 한 닢에 모든 것을 걸고 살아온 그에게, 이들은 전부 이해가 불가능한 또라이들이었다.

그렇기에. 아트란은 이럴 때일수록 정신을 바짝 차려야겠다고 생각했다.

이렇게 또라이들이 많은 곳에 있으면 같이 휘말려 죽기 십상이었다.

이들은 즐겁게 싸우다 죽으면 그것도 낙이 아니겠냐며 실실대지만, 아트란은 자신의 목숨이 가장 중요했다.

재기를 할 때 하더라도, 일단 살아남아야 그것도 가능했으니.

그러다 일행들 중에서 유일하게 자신과 같은 정상인이던 자를 찾아 주변을 두리번거렸다. '장'. 말은 거의 없었지만, 상황을 보는 눈은 냉철하던 사람이었다.

분명 방금 전까지만 해도 바로 옆에 있었는데. 갑자기 보이질 않았다.

'어디로 갔지?'

*   *   *

팟—

'장'이라는 가명을 썼던 장웨이는 이미 폐허가 되어 휑하기만 한 전장을 빠르게 달리기 시작했다.

목표는 무왕과 여름여왕이 뒤엉켜 있는 곳. 저 지랄맞은 외뿔부족들이 천지 분간 못 하고 마구잡이로 날뛰고 있는 곳이기도 했다.

'지금이야말로 기회다.'

장웨이는 무왕과 외뿔부족의 손을 어지럽게 만들 목적으로 퀘스트를 수락했다. 그리고 상황은 노렸던 것보다 훨씬 순조롭게 풀리고 있는 중이었다.

자신이 있는 건 생각도 않는 것일까. 아니. 할 겨를조차 없다는 게 맞겠지. 여름여왕을 상대하는 내내, 무왕은 주변에는 눈길도 돌리지 못했으니까.

지금 저 모습만 봐도 딱 알기 쉬웠다.

웬만한 랭커도 가볍게 녹이는 브레스를 홀라당 뒤집어쓰고도, 눈을 부리부리하게 뜨며 날개를 뜯어 버리는 힘이라니.

정말이지.

'대단해!'

장웨이는 사납게 웃었다. 두 눈이 희열에 잠겨 번들거렸다. 남들은 절대 잡지 못할 거라며 피하는 사냥감을 노리는 사냥꾼의 눈.

그동안 무왕에게 쫓기면서 그가 강하다는 것은 알고 있었다. 하지만 '어느 정도' 수준인지는 도무지 감을 잡을 수가 없었다.

그리고 여름여왕과 싸우는 모습을 보면서 비로소 그의 '진노'를 알게 된 시금. 심상이 마구 뛰었다.

게다가 지금은 방해를 받을 염려도 없다. 사냥감은 다른 사냥감과 부딪치는 중이다.

제 등이 훤히 노출되었는데도 불구하고, 누군가가 노릴 거라고는 생각도 않고 있었다. 아니, 못한다는 표현이 옳을 것이다.

그것이 맹수들만이 가지는 맹점이다. 자신이 얼마나 강한지 스스로 잘 알기 때문에. 아무도 덤비지 못할 것이라 생각하고, 자신이 최고라는 오만에 빠진다. 그것이 얼마나 위험한 생각인지 알지도 못하고.

그런데 저기 그런 사냥감이 있었다.

저 거대한 사냥감의 등에다 화살을 꽂아 넣을 수 있다면. 이 칼로 목을 자를 수 있다면. 그때의 희열은 또 얼마나 클 것인가.

지금의 심정은.

'마치.'

아주 오래전. 지구에 두고 왔던 기억을 떠올리게 했다.

'마치 대장 같아.'

장웨이는 손끝을 타고 흐르는 찌릿한 감각을 느끼면서.

탁!

도중에 걸음을 멈췄다. 〈은신 잠행〉. 기척을 철저하게 숨기며 적의 뒤를 밟을 수 있게 하는 이예 신의 권능을 빌려 도착한 곳은 낙석 더미로 그늘이 잔뜩 진 곳.

외부에 전혀 노출되지 않으면서, 시야를 확보하기 이만한 곳이 없었다. 장웨이는 사일동궁을 왼손에 쥐고, 소증을 시위에다 걸며 천천히 뒤로 잡아당겼다.

저 멀리.

표적이 다시 한번 폭발 소리와 함께 하늘로 높이 치솟고 있었다. 너무 멀어서 까마득한 점으로 보였지만. 동공이 아주 좁아지면서 안력이 잔뜩 돋워진 두 눈은 확실하게 무왕을 노렸다.

그리고 바로 그 순간. 무왕이 이쪽에서 반대로 몸을 돌리고 있었다.

이대로 시위를 놓는다면.

소증은 빛의 화살로 변하며 무왕의 등판에 작렬할 것이다. 그런 생각을 하면서. 곧 손끝에서 느껴질 짜릿한 손맛을 기대하면서 혀로 입술을 축였다.

그런데.

'……뭐지?'

장웨이는 시위를 놓으려는 순간, 자기도 모르게 멈칫거리고 말았다. 쿵. 쿵. 쿵. 심장이 세게 뛰었다. 호흡이 가빠졌다.

무왕을 노리려 할 때에도 심장은 빠르게 뛰었다. 하지만 그건 잔뜩 부풀어 오른 기대감과 홍분 때문이었다.

지금은 그것과 달랐다.

등골이 서늘했다. 오한이 들었다. 마치 누군가가 몸 안쪽에다 손을 깊숙하게 집어넣어 폐부를 강하게 쥐어짜는 것 같았다. 불안감. 혹은 초조함.

탑에 들어선 이후로 단 한 번도 느껴 보지 못했던 감정. 이건 본능적으로 느껴지는 감각이었다.

장웨이는 지구에 있을 때부터 천성적으로 위기를 빠르게 포착할 수 있는 재능이 있었다. 정확하게는 자신의 목숨이 위험해질 때 나타나는 '느낌'을 알아챌 수 있는 것이었다.

그래서 장웨이는 지옥 같았던 아프리카에서도 용케 살아남을 수 있었다. 그리고 이 재능은 탑에 넘어오면서 궁무신으로 성장할 수 있는 기반을 마련해 줬다.

강자가 되면서 사라졌던 감정이 바로 지금 되살아났다. 주변에. 다른 무언가가 있었다.

그는 옆으로 고개를 홱 하고 돌렸다. 잔뜩 좁혀진 시야 저 너머로. 언덕에 한 남자가 서 있는 것이 보였다.

검은 가면과 옷을 입은 사내가 있었다. 카인. 원래 그가 찾으려던 목표, 독식자였다.

그러니 분명 처음 보는 것인데도 불구하고. 이상하게 녀석을 보고 있노라니 심장이 멈추질 않았다. 아니, 오히려 더 가쁘게 뛰었다. 쿵. 쿵. 쿵.

장웨이는 인상을 잔뜩 일그러뜨리면서 녀석을 노려봤다.

'누구냐, 너는?'

*　　　*　　　*

'90퍼센트? 미친 헛소리였어.'

연우는 아주 잠깐 무왕이 '도와준다면' 충분히 여름여왕을 잡을 수 있지 않을까 하고 생각했던 스스로에게 비웃음을 던져야 했다. 도와준다고? 누가? 무왕이?

반대였다.

오히려 자신이 방해가 안 된다면 다행이었다.

아무리 중상을 입어도. 아무리 이성이 마성에 잡아먹혀도. 여름여왕은 여름여왕이었다.

최후의 용이자, 지난 수천 년 동안 탑을 지배하던 절대자.

그런 자를 잡는다니. 헛소리였다. 무왕과 여름여왕이 싸우는 자리에 난입한다고 해도, 고래 싸움에 등 터지는 꼴밖에 되지 않을 것 같았다.

그러면서도.

한편으로 연우는 시샘이 났다.

'저 싸움은…… 원래 내 싸움이야.'

무왕은 제자를 도와주기 위해서 나선 거였다. 제자가 얼마나 무모한 짓을 저지르려는지 잘 알고 있었으니까. 그랬기에 연우를 대신해 나섰고, 지금 죽을지도 모르는 위험천만한 살얼음판 위를 걷고 있었다.

이런 상황에서 지금 연우가 하는 생각은 스승의 도움을 무시하고, 자기 승부욕만 불태우는 못난 짓에 지나지 않았다.

하지만.

연우는 그런 못난 생각을 숨길 생각이 없었다.

자신도 저기에 어우러지고 싶었다. 10퍼센트는커녕 1퍼센트도 안될 아주 적은 확률이었지만. 그는 여름여왕을 끝장낼 자신이 있었다.

아무리 여름여왕이 포효하고, 권능을 발산한다고 하더라도. 스테이지 전체를 어둠에 잠기게 했던 아가레스나, 악마를 잡아먹던 헤르메스에 비할 바가 될까.

더구나. 여름여왕은 동생의 한쪽 팔을 뜯어먹었던 놈이었다. 그렇다면 죽기 전에 똑같이 되갚아 주지 않는다면 안된다. 마독 중독? 그걸로는 성에 차지 않았다.

『……그래. 그거야. 그런 생각. 아주 좋아.』

우웅, 웅—

모든 권능을 각성한 용종은 신과도 어깨를 나란히 한다지만. 사실 신이나 악마에 견주는 것 자체가 미친 짓이었다. 그래도 연우는 아가레스에게 한 방 먹인 적이 있었다.

그렇다면. 지금이라고 또 못할까?

『……서둘러. 어서. 네 먹이가 저기에 있잖아. 안 그래?』

그때. 현자의 돌이 부르르 떨렸다. 심연 한쪽에서부터 빌어먹을 마성이 어느덧 나타나 귓가에 달콤하게 속삭여 댔다.

평소에는 아무리 건드려도 꿈쩍도 않던 녀석이건만. 이럴 때만큼은 참 귀신같이 나타났다. 딱 보아도 그를 위기로 내몰기 위한 개수작이었지만.

'이놈과 의견이 맞을 때도 있군.'

연우는 피식 웃었다. 어차피 마성은 아가레스가 남긴 잔재이기 이전에, 자신의 본성에 기반한 다른 인격이었다.

당연히 녀석이 하는 말은 자신이 하는 말과 크게 다를 게 없었다.

이성도 본성도. 결국 똑같은 결정을 내렸으니 뒤를 돌아볼 건 없었다.

연우는 손을 뻗어 아무것도 없는 허공을 짚었다.

    [보상 '인트레니안 개방'을 선택하셨습니다. 목
록에 있는 물건 중 총 5개를 얻으실 수 있습니다.]
    [어떤 것을 선택하시겠습니까?]

    [보상 목록]
    1. 봉황의 알
    2. 프로메테우스의 횃불
    3. 왕의 제전
    ······

   여름여왕이 준 퀘스트로 얻은 보상. 아무리 중요한 보물
을 제외했다고 해도, 목록에 적힌 것들은 하나하나 전부 대
단한 것들밖에는 없었다.
   다행히 그중에 연우가 원하던 것이 있었다.
   그것을 선택하면서 생각했다.
   '여름여왕이 준 보상으로 여름여왕의 머리통을 부순다?
과연 마지막에 어떤 표정을 지을지 궁금한데?'
   방해를 했다면서 길길이 날뛸 스승의 모습이 떠오르긴
했지만.
   '뭐. 제자의 애교 정도로 받아 주시겠지. 원래 제자 인성
은 스승을 닮은 법이니까.'

혼자서 말도 안 되는 자기 납득을 하면서.

띠링—

'원래 막타는.'

연우는 거침없이 손에 닿은 물건을 잡아 뽑았다.

'먹는 사람이 임자지.'

[보상으로 '알타바오 금괴'를 선택하셨습니다.]

『……금괴?』

순간, 황당함에 젖은 마성의 목소리가 삑사리처럼 새어 나왔다.

[알타바오 금괴]

　분류: 잡화

　등급: A+

　설명: 아주 오래전, 신비 상인 알타바오가 제조했다고 알려진 금괴. 보통 금괴보다 훨씬 순도가 높으며, 마력 전도율이 높아 아티팩트의 가공 물품으로도 인기가 좋다.

용을 때려잡으면서 이길 이디에 쓰려고?

마성은 그렇게 소리를 치고 싶었다. 방금 전까지 의기양
양하게, 마치 흑막에서 일을 꾸미는 악당처럼 음산하게 웃
어 대던 마성은 황당한 나머지 아무 말도 못 하고 있었다.

하지만 녀석이 어떻게 생각하거나 말거나.

연우는 똑같은 보상을 계속 선택했다.

[보상으로 '얄타바오 금괴'를 선택하셨습니다.]
[보상으로 '얄타바오 금괴'를 선택하셨습니다.]
……

얄타바오 금괴.

탑에서 통용되는 여러 금괴 중에서도 가장 순도가 높아, 가
치도 크다고 알려진 물건이었다. 신비 상인이 제조했기 때문에
지금은 조합들 사이에서 큰 단위의 화폐로 통용되기도 했다.

그래서 분명 쉽게 구하지 못할 희귀한 물품인 건 사실이
었다. 하지만 레드 드래곤이 거창하게 내놓은 퀘스트의 보
상으로 받기엔 한없이 부족했다.

봉황의 알이나 프로메테우스의 횃불 같은 거창한 것들을
두고 이런 것이라니. 한 번이라면 모를까, 5번 모두 똑같은
것만 골라 대자 마성도 더 이상 참지 못하고 버럭 소리를
질렀다.

『……뭘 하는 짓이냐! 대체!』

"재미난 짓."

연우는 피식 웃음을 흘렸다. 그러면서도 한편으로는 확신할 수 있었다. 마성이 자신의 또 다른 인격이라지만, 자신의 생각은 읽지 못한다. 지금 자신이 하는 행동의 의도도 눈치채지 못하는 것을 보면 분명했다.

마성이 예상하지 못할 정도의 방법이라면, 적에게는 더 확실하게 먹힐 게 틀림없었다.

『……그래. 네가 어련히 알아서 잘할까. 기대해 보는 것도 좋겠지. 저 용. 꼭 네 손으로 흡수해야 한다.』

마성은 못마땅한 투로 중얼거리다가, 곧 입맛 다시는 소리를 내면서 조용히 사라졌다.

근원이 악마이다 보니 녀석은 벌써부터 여름여왕이 어떤 맛일지 잔뜩 기대하는 중이었다. 그것도 탑에 마지막으로 남은 용. 당연히 별미 중에 별미일 게 분명했다.

'네가 원하는 대로 하지는 않겠지만.'

연우는 마성에게 비웃음을 던져 주고, 얄타바오 금괴를 모두 챙겨 블링크를 전개했다. 당연한 말이지만, 금괴로는 여름여왕을 때려죽일 수 없었다.

그가 나타난 곳은 초감각으로 미리 위치를 파악해 뒀던 곳. 선상에서 한삼이나 떨어신 상소였나.

"무, 뭐야! 이거!"

아트란은 갑자기 눈앞에 불쑥 연우가 나타나자 기겁을 해 댔다.

옆에서 그를 보호하고 있던 빙왕과 트와이스가 반사적으로 무기를 뽑아 그쪽으로 휘두르려다가, 보이지 않는 장막에 부딪쳐 옆으로 비껴 났다. 그림자 속에 있던 부가 전개한 배리어였다.

순간, 빙왕과 트와이스의 눈이 살짝 커졌다. 급하게 휘두르긴 했지만, 그래도 이렇게 쉽게 가로막힐 만한 힘이 아니었을 텐데. 둘의 머릿속에 순간적으로 같은 단어가 스쳤다.

'위험.'

하지만 섣불리 녀석에게 덤비지는 않았다. 처음 본 상대였지만. 정체가 무엇인지 단번에 알아본 덕분이었다.

까만 가면을 쓴 플레이어 중에서 이만한 실력자라면 한 명밖에 없었다. 독식자였다.

"당신, 여길 어떻게……?"

아트란은 혹시 레드 드래곤 측에서 자객이라도 보냈나 싶어 잔뜩 겁을 먹고 '턴'의 뒤로 숨었다가, 곧 연우를 보고 눈을 동그랗게 떴다.

"오랜만이군."

그러다 연우가 건넨 인사에, 아트란은 눈을 더 크게 떴다가, 이내 가늘게 좁혔다.

"그랬군. 당신, 당신이었어! 젠장! 그렇게 된 거였군!"

아트란은 연우의 목소리를 듣는 순간, 단번에 앞뒤 정황을 모두 눈치채고 말았다.

연우가 피식 웃었다.

"눈치 하나는 기가 막히게 빠르군."

"원래 내 일이 이거거든? 젠장! 플레이어에게 또 사기를 맞다니!"

아트란은 욕설을 내뱉었다. 원래 타인에게는 언제나 존대를 하는 것이 그의 철칙이었지만. 연우를 보고 나니 화가 머리끝까지 치밀어 그럴 생각도 없어졌다.

난데없이 나타난 연우. 어디선가 들어 본 적 있는 목소리. 익숙하다 싶은 태도. 바보가 아니고서야 눈치채지 못할 수가 없었다.

튜토리얼에서도 한 번 된통 뜯어먹혀서 이를 바득바득 갈았었는데. 이번에는 아예 그를 낭떠러지로 몰아넣기까지 했다.

"여긴 또 뭐 하러 왔나? 날 농락이라도 하러 왔나? 아니면 파산까지 해 버린 상인 구경?"

빙왕과 트와이스는 흥미진진하다는 표정으로 아트란과 연우를 빈길이 봤다.

두 사람이 어떤 사이인지는 알 수 없어도, 아트란이 일방적으로 연우를 적대한다는 사실이 재미있었다. 그들이 아는 아트란은 절대 이렇게 쉽게 포커페이스가 무너지는 사람이 아니었다.

'턴'은 뽑았던 검을 도로 검집 안쪽으로 밀어 넣으면서 옆으로 비껴 섰다. 그래도 임무에 충실하려는 듯, 눈으로는 연우를 끊임없이 관찰했다.

그 눈빛이 얼마나 날카로운지 어떻게 보면 호승심이 들끓고 있는 것처럼 보일 정도였다.

『우리는 이따가 이야기합시다. 녹턴. 아니, 이럴 때는 사형이라고 해야 하나?』

"……."

'턴'. 검무신에 이어 무왕의 두 번째 제자이기도 한 그는 연우를 살짝 노려보다가 고개를 가로저었다. 마음대로 하라는 뜻.

연우는 그런 녹턴을 묘한 눈길로 바라봤다. 무왕의 곁은 자신의 길이 아니라며 훌쩍 떠났다던 두 번째 제자. 그는 21층, 그림자 도장에서 봤던 모습 그대로였다. 이런 곳에서 만나게 될 줄은 생각도 못 했지만.

게다가 아트란 옆에는 빙왕까지 있었다. 애송이 시절의 무왕에게 패배하고, 속세로부터 등을 졌다던 용병이 여기에 있을 줄이야. 트와이스라는 용병도 빙왕만큼은 아니지만 용병계에서는 전설로 통하는 사람이었다.

이런 실력자들을 대거 고용했을 줄이야.

아무리 돈을 많이 뿌린다고 해도, 최상급 용병들은 자존심이 강한 만큼 페이뿐만 아니라 구미가 당길 명분도 만들어 줘야 했다.

모르긴 몰라도, 여기서 죽은 다른 용병들도 꽤 몸값이 높은 자들이었을 것이다.

그런 면에서 보자면 아트란이 수완이 뛰어난 건 사실이었다. 하긴, 탁본 몇 개를 가지고 이렇게 판을 키워 줄 정도였으니. 사실 처음 기대했던 것보다 훨씬 만족스러운 결과였다.

'역시 잘 찾아왔어.'

연우는 아트란을 빤히 쳐다봤다. 아트란은 뭔가 또 코가 꿰일 것 같다는 느낌에 한 발자국 뒤로 물러섰다.

"뭐? 또 뭐?"

"상점창을 열 수 있는 권한, 아직 있지? 거래를 하고 싶은데."

상점창. 신비 상인들에게만 허락되는 시스템으로, 조합과 직통으로 연결이 되었다. 그리고 상인의 계급이 높을수록 취급할 수 있는 물품도 다양했다.

아트란이 나락으로 떨어졌어도 아직 계급은 임원급이었기에 하늬바람 조합에서 취급하는 대부분의 물건 거래가 가능했다.

"거래는 무슨! 네놈이 여태 했던 짓을 생각해 봐! 너와 엮여서 좋을 게 없었……!"

"이거면 꽤 좋은 거래가 될 텐데."

연우는 얄타바오 금괴를 꺼내 내밀었다.

흠칫.

아트란이 몸을 떨었다. 얄타바오 금괴는 신비 상인들이라면 아주 환장하는 물건이었다.

값어치가 떨어질 일이 절대 없고, 오히려 사재기에 열을 올리는 수집상들에 의해 품귀 현상까지 일어나 값이 꾸준히 오르고 있을 정도였다.

저걸로 거래를 했을 때, 거래 수수료로 챙길 수 있는 이문. 머릿속 계산기가 빠른 속도로 돌아갔다. 험. 험. 아트란은 경계를 조금 풀고 헛기침을 했다.

"아무리 그래도 그걸로는 안 될……!"

하지만 연우가 5개의 금괴를 내놓는 순간.

"무엇이든 말씀만 하십시오! 사랑합니다, 고객님!"

아트란은 재빨리 머리가 땅에 닿을 정도로 허리를 바짝 숙였다. 5개의 얄타바오 금괴. 저 정도면 파산 뒤에 재기를 노릴 수 있을 만한 액수였다.

"헤헤헤. 그래서 우리 사랑하는 고객님, 따로 찾으시는 물건이라도 있으신지요? 저희 하늬바람 조합은 2천년에 달하는 유구한 역사와 전통을 자랑하는 곳으로서, 그 정도의 가격대라면 다른 곳에서는 절대 취급하지 못할 귀한 상품들이 많습니다. 한번 부티크를 살펴보시겠습니까?"

파리처럼 양손을 비비면서 영혼이라도 팔 것 같은 모습. 빙왕과 트와이스, 녹턴은 고개를 절레절레 흔들었다. 그러면서도 연우가 가지고 있는 금괴가 어디서 나온 것인지 짐작하고 헛웃음을 흘렸다.

레드 드래곤 퀘스트. 거기서 받은 보상으로 대체 뭘 하려는 것일까.

독식자가 무왕의 제자라는 건 널리 알려진 사실. 레드 드래곤의 보상으로 레드 드래곤을 훼방 놓으려는 그의 발상이 참 대단하다 싶었다. 그리고 그들의 머릿속엔 똑같은 생각이 떠올랐다.

'그 스승에 그 제자로군.'

연우는 그런 주변의 시선에도 아랑곳하지 않고, 아트란에게 말했다.

"드래곤 킬러를 있는 재고만큼 전부 구매하고 싶은데."

"……!"

"……!"

"하하하! 그렇군! 그런 수가 있었어!"

트와이스와 녹턴은 놀란 눈빛이 되었고, 빙왕이 박수를 치면서 크게 웃음을 터뜨렸다.

드래곤 킬러.

달리 용살창(龍殺槍)이라고도 불리는 랜스.

6미터가 넘는 크기와 수백 킬로그램에 달하는 어마어마한 무게. 그러면서도 굵기는 평범한 성인 여성의 팔뚝만큼 가느다란 창이었다.

때문에 드래곤 킬러는 충분한 속도만 실리면 엄청난 관통력을 자랑한다. 게다가 사용 방법에 따라서는 수십 수백 갈래로 쪼개지도록 되어 있어서, 관통한 이후 일대를 초토화시키는 데에도 큰 효과가 있었다.

이름처럼 드래곤 킬러는 원래 용을 잡기 위해 고안된 무기였다.

아주 오래전, 여름여왕에 원한을 품고 있던 사람들이 모여 머리를 맞대어 탄생시켰지만. 끝내 여름여왕에게 발각되어 조직은 무너지고, 무기와 제조법도 역사의 뒤안길로 사라지고 말았다.

하지만 이 중 소량은 암시장이나 조합으로 흘러 들어가 암암리에 유통되었으니. 연우는 바로 이런 드래곤 킬러를 요구한 것이다.

'이거 어쩌면, 잘 이용하면……!'

아트란은 재빨리 머리를 굴렸다. 하늬바람 조합은 다른 조합에 비해서 훨씬 많은 드래곤 킬러를 보유하고 있었다.

보유량은 전체 유통량의 80% 정도. 당시에 값어치가 천정부지로 오를 거란 믿음을 갖고 닥치는 대로 구매를 해 놨기 때문이었다.

하지만 하늬바람 조합은 곧 그런 선택을 후회하고 말았다.

분명 드래곤 킬러는 가치가 뛰어났지만, 사용법도 그만큼 까다로웠다. 무겁고, 잘 부서진다. 1회용이란 뜻이었다. 어느 누가 그만한 가격에, 한 번밖에 쓰지 못할 물건을 쉽게 구매하려 들까.

결국 드래곤 킬러는 창고 하나를 독식한 채, 먼지만 쌓이고 있는 실정이었다. 이런 악성 재고를 처분하는 대가로 중간 수수료를 많이 남긴다면?

'심봤다!'

아트란은 목젖까지 치민 함성을 억지로 꾹 눌러야 했다. 이럴 때는 절대 크게 티를 내면 안 된다. 그래서는 가격을 후려칠 수가 없었다.

하지만 헛기침을 하면서 연우와 눈이 마주친 순간.

아트란은 한숨을 내뱉어야 했다. 가넌 속에 있는 연우의 눈이 호선을 그리고 있었다.

네가 무슨 생각을 하는지 모를 것 같냐는 눈빛.

드래곤 킬러가 미운 오리 새끼 신세라는 것을 이미 알고 있는 게 틀림없었다. 하긴. 신비 상인을 후려치는 놈이 괜히 이걸 언급했을까. 모르긴 몰라도, 상인들보다 더 시세를 잘 파악하고 있을 것 같았다.

여기서 호객은 자신이었다.

"헤헤헤. 역시! 역시나 고객님이십니다! 혜안이 아주 대단하시군요. 아주 잘 생각하셨습니다, 고객님. 저희 하늬바람 조합이 가지고 있는 드래곤 킬러야말로 현재 시중에 나와 있는 어느 드래곤 킬러보다 관리가 잘되어 있고, 성능도 뛰어나답니다. 다만……."

하지만 그렇다고 시도조차 해 보지 않을 수는 없는 법. 아트란은 뒷말을 약간 흐리면서 말을 이어 나갔다.

"이 액수로는 현재 재고의 3할만큼만 사실 수 있을……."

"싫으면 다른 상인을 찾아가지."

아트란은 미련 없이 돌아서는 연우의 팔을 붙잡았다.

"아고고! 헤헤헤헤. 왜 이러십니까, 고객님? 장사 하루이틀 해 보시는 것도 아니면서. 고객님과 제 사이가 어디 보통 사입니까? 왜 이리 성격이 급하십니까. 말은 끝까지 들어 보셔야죠. 당연히, 당연히 원래는 그렇지만! 제가! 특별히! 가격 할인을 해 드리려 하는 것 아니겠습니까?"

연우는 다급하게 말이 빨라지는 아트란을 보면서 피식 웃음을 흘렸다.

"그럼 가능한 양은?"

"절반보다 조금……."

연우는 다시 돌아섰다.

"아고고! 당연히 그보다 더 많이 해 드려야죠!"

"7할."

"흐이익! 그, 그건 안 됩니다! 그래도 여태 보관비 같은 게 있어서 저희가 남는 게 없……!"

"8할."

"히이이익! 알겠습니다! 하겠습니다! 할 테니까……!"

"9할."

"넵! 거래되었습니다!"

그래도 혹시나 하는 마음에 한 번 연우를 슬쩍 찔러보던 아트란은 도리어 된통 바가지를 뒤집어쓴 뒤에야 거래를 낙찰할 수 있었다.

['얄타바오 금괴' × 5를 지불하여 '드래곤 킬러'
× 31을 구매하였습니다.]

연우의 손에 쥐어져 있던 얄타바오 금괴가 모두 사라지고, 대신 발치에 6미터에 달하는 장창 30여 자루가 나타났다.

하지만 연우는 그것으로 만족하지 않았다.

"아직 재고가 남아 있지?"

"고객님, 아무리 재고라 해도 그것까지는 힘들……!"

"남은 재고뿐만 아니라, 암시장에서 유통되고 있거나 다른 조합에 있는 드래곤 킬러까지 전부 구입하지. 대리 구매 수수료는 알아서 챙기고."

"드래곤 킬러를 전부 다 말씀이십니까?"

"안 되나?"

"되지요! 되고말고요! 아주 탑에 있는 것뿐만 아니라, 외부에 나가 있는 물품들까지 싹 끌어모아 오겠습니다!"

"그 외에도 추가로 구매하고 싶은 것들이 있는데."

연우는 생각해 뒀던 것들을 하나둘씩 이야기했다. 그런데 품목을 들을 때마다 아트란의 표정이 또 이상하게 변했다.

하나같이 드래곤 킬러만큼이나 악성 재고로 남아 있는 것들. 그런 주제에 원가는 비싸서 울며 겨자 먹기로 보관해야 했던 골칫거리였다.

왜 이런 걸 연우가 필요로 하는지는 알 수 없었지만, 연우는 많으면 많을수록 좋다고 말했다.

단일 거래로 치기엔 어마어마한 거래량이라, 아트란은 입꼬리가 귓가에 걸릴 것 같았다.

이번 거래가 무사히 성사되고 나면 그래도 최소한 조합 내에서 자리는 보전할 수 있을 것 같았다. 재기할 기회를 마련할 수 있단 뜻이었다.

이제 아트란의 눈에 비치는 연우의 모습은 자신을 잡아 먹으려는 악마가 아닌, 하늘에서부터 동아줄과 함께 내려 온 천사로 보일 정도였다.

"……이렇게 인데. 가능하나?"

"가능하고 말굽쇼. 안 되더라도 발에 땀띠가 나도록 뛰어야 합죠."

이제 아트란은 간이고 쓸개고 다 빼서 내어 줄 기세였다.

"최대한 빨리 부탁하지."

"알겠습니다요. 저기, 그런데……."

"문제라도 있나?"

"대금은 어떻게 하실 생각이신지……."

연우가 피식 웃었다.

"왜? 떼어먹기라도 할까 봐?"

아트란은 제자리에서 펄쩍 뛰었다.

"이이고! 그럴 리기 있습니끼요? 지야 고객님! 이니, 낀

주님을 믿고 말굽쇼! 헤헤헤. 하지만 아시다시피 요즘 세상사 인심이 팍팍해지고 경제 사정이 다들 어려워지다 보니…… 헤헤헤."

"당연히 줘야지."

연우는 고개를 끄덕였다. 손을 내미는 아트란의 두 눈이 기대로 잔뜩 부풀어 올랐다.

대금을 무엇으로 지급할까? 똑같이 얄타바오 금괴? 공적치? 아니면 외뿔부족에서 발행한 채권? 무엇이라도 좋았다. 전부 시장에서 신뢰도 있는 것들이었으니까.

하지만. 연우는 아트란의 기대를 무참하게 박살 내 버렸다.

"외상."

"……예?"

"외상으로 달아 놓으라고."

"……!"

순간, 아트란의 눈에 연우는 다시 자신의 뒷덜미를 잡아 입에다 넣으려는 악마로 비쳤다.

아트란의 얼굴이 금세 시뻘겋게 달아올랐다.

"지금 그딴 걸 말이라고 하시는 겁니까!"

"못할 건 또 뭐지?"

"장난할……!"

"설마 내가 정말 떼먹기라도 할까 봐?"

연우가 피식, 바람 빠지는 소리를 냈다. 아트란은 다시 한 소리를 하려다가, 문득 다른 생각에 미쳤다.

"……관리국의 퀘스트."

"깨달았으면, 뭐해? 빨리 서두르지 않고?"

아직 퀘스트는 하나가 더 남아 있었다. 레드 드래곤 현상 수배 퀘스트. 레드 드래곤의 시설을 많이 부술수록, 소속원을 많이 사살할수록 보상은 더 크게 주어진다.

그리고 당연한 말이지만. 연우는 여기서도 1등 자리를 놓칠 생각이 전혀 없었다.

"그래도 마나의 맹세라도 해야 하지 않겠……!"

"지금 이럴 때가 아닐 텐데. 뭐, 싫다면 다른 상인을 찾아가고."

"제기랄!"

아트란은 애꿎은 땅을 발로 걷어찼다.

"상인의 등이나 쳐먹고! 고객님은 죽어서도 분명 지옥에 떨어지실 겁니다!"

"잘 알고 있으니까, 빨리."

"으으!"

아트란은 분해 죽겠다는 표정으로 연우를 노려보다가, 금세 시스템을 조각히기 시작했다.

어차피 퀘스트는 머지않아 끝날 테니 대금을 하루 정도 늦게 지불하는 형태로, 물건을 빠르게 사들였다. 아트란의 신용이 조합들 사이에서 높게 평가되기 때문에 가능한 일이었다.

> ['드래곤 킬러'×14를 추가로 구매하였습니다.]
> ['파비오 숲 사냥꾼의 활용수'×21을 구매하였습니다.]
> ['거대 원숭이의 꼬리 가시'×6을 구매하였습니다.]
> ……

연우는 차곡차곡 쌓이는 물건들을 보면서 눈을 빛냈다. 품목을 말할 때는 이렇게 많을 줄 몰랐는데. 모아 놓고 보니 양이 제법이었다.

모든 구매를 마친 아트란은 다시 이를 바득바득 갈면서 마지막 남은 '알비노 트롤의 생혈'을 넘겼다. 얼마나 갈아 대는지 저래서 이가 남아나겠나 싶을 정도였다.

"여기…… 있습니다."

"고맙게 잘 쓰도록 하지. 고마워, 투자자."

졸지에 상인에서 마음씨 좋은 투자자로 전락해 버린 아트란은 다시 울컥하고 말았다. 정말이지 하는 말 한 마디

한 마디가 사람의 복장을 뒤집어 놓는 녀석이었다.

그러다 문득 그런 생각이 들었다.

'그런데 이 녀석, 이걸 전부 어디에다 쓰려고? 아니, 제대로 쓸 수나 있나?'

드래곤 킬러는 웬만한 랭커들도 들기 버거워할 만큼 무겁다. 자유롭게 사용하기는 그보다 더 까다롭단 뜻이었다.

하지만 독식자는 아직 저층 구간의 플레이어. 어떻게 이걸 다루려는 건지 이해가 가지 않았던 것이다.

게다가 다른 물건들도 마찬가지. 드래곤 킬러보다 사용법이 까다로우면 까다롭지, 절대 쉬운 게 없었다.

상황이 이렇게 되다 보니 불안한 마음을 도저히 지울 수가 없었다. 기세에 내몰려 일단 구매부터 하고 보긴 했는데. 잘못되면 정말 자신은 끝장이었으니까.

하지만 그런 아트란의 마음을 아는지 모르는지, 연우는 여유롭게 그림자로 물건들을 허공에다 띄운 다음, 블링크를 전개해 다시 자취를 감췄다.

사냥 준비를 하기 용이할 장소를 찾아서.

* * *

"주변에 아무도 접근할 수 없도록 철저하게 경세해."

「…….」

「예.」

『알았어. 조심해.』

"그러지."

연우는 자리를 잡은 뒤, 곳곳에 흩어졌던 샤논 등을 자신이 있는 곳으로 불렀다.

한령과 레베카는 좌우로 흩어지고, 브라함은 부와 함께 일대에 걸쳐서 임시 결계를 구축하기 시작했다.

다만, 샤논은 아무 말이 없었다. 연우는 유독 발걸음이 무거운 그를 불렀다.

"샤논."

「따로 시킬 일이라도 있나, 주인?」

투구 아래에는 분명 아무 얼굴도 없었지만. 언뜻 비치는 인페르노 사이트는 평소보다 잠잠했다. 연우는 그 눈을 보면서 말했다.

"이제 너의 주인은 나다. 명심해."

「……내가 못 볼 꼴을 보였군. 용서를.」

샤논은 한쪽 무릎을 꿇으면서 고개를 숙였다. 그래도 한때 레드 드래곤에 몸담았던 자신이, 옛 주인을 공격하는 데 앞장선다는 게 마음 한편에 켕겼던 것이다.

연우는 그런 그의 혼란을 지적했고, 샤논은 고개를 숙이는 것으로 잘못을 시인했다. 아무리 허물없게 지내는 사이라고 하더라도, 이럴 때 주종 관계는 확실히 해 둬야 했다.

"넘어가는 건. 이번 한 번뿐이야. 명심해."

「감사합니다.」

고개를 숙인 샤논의 인페르노 사이트가 다시 활활 타올랐다. 방금 전 지적으로 마지막까지 남아 있던 마음 정리가 끝났다. 전생은 전생일 뿐. 지금은 현생에 충실해야 했다.

샤논도 자신의 자리로 돌아간 뒤.

브라함이 연우에게 조심스럽게 물었다.

"괜찮겠나? 저대로 둬도?"

"괜찮을 겁니다. 저 정도로 흔들릴 만큼 약한 친구는 아니니까요."

"하긴. 그런 자였다면 데스 노블까지 되지도 못했겠지."

브라함은 고개를 끄덕이다, 연우의 주변에 어지럽게 놓인 물건들 쪽으로 시선을 돌렸다.

"그런데 이 많은 물건들은 다 뭔가? 저 무식한 창은 참 오랜만에 보는군."

"혹시 메르크리라는 것을 아십니까?"

"메르크리라면…… 거인족의 무술을 말하는 것인가?"

"예."

메르크리는 거인족의 사멸과 함께 사라진 옛 무술이었다. 체고가 7미터가 넘는 독특한 신체 조건을 가진 거인족에게 특화된 무술.

거인족 외의 종족이 익히기엔 적합하지 않다는 게 흠이었지만 기술과 동작이 가진 완성도가 뛰어나서, 그렇지 않아도 강한 발데비히는 싸움에 있어서는 최고로 군림할 수 있었다.

메르크리는 발데비히가 사용하던 무술이었다. 오늘날의 검야차를 있게 한 무술.

그리고 드래곤 킬러에 가장 알맞은 무술이기도 했다.

발데비히는 검야차라는 별칭처럼 주로 검을 썼다. 하지만 타고난 전사인 거인족의 피를 물려받은 만큼 다양한 병장기에 능통했고, 드래곤 킬러는 활이나 화살보다 투창을 선호하는 녀석에게 더할 나위 없이 알맞은 도구였다.

비록 저층에 있을 때에는 값이 터무니없이 비싸서 제대로 쓰지 못했고, 고층으로 올라갔을 때에는 더 이상 투창이 필요 없어서 손을 대지 않았었지만.

동생은 발데비히가 드래곤 킬러를 사용했을 때에 받았던 충격을 잊지 않고 일기장에 고스란히 적었다.

산자락을 떨친다.

아마 그 말이 가장 어울릴 것이다. 드래곤 킬러를 들었을 때에 보았던 발데비히의 기세는.

그리고 그 기세만큼이나 막강한 위력으로. 드래곤 킬러가 드라고니안에 적중했을 때, 드라고니안의 사체는 물론이고, 주변에 있던 다른 몬스터들은 전부 쓸려 나가고 말았다.

그리고.

발데비히는 튜토리얼에 있을 적, 몸이 약했던 동생을 위해 메르크리를 인간 체형에 맞게 뜯어고쳐 강제로 익히게 했다.

그 뒤로도 갖가지 기술들을 다양하게 가르쳐 줬으니. 그런 세세한 동작들 하나하나가 일기장에 모두 남아 있었다.

"영역 선포."

화아악!

권능을 개방하는 것과 동시에 현자의 돌과 백여 개의 코어가 일제히 회전하면서 용의 비늘이 빳빳하게 일어났다. 몸에 막대한 힘이 실리고, 견갑골을 따라 용의 날개가 솟으면서 불의 날개와 뒤섞였다.

끝없는 밤의 세계에 들어오고 나서 처음으로 사용하는 힘. 현자의 돌은 시간이 갈수록 린우의 육체를 조금씩 개선

해 나가면서 최상의 상태로 만들어 주고 있었다.

연우는 여기에 다른 권능들도 추가로 전개했다.

[여신의 성흔]
[제3천의 영— 강화(強化)]
[흉신악살]

아테나 신으로부터 가호를 받으면서 근육에 바짝 힘이
실렸다. 여기에 개방된 망령들을 체내로 돌리면서 마력을
타고 흐르게끔 만들었다.

끼아아!

최근에 개발한 망령의 사용법이었다. 망령들을 마력 속
에 녹이면, 그들이 뿜어내는 마이너스 에너지를 활용해 강
화 효과를 볼 수 있지 않을까 하는 아이디어에 착안해서 시
도해 본 것이었다.

그리고 결과는.

콰드득—

정답이었다.

백 마리에서 이백 마리, 이백 마리에서 삼백 마리……
순차적으로 망령들이 유입되었고, 끝내 천여 마리가 모두
마력에 녹아 몸을 가득 채웠을 때.

망령들이 마력회로를 따라 회전하면서 일제히 귀곡성을 내질렀다.

근육이 팽팽하게 부풀어 올랐다. 머리가 순간 현기증으로 아찔했다. 현자의 돌이 마력을 감당하기 위해서 더 맹렬하게 회전했다.

여기에 흉신악살이 전개되면서, 마성까지 튀어나와 육체를 지배했다. 용마안이 맺힌 두 눈이 붉은색으로 물들었다. 비늘이 검게 변했다. 입술을 따라 송곳니가 잔뜩 자라났다.

휘휘휘!

연우를 따라 갖가지 종류의 기운이 거세게 휘몰아쳤다. 귀기, 투기, 마기, 흑기, 살기까지. 기운들은 거미줄처럼 복잡하게 얽히면서 영역을 따라 구축된 용의 권능과 맞물리고, 육체는 용의 인자와 마의 인자가 서로 날뛰면서 마룡체의 특성을 극단까지 내보였다.

지금 이것만으로도 연우는 정신과 육체에 전부 과부하가 걸리는 느낌을 받았다. 당장이라도 날뛰고 싶은 충동이 마구 들었지만. 꾹 억눌렀다.

그때, 대기하고 있던 브라함과 부가 나섰다. 브라함은 화성의 서를, 부는 무면목 법서를 들었다.

"그럼…… 시작하지."

브라함은 조금 걱정스러운 마음으로 연우를 봤지만, 그가 했던 당부가 있으니 거절할 수가 없었다. 연금술사와 리치의 마법 주문이 시작되자, 연우의 발아래에 마법진이 수도 없이 겹쳐졌다.

그리고 이펙트가 맺히면서 다시 더 많은 버프를 실었다.

근육 강화, 마력 강화, 위력 증가, 폭발 생성…… 마법 무장보다 더 수준 높은 마법들이 대거 실리면서 연우는 육체가 더 이상 버텨 낼 수 없을 정도로 막대한 힘을 감당해야만 했다.

마치 수십 곱절로 늘어난 중력을 맞은 것처럼. 몸이 가라앉았다. 근육이 눌리고, 뼈가 뭉개졌다.

우드드득, 드드득!

어깨뼈는 탈골되었다. 갈비뼈가 부서지는 소리가 났다. 모세혈관이 잇달아 터지면서 모공 사이사이로 피가 쏟아졌다.

대단한 강도를 자랑한다는 마룡체가 무너질 정도로 엄청난 힘이 실린 것이다. 그런데도 연우는 가벼운 신음 소리 한 번 내지 않았다.

두 눈도 끝내 충혈로 빨개지면서 이대로 몸이 터지는 게 아닐까 싶을 만큼 위험해 보였다. 반대로, 연우를 타고 흐르는 기세는 이내 폭풍처럼 거세게 휘몰아쳤다.

외뿔부족과 레드 드래곤 모두 오싹한 기세에 고개를 주변으로 돌렸다. 하지만 전쟁에 집중해야 하는 터라, 어딘지 확인할 겨를이 없었다.

그러다 용의 인자와 마의 인자 모두 힘을 감당하지 못하고 무너지려던 그때.

[육체가 엄청난 압박을 견디지 못하고 무너지기 시작합니다.]

[경고! 이미 육체의 한계점을 넘어섰습니다. 이 이상의 계속된 행위는 신체를 돌이킬 수 없을 만큼 망가뜨릴 우려가 있습니다.]

[스킬 '재생'이 발동됩니다.]

[세포와 인자 속에 저장된 데이터대로 복구되기 시작합니다.]

['재생'의 스킬 숙련도가 대폭 상승하였습니다. 12.1%]

['재생'의 스킬 숙련도가 대폭 상승하였습니다. 21.9%]

……

비에라 듄에게서 강탈했던 재생이 발동되면서 무너진 만큼 빠른 속도로 신체를 수복시켰다.

버프가 계속 중첩되어도, 스킬 숙련도가 상승하면서 수복 속도도 더 빨라졌다.

그리고 이것은 곧.

[육체가 강화되었습니다.]
[육체가 강화되었습니다.]

육체의 변화로 이어졌으니.

[육체가 한계치에 다다랐습니다. 용의 인자가 한계만큼 단단해졌습니다. 마의 인자가 한계만큼 강화되었습니다.]

'일단 여기까진가.'

비록 아쉽게도 아가레스를 상대했을 때와 비교하면 턱없이 모자랐지만.

그래도 연우는 3차 각성에서 한계까지 빠른 속도로 성장을 이룰 수 있었다.

사실 그때와 지금은 상황이 다르기도 많이 달랐다.

당시에는 아테나의 직접적인 가호가 있어서 하이 랭커들도 발아래로 둘 만큼 강한 힘을 손에 넣었던 것이지만, 지금은 자력으로 이만큼 힘을 짜낸 것이니까. 명백한 한계가 있을 수밖에 없었다.

하지만 한편으로, 당시에 얻었던 경험을 바탕으로 연우는 어렵지 않게 부쩍 성장한 힘을 능숙하게 다룰 수 있었으니.

연우는 바닥에 널브러진 드래곤 킬러 쪽으로 손을 뻗었다. 드래곤 킬러가 두둥실 허공에 떠올라 손에 잡히고, 뒤따라 다른 재료들이 딸려 오면서 잘게 부서져 창대 위에 내려앉았다.

발데비히는 비싼 주제에 내구성은 약한 드래곤 킬러를 오랫동안 다루기 위해서 갖가지 방법을 시도했다. 이것이 바로 그 방법. 드래곤 킬러의 내구성을 비약적으로 상승시키고, 자체 위력도 끌어올리는 효과가 있었다.

쩌어엉—

드래곤 킬러가 기분 좋다는 듯이 길게 몸을 떨었다.

연우는 그것을 역수로 쥐어 어깨에 이었다. 무게가 제법 무거웠지만, 거인족에 못지않게 강해진 완력으로 어렵지 않게 드래곤 킬러를 들었다. 완벽한 투창 자세를 갖추면서 표적을 살폈다.

용마안과 초감각이 겹쳐졌다. 저 멀리, 표적이 노출되었다. 연우는 모든 의념과 기운을 갈무리하여 창끝에 집중시키고, 여기에 한 가지 스킬을 더했다.

[악마술— 마왕독]

용종에게는 치명적인 마독, 그것을 넘어선 마왕독이 묻히자 창날이 검게 물들었다.

그리고.

파아앗—

연우는 도약과 함께 있는 힘껏 드래곤 킬러를 던졌다. 랜스는 빛살이 되어 공간을 꿰뚫었다.

쿠르릉—

소닉붐과 함께, 랜스가 날아간 자리로 하얀 구름 두 개가 꽈배기처럼 뱅글뱅글 감긴 채로 남아 있었다.

'우선 밖에 있는 겉절이들부터.'

*   *   *

용생구자, 둘째인 이문 치미는 귀찮게 자신에게 달라붙는 외뿔부족이 신경 거슬리기만 했다.

『이 하루살이 같은 것들이! 감히!』

얼마나 날파리 같은지. 몸을 흔들어서 강제로 떼어 놓으면 다시 달라붙고, 독 안개를 뿌려서 쫓아냈다 싶으면 사각지대를 교묘하게 노려 오길 반복했다.

싸움에 있어서는 천재적인 자질을 가진 종족이라더니. 정말이었다. 왜 어머니께서 이토록 이들을 상대하는 데 주의를 기울이라고 하셨는지 알 것 같았다.

하지만 치미는 그런 사실이 영 못마땅했다. 자신은 위대한 용의 피를 물려받은 자. 이깟 하위 종족 따위에게 당할 몸이 아니었다.

결국 이런 것들은 강제로 박멸을 시켜야만 했다. 주둥이를 크게 부풀어 올렸다. 턱밑에 놓인 독샘이 맹독을 마구 분비하면서 독기가 입가에 잔뜩 번졌다.

"확장 브레스다! 전원 해산!"

"독에 대비하라!"

치미를 노리던 외뿔부족은 재빨리 거리를 벌리기 시작했다. 여태 브레스는 자주 쏘아 댔지만, 이번엔 지금까지 상대했던 것보다 훨씬 양이 많을 것 같았다.

치미의 근방에 있던 레드 드래곤 측 플레이어들도 달아났다. 치미의 독은 적아를 구분하지 않았다. 이미 상당수의 동료들이 뒷노 보르고 낭했을 성노였다.

그리고 그들의 예상대로, 치미가 이번에 준비한 브레스는 평소와는 달랐다.

〈산독(酸毒)의 숨결〉. 독성분뿐만 아니라, 산 성질까지 담겨 닿는 모든 것을 녹이고 태우는 브레스였다. 그에게 허락된 권능이기도 했다.

원래대로라면 어머니의 허락을 받지 않은 곳에서 개방해서는 절대 안 될 터였지만. 지금은 그런 것을 따질 겨를이 없었다.

그렇게 브레스를 내뱉으려던 그때.

쐐애애액—

콰아앙!

별안간 귀청이 찢어질 정도로 엄청난 소닉붐과 함께 날아온 무언가가 턱 아래를 강타했다.

충격파는 대단했다. 엄청난 격통과 함께 목과 턱을 포함한 머리 절반이 삽시간에 부서졌다.

그래도 용이 가진 엄청난 재생력 덕분에 목숨은 겨우 부지할 수 있었지만.

문제는 바로 그 뒤부터였다.

입에 잔뜩 머금고 있던 산독의 숨결이 갈 길을 잃고 길쭉한 육체에 홀라당 쏟아졌다.

치이익!

육체 곳곳이 새하얀 증기를 내면서 녹아내렸다. 거기다 독샘이 부서지면서 안에 담겨 있던 맹독까지 머리를 타고 흘렀으니.

『크아아악!』

꾸우우—

치미는 엄청난 고통에 비명을 지르면서 몸부림을 쳤다. 권능으로 분류되는 만큼, 산독은 사실 그도 감당하기 힘들 만큼 지독했다.

수 미터에 달하는 길쭉한 몸체가 발버둥을 치자 사방이 어지러워졌다.

그래도 어떻게든 정신을 붙잡으면서 독을 흡수하고 재생을 시도해 보려 했지만.

『마, 마왕독······? 이게 어, 어떻게?』

육체 복구는 이뤄지지 않았다. 아니, 오히려 시간이 갈수록 더 빠른 속도로 망가졌다. 어느덧 산독 속에 숨은 마왕독이 빠르게 육체를 잠식하고 있었다.

공격은 거기서 끝나지 않았다.

드래곤 킬러가 두 번, 세 번씩 이어져 날아올 때마다, 치미의 몸뚱이에는 커다란 구멍이 숭숭 뚫렸다.

드래곤 킬러는 대상에 적중할 때 부서지면서 수십 갈래로 쪼개지는 특징이 있다.

당연히 치미의 체내에도 드래곤 킬러의 조각들이 가시처럼 곳곳에 박혔으니. 상처와 중독은 더 빠른 속도로 이어졌다.

결국 정신을 차리지 못하고 몸이 비틀거릴 때.

우르르, 콰쾅!

이번에는 드높은 상공에서부터 뭔가가 내리꽂혔다.

[불의 파도]

[72선술— 뇌(雷), 벽(霹)]

불의 파도가 72선술을 빌려, 벼락의 형태로 화해 그대로 내리꽂힌 것이다.

치미의 몸뚱이에 박혀 있던 백여 개의 드래곤 킬러 조각들은 피뢰침 역할을 하면서 벼락을 고스란히 빨아들였다.

체내로 흘러 들어간 불의 벼락은 연쇄 폭발을 일으키면서 겉과 속을 송두리째 태워 버렸다.

순식간에.

『안, 돼……!』

치미는 숯 덩어리가 되어 버린 채, 칠공으로 검은 매연을 끊임없이 토해 냈다. 이미 녀석의 몸은 대부분의 기능이 상실된 상태였다.

치명상이었지만, 용의 피는 이 시간에도 녀석을 살리려는 끈질긴 의지를 보였다. 아마 조금만 더 시간이 주어졌더라면 어떻게든 살아남았을지도 모른다.

하지만.

"뭐가 뭔진 모르겠지만!"

"잡아! 맛있게 잘 익었으니까, 오늘 저녁은 용 고기다!"

"으하하! 간만에 포식하겠는데!"

외뿔부족은 신나게 웃으면서 치미에게 달려들었다. 무기를 휘둘러 댈 때마다 단단하던 외피와 살점이 뭉텅뭉텅 썰려 나갔다.

더 이상 치미에게 저항할 힘은 남아 있지 않았다.

쿵!

결국 숨통이 끊어진 치미의 거대한 머리통이 지면에 박히고 말았다.

　　[플레이어 '치미'가 사망하였습니다.]

　　[퀘스트를 일부 수행하였습니다. '치미'를 사냥하는 데 큰 공헌을 하였으므로, 다량의 공적치를 획득합니다.]

치미의 죽음은 레드 드래곤 측에 경악으로 다가왔다.

『둘째야!』

『이문!』

용생구자는 여름여왕을 대신해서 탑을 지배하는 최정점. 하나하나가 사도이면서도, 군주나 초인의 자격을 획득한 자들이기도 했다.

그런 자가 죽었다고? 81개의 눈은 큰 충격을 받고 말았다.

문제는 그것이 시작에 불과하다는 점이었다.

쐐애애애액!

쐐액― 쐐애애액―

『빌어먹을! 저 저주받을 창이 또!』

『피해라!』

드래곤 킬러가 빗발쳤다. 어마어마한 거력이 실린 드래곤 킬러가 번쩍일 때마다, 용생구자는 재빨리 제자리를 이탈하기 바빴다.

창에 실린 파괴력도 파괴력이었지만. 창끝에 담긴 마왕독과 뒤이어 떨어지는 벼락은 그들에게 너무 큰 충격으로 와 닿았다.

저기에 휩쓸리면 몸이 성치 못하리란 것을 깨달은 것이다. 용의 피를 물려받은 만큼, 그들도 마왕독의 저주에서 벗어날 수가 없었다.

『저 건방진, 인간 따위가!』

그때, 넷째 폐한 트라이거가 지면을 세게 두들기면서 연우에게로 쏜살같이 달려왔다. 4미터 크기의 드레이크. 마치 지진이 일어난 것처럼 지축이 위아래로 크게 흔들렸다.

그런 녀석 앞으로 샤논과 한령, 레베카가 나섰다.

『비켜라, 이것들!』

트라이거는 단숨에 그들을 짓밟기 위해 머리를 바짝 세웠다. 모래 먼지가 자욱하게 일어나고, 코에 박힌 뿔이 그들을 꿰뚫으려는데.

차아앙!

샤논은 흑기와 마기를 잔뜩 머금은 칼을 바짝 세워서 불길을 터뜨렸다.

〈볼케이노〉와 〈데스 핸드〉. 화권 바할로부터 빼앗았던 화염 스킬이 트라이거의 돌파력을 상쇄시키고, 땅 밑에서부터 올라온 검은 손길이 녀석의 네 발을 단단히 붙잡았다.

한령은 두 자루의 칼을 교차시켰고, 레베카는 하늘에서부터 빠르게 떨어지면서 녀석의 머리를 세게 내리찍었다.

쾅!

쿠쿠쿠—

트라이거는 두 언데드와 정령을 모두 짊어지고도 한참이나 전진하는 기력을 선보였다. 하지만 그들을 완전히 떨쳐

내지 못해 결국 연우에게 다다르기 한참 전에 발이 묶여야만 했다.

그때, 레베카가 갑자기 녀석의 머리 위에서 폴짝 뛰어올랐다. 그리고 그 자리로 드래곤 킬러가 작렬했다.

〈중갑 무장〉. 치미에게 산독의 숨결이 있었다면, 트라이거는 어떤 공격에도 타격을 입지 않는 무쇠같이 단단한 외피를 자랑했다.

드래곤 킬러가 작렬하고, 그 위로 불의 파도까지 떨어졌지만 외피는 금만 조금 간 게 전부였을 뿐. 마왕독은 안으로 스며들지 못했다.

『죽여 주마아!』

트라이거는 연우의 공격이 자신에게 통하지 않는다는 사실을 깨닫고, 더 자신만만해진 상태로 네 다리에 완력을 가득 실었다.

쿠쿠쿠—

녀석을 가로막은 샤논과 한령이 다시 뒤로 떠밀리기 시작했다.

트라이거는 커다란 두 눈을 부라리면서 연우를 노려봤다. 세로로 쭉 찢어진 두 동공이 뱀의 눈처럼 차갑게 번들거렸다.

콰앙!

하지만 그러거나 말거나. 연우는 무심한 눈길 그대로 드래곤 킬러를 녀석에게 다시 던졌다.

『흥! 백 날 천 날을 해 보아라!』

그럴수록 트라이거는 코웃음만 쳤을 뿐이었지만.

『그딴 것이…….』

쾅! 콰앙!

콰앙!

『통할…… 것 같……!』

콰아아앙!

『……은……!』

콰쾅! 콰콰쾅!

『이게 무…… 슨?』

쾅! 쾅! 쾅! 쾅!

콰아앙!

트라이거는 끝까지 앞으로 밀고 나가려 했다. 하지만 공세가 계속 이어질수록. 한 발이 두 발이 되고, 두 발이 세 발로, 그러다 여러 발이 되었을 때. 비로소 뭔가 섬뜩한 느낌을 받고 말았다.

아무리 단단한 다이아몬드라고 해도 같은 지점을 망치로 계속 두들겨 대면 결국 깨지고 마는 것처럼.

연우도 깊은 자리에 드래곤 킬러를 계속 넌셨다.

처음에는 살짝 일그러졌을 뿐인 외피는 계속 안쪽으로 함몰되다가, 끝내 균열이 이마 전체로 퍼지고 말았다.

이대로 있다가는 외피가 부서지고 만다. 트라이거의 본능에 경고등이 켜졌다.

녀석은 불안감에 방향을 틀려 했다.

하지만 이번에는 몸이 꿈쩍도 하지 않았다. 마치 무언가에 단단히 결박된 것처럼.

「우리 트라이거 님, 어딜 가시려고?」

샤논은 방금 전까지 머뭇거리던 태도가 거짓말이었던 것처럼 사악하게 웃으면서 트라이거의 귓가에다 속삭였다.

트라이거에게는 그것이 저승사자의 속삭임처럼 오싹하게 들렸다.

발치에 드리운 그림자가 올라와 그의 몸을 꽁꽁 묶어 대고 있었다. 수십 마리의 괴이들이 하나가 되어 그를 달아날 수 없게 속박한 것이다.

『젠장! 놓아라! 이거 놓으란 말이다아!』

트라이거는 이대로면 정말 위험하다는 생각에 크게 울부짖었지만.

쐐애애액—

드래곤 킬러는 여지없이 바람 가르는 소리를 내면서 날아들었고.

콰아앙!

이전보다 훨씬 강렬한 파괴력을 선사하면서 트라이거의 미간에 그대로 꽂혔다. 부서진 외피 조각들이 위로 튀었다.

수십 갈래로 갈라진 드래곤 킬러의 조각들이 단단히 박히면서 체내로 마왕독을 주입했고.

우르르, 콰콰쾅!

하늘에서부터 불의 파도가 벼락이 되어 떨어지면서 트라이거의 뿔과 이마 부분을 통째로 날려 버렸다.

새카맣게 타 버린 외피 조각들이 아래로 우수수 쏟아졌다. 뜨겁게 달아오른 머리에서 새하얀 김이 모락모락 피어오르고, 입과 귀를 따라 매연이 피어났다.

트라이거의 앞쪽 다리가 힘없이 아래로 구부러졌다.

쿵!

엄청난 무게만큼이나 땅이 거세게 요동쳤다.

연우는 마무리를 할 생각으로, 다시 드래곤 킬러를 들었다. 그리고 바로 던지려던 찰나, 갑자기 트라이거의 옆쪽 지면에서 무언가가 튀어나오더니 트라이거를 물고 냅다 줄행랑을 쳤다.

두 발로 땅을 짚으며 머리에서부터 꼬리까지 길쭉한 뿔을 갖고 있는 조각류(鳥脚類) 형태의 아룡. 용생구자의 막내, 딤이있나.

「이런!」

속도가 얼마나 빠른지, 미처 샤논과 한령이 따라잡기도 전에 녀석은 이미 트라이거를 문 채로 저만치 멀리 달아나고 있었다.

두 언데드가 뒤쫓으려 했지만.

『쫓지 마!』

연우는 재빨리 두 사람을 붙잡았다. 샤논과 한령의 발이 도중에 멈췄다.

『녀석을 놓친 건 아쉽지만, 되도록 자리를 이탈하지 마. 지금부터가 가장 중요하니까. 아무도 접근하지 못하게 막아.』

연우는 명령을 내리면서 고개를 들었다.

저 멀리, 어느덧 지상에서 여전히 무왕과 격전을 벌이고 있는 여름여왕이 보였다. 녀석은 여전히 큰 덩치를 한 채로, 날갯죽지와 한쪽 다리가 뽑힌 상태로도 스테이지를 부서뜨리는 괴력을 선보이고 있는 중이었다.

하지만 무왕과 여름여왕만 휑하니 남아 있을 뿐.

방금 전까지만 해도 여름여왕을 도와주러 주변으로 모이던 용생구자나 81개의 눈이 보이지 않았다. 드래곤 킬러 때문에 자리를 비운 것이다.

그리고.

그것이 연우가 노리던 바였다. 여름여왕이 휑하니 남는 것. 아무 방해 없이 녀석을 잡는 데 집중할 수 있는 환경.

연우는 바닥에 꽂힌 드래곤 킬러 쪽으로 손을 뻗었다. 남은 드래곤 킬러는 여덟 자루.

'이 안에.'

그중 하나가 손끝에 잡혔다.

'놈을 잡는다.'

콰드드득—

브라함과 부가 옆에서 실어 주는 버프가 다시 중첩되면서 몸이 뒤틀렸다가, 재생으로 복구되었다.

드래곤 킬러를 잡는 손길에 힘이 바짝 실렸다.

＊　　　＊　　　＊

『허억, 헉……!』

쿵. 쿵. 쿵. 트라이거는 몸을 울리는 발소리를 들으면서 거칠게 숨을 내뱉었다.

입에서 쉴 새 없이 검은 연기가 쏟아졌다. 머리가 절반이나 부서지면서 도저히 정신을 차릴 수가 없었다.

그래도 한 가지 사실만큼은 확실히 알 수 있었다. 죽다가 거우 살아났다는 것. 모두 믹내 닉분이였나.

『고…… 맙다. 덕분에…… 살았어.』

트라이거는 정말 탐이 고마웠다. 여태껏 막내라며 무시하고, 일도 제대로 못 한다고 구박을 해 댔던 녀석이었는데.

그리고 불과 몇 시간 전까지만 해도 어머니의 눈 밖에 났다면서 낄낄댔었는데도 불구하고. 이렇게 구명을 받고 말았다.

그 사실에 자존심이 상하면서도, 한편으로는 너무 감사했다.

만약 자신이 탐의 입장이었다면? 한낱 인간 따위에게 당했다면서, 멍청하다며 코웃음을 쳤을 것이다.

그들은 원래 그런 관계였다.

형제란 틀로 묶여 있어도, 그들은 언제나 어머니의 사랑을 독차지하기 위해서 싸우는 경쟁자였다.

탐도 그런 줄로 알았지만, 그래도 사실 속으로는 자신을 형이라고 생각하고 있었던 모양이었다.

『고맙긴. 오히려 고마운 건 나지.』

『무슨 말이냐?』

탐은 전장에서 한참이나 떨어진 곳에 다다라서야, 트라이거를 바닥에다 조용히 내려놓았다.

트라이거는 이제 겨우 조금씩 복구되기 시작하는 머리

를 억지로 들어 탑을 바라봤다. 시력이 완전히 돌아오지는 않았지만, 그래도 탑의 커다란 형체를 알아볼 정도는 되었다.

그런데.

『그걸 아는지 모르겠어. 형제.』

트라이거는 이상하게 탑이 웃고 있는 것 같다는 느낌을 받았다. 이런 상황에서 웃는다고? 전세가 저쪽으로 기울어지고 있는 이때?

『어머니는 아마 오늘부로 죽을 거야.』

그리고 이어지는 탑의 말에. 트라이거는 인상을 찡그렸다. 파충류의 얼굴이라 표정이 크게 달라지지는 않았지만, 눈살을 따라 주름이 잔뜩 졌다.

『무슨 말을, 하는 거냐?』

어머니가 죽는다고? 레드 드래곤에게 여름여왕은 신이나 다름없는 존재였다. 그리고 용생구자에게 그녀의 존재는 신보다도 더한 것이었다.

피를 나누어 준 어머니. 그런 분이 죽는다는 건, 절대 있을 수 없는 일이었다. 그런 생각은 해서도 안 되고, 절대 입에 담아서도 안 된다.

하지만 탑은 뭐 어떻냐는 듯이 냉소를 흘렸다.

『이미 다 끝났다고. 무왕에게 날개까지 뜯긴 마당에 어떻게 이기겠어? 게다가 어떻게 이기신다고 해도 마독이 골수를 침범했지. 영력도 어마어마하게 소비하셨으니, 아마 길어 봐야 하루? 이틀? 그 정도 남으셨을까?』

『닥쳐라! 어머니는 절대 죽지 않으신다!』

『용은 이것으로 완전히 사멸할 거야. 거인족이 그랬던 것처럼. 그렇다면 남은 건? 아룡이지. 특히 어머니의 피를 이어받은 우리 용아병들. 우리들이 사라진 용종의 자리를 이어받아 새로운 용종으로 거듭나는 거지.』

『……!』

『그리고. 그러기 위해서는 뭐가 필요할까?』

『오지 마라. 오지 마!』

트라이거는 그제야 탐이 뭘 원하는지 깨닫고 뒤로 물러서려 했다. 하지만 여전히 머리가 어지러웠다. 네 발에 힘이 실리지 않았다. 마왕독이 어느새 골수를 침범했다. 몸이 내부에서부터 썩어 가고 있었다.

『나의 이름은 '탐(貪)'. 탐할 탐 자. 탐욕, 식탐. 어느 말이라도 좋아. 막내가 원래 욕심 많다는 말도 있잖아? 그러니까.』

쿵─

쿵!

탐의 발자국 소리가 가까워졌다. 트라이거의 귀에는 그

것이 저승사자가 다가오는 소리로 느껴졌다. 발버둥을 쳤지만, 그는 여전히 힘이 없었다. 권능도 불발되었다.

그리고. 어느덧 탐의 거대한 그림자가 트라이거의 눈가를 덮었다.

『난 그 용종이라는 자리를 가져야겠어. 여태 날 비웃었던 너희들의 힘을 빼앗아서.』

여름여왕은 용의 권능을 여러 개로 쪼개어 자식들에게 나눠 주었다. 권능은 언제든 회수할 수 있었기 때문에 자식들은 언제나 어머니의 눈치를 보고 살아야만 했다.

하지만 그런 어머니가 죽을 게 분명한 이때. 회수자가 사라진다면 권능은 어디로 갈까? 그리고 여태 주입된 용의 피는?

정답은 하나. 먼저 먹는 사람이 임자였다.

콰드드득!

탐은 아가리를 쩍 벌리면서 트라이거의 부서진 머리통에다 이빨을 쑤셔 넣었다.

퍽 하는 소리와 함께 단단한 턱뼈가 트라이거의 머리를 부쉈다. 살점과 뇌수가 입 안으로 빨려 들어왔다.

마왕독은 마왕독대로 걸러 내면서. 탐은 한참 동안이나 형제를 먹고 또 먹었다.

『크아아아!』

꾸우우―

여름여왕은 둘째에 이어서 넷째와 연결된 끈이 끊어지는
고통에 고개를 들고 비명을 질렀다.

81개의 눈은 단순한 영적 연결에 불과하다지만, 용생구
자는 그녀의 권능을 나눈 분신들이었다. 그런 연결이 강제
로 끊어졌으니 당연히 반발력이 클 수밖에 없었다.

나눠 준 권능이라도 돌아온다면 모를까. 그마저 돌아오
지 않았으니 고통은 배가 되었다. 자식이, 또 다른 자식을
잡아먹은 것이다.

"지랄 염병을 하네."

무왕은 욕지거리를 내뱉으면서 여름여왕의 등 위에서 손
바닥을 활짝 펼쳐 세게 내리쳤다.

내가중수법에 입각한 면장(綿掌). 겉보기엔 별다른 변화
가 없었지만, 강기는 여름여왕의 체내로 스며들어 회오리
쳤다.

콰드드득.

근육과 살점, 혈관과 마력회로, 심지어 저 깊숙한 곳에
있는 내장들이 통째로 갈려 나갔다.

쿠우웅—

여름여왕의 오른쪽 뒷다리가 무너졌다. 거대한 몸체가 바닥에 처박혔다. 몸뚱이가 위아래로 크게 들썩이면서 입가를 따라 썩은 단내가 쏟아졌다.

이미 녀석은 더 이상 싸울 기력이 없어 보였다. 마독은 이제 골수의 뿌리까지 스며든 상태였고, 억지로 뽑아내던 영력도 거의 바닥을 보이고 있었다.

그래도 어찌어찌 마법을 난사하여 무왕을 잡아 보려 했지만. 무왕은 재빠른 움직임으로 마법을 모두 부수거나 피해 내면서 연거푸 반격을 가했다.

결국 척추와 경추가 모조리 부서지고 난 뒤부터, 둘의 싸움은 일방적인 무왕의 승세로 기울어졌다.

무왕은 '퉷' 하고 피가 섞인 가래침을 바닥에다 내뱉었다.

들끓던 피가 여전히 제대로 해소되질 않았다. 잔뜩 달아올랐던 흥이 잔잔하게 남아 몸을 괴롭게 만들었다.

어떻게든 이 열기를 발산하고 싶은데. 처음 기대했던 것과 다르게 여름여왕은 도저히 그런 상대가 되어 주질 못하고 있었다. 애당초 여름여왕은 그와 제대로 겨룰 만한 몸 상태가 아니었다.

그런 사실이, 조금 싸증이 났다. 이 탑에서 사신을 상대할 수 있는 자는 올포원을 제외하면 여름여왕밖엔 없었다.

다른 아홉 왕? 그동안 내색하질 않아서 그렇지, 사실 무왕은 그딴 허섭스레기들 따위와 한 뭉텅이로 묶이는 것이 불쾌했다. 그놈들은 자신의 옷깃조차 붙잡을 수 없었다.

그런데.

지금 이 자리에서 유일하게 그를 감당할 수 있을 녀석이 죽어 가고 있었다.

자신과 실컷 싸우다 죽는 거면 또 모를까, 처음부터 빌빌대다가 죽어 가는 중이었다. 자신이 한 건 얼마 없었다. 그저 몇 대 쥐어박은 것밖에는.

이래서는 주먹을 안 든 것만도 못하지 않은가.

"마음에 안 들어."

무왕은 한쪽 눈살을 찌푸렸다. 정말 오랜만에 느낀 호승심이었다. 젊은 시절로 돌아간 느낌에 기분이 참 좋았었는데. 볼일을 보다가 뒤를 닦지 않은 것처럼 느낌이 못내 찝찝했다.

마음 같아서는 여름여왕을 치료해서 나중에 다시 싸우고 싶었다.

하지만 딱 봐도 녀석은 더 이상 돌이킬 수가 없는 상태였다.

『내놓…… 아라! 헤븐윙……!』

"헤븐윙이라. 죽기 전에 보이는 게 내가 아니라 그런 애송이란 거냐? 이건 또 이것대로 짜증 나네."

헤븐윙 차정우가 여름여왕과의 싸움에서 뭔가 했단 사실은 알고 있었다.

다만, 그게 무엇인지는 알지 못했다. 아마 몸을 이렇게까지 망가지도록 만든 원인이 아닐까 하고 짐작하는 게 전부일 뿐.

그래서 여름여왕은 죽음의 그림자가 목을 옥죄는 이때, 무왕이 아닌 차정우를 떠올리고 있었다. 멀어 버린 두 눈은 이미 초점이 풀려 무왕을 보고 있지 않았다.

결국 여름여왕을 죽이는 건, 무왕이 아닌 차정우란 뜻이었다.

무왕은 '하!' 하고 헛웃음을 흘렸다.

여기서 화를 내 봤자 뭐가 달라질까. 이미 죽은 사람에게 화풀이를 할 수도 없는 노릇이고. 그는 차정우와 이렇다 할 접점은 없었어도, 평소 녀석이 괜찮은 녀석이었다고 생각하고 있었다.

맛난 음식을 눈앞에서 빼앗겼다는 느낌을 받았지만. 더 이상 짜증을 부려 봤자 나아지는 건 없었다.

지금 그가 할 수 있는 다른 일이 있다면. 여름여왕의 고통을 빨리 끊어 주는 것 정도?

그것이 여름여왕과 한때 라이벌 관계를 이루던 무왕이 해 줄 수 있는 마지막 경의였다.

『어머니!』

『여왕이시여! 피하십시오!』

　그런 무왕의 태도를 읽기라도 한 걸까. 아니면 곧 끊어질 것 같은 여름여왕의 기식을 느낀 걸까.

　사방으로 흩어졌던 81개의 눈과 용생구자들이 여름여왕을 애타게 부르면서 무왕에게 달려들려 하고 있었다.

　하지만 멀리 떨어진 녀석들보다, 무왕의 손이 더 가까웠다. 팔괘가 빠르게 회전하면서 하나로 합쳐졌다. 손끝에 아주 작은 강기 구슬이 맺혔다. 손톱 크기만 한.

　겉보기엔 아주 약해 보였지만. 그 속에는 팔괘의 서로 다른 여덟 종류의 힘이 극한으로 압축되어 있었다.

　〈무극(無極)〉. 태극혜 반고검을 해석하기 위해서 팔괘를 몇 단계 이상 끌어 올린 깨달음이었다.

　원래는 올포원에게나 보여 주려던 것이었지만. 무왕은 녀석의 마지막쯤은 이것으로 보내 줘도 괜찮겠다고 생각했다. 경의면 경의고, 연민이면 연민이었다.

　그렇게 천천히 무극을 여름여왕에게 심으려던 그때.

『스승님, 죄송하지만, 그 녀석은 제가 가져가야겠습니다.』

"뭐?"

무왕은 갑작스러운 막내 제자의 어기전성에 고개를 위로 번쩍 들었다.

그곳에는.

수십 갈래로 갈라진 드래곤 킬러가 소낙비처럼 아래로 쏟아지고 있었다. 뒤로는 어마어마하게 압축된 불의 파도를 잔뜩 끌어당겨 오면서.

콰콰쾅!

드래곤 킬러는 고스란히 여름여왕의 전신에 꽂혔다. 불의 파도는 곧바로 뒤따라와 여름여왕을 쉴 새 없이 두들겼다.

그렇게 연우가 떨어뜨린 드래곤 킬러는 모두 여덟 자루.

불의 파도는 마력회로가 완전히 바닥날 정도로 떨어지면서 여름여왕의 육체를 때리고 또 때렸다. 태우고 또 태웠다.

부수고 또 부쉈다.

콰콰쾅! 콰쾅!

콰르르르—

우르르!

세상이 이대로 무너지는 게 아닐까 싶을 정도로, 영원히 이이길 깃 깉던 헌속 폭식이 모누 끝난 뒤.

거짓말처럼 싸늘하게 내려앉은 적막 속에서.

『헤…… 브윙……!』

여름여왕은 형체조차 알아볼 수 없을 만큼 철저하게 망
가졌고.

그 말 한 마디를 끝으로.

끈질겼던 마지막 숨을 내뱉었다.

Stage 35.
격동하는 세계

싸늘한 침묵이 내려앉았다.

아무도 섣불리 말을 꺼내지 못했다.

전장에 있는 사람들 모두가 지금 상황이 어떻게 돌아가는지 제대로 이해하지 못하고 마른침만 삼켰다.

아니, 이해는 하고 있었다. 머리로 이해는 하고 있었지만…… 이해하고 싶지 않았다.

도무지 자신들이 보고 있는 광경이 믿기지가 않았기 때문이었다.

레드 드래곤은 두말할 것도 없었고. 외뿔부족도 멍한 건 사실이었다. 에름허웡을 죽이고사 그렇게 날뛰었지만. 그녀가 정말 죽을 거라고 믿었던 사람은 아무도 없었다.

그만큼 여름여왕이 주는 무게는 너무 컸다.

최후의 용.

탑의 지배자.

수천 년 동안 탑의 역사와 함께 전설로 군림했던 군주가, 눈을 감은 것이다.

그리고 새카맣게 타 버린 여름여왕이 더 이상 아무런 숨도 내뱉지 않는다는 사실을 깨달았을 때.

"어머니!"

가장 먼저 왈츠가 달려왔다. 대장로를 멀리 밀어내고, 용의 날개를 펄럭이며 날아왔다. 그녀의 두 눈은 시뻘겋게 충혈되어 있었다.

지난날의 일들이 머릿속에 스쳐 지나갔다.

　　—너만큼은…… 너만큼은 이 아비나 어미와 다르
　게 행복하게 살려무나.

자신의 손을 꼭 붙잡으면서 눈을 감던 아버지와 어머니. 두 분은 더 이상 일족에게도, 가족에게도, 묶이지 말고 자유롭게 살라 신신당부하셨다.

하지만 아무런 연고도 없는 고아가 살벌한 탑의 세계에

서 살아남을 수 있는 방법은 그리 많지 않았다.

때문에 왈츠의 어린 시절 기억은 전부 쓰레기통을 뒤지
거나, 여자아이인 그녀를 어떻게 해 보려는 짐승들과 싸우
던 것밖에는 없었다.

그러다 어머니를 만났다. 비가 내리던 날. 자신을 구하려
다가 돌에 맞고 죽은 친구의 손을 꼭 붙잡으며 눈물을 펑펑
쏟아 내던 날. 이런 자유 따윈 필요 없다며 강물에 뛰어들
겠다고 다짐하던. 그런 날이었다.

　　　—나와 함께 가자.

왜 하필 자신에게 손을 내밀었는지 그때는 몰랐다. 아니,
관심도 없었다. 어차피 곧 죽을 생각이었으니까. 아무렇게
나 될 대로 되라는 생각이 전부였다.

그러다 하루는 이틀이 되고, 일 년이 되다, 십 년이 되었
다. 자신의 손을 잡은 분의 딸이 되어, 그 옆에 설 수 있었
다.

어머니가 자신을 거둔 이유는 사실 알고 있었다. 세상에
이유 없는 호의가 없다는 것쯤은 이미 오래전에 깨닫고 있
었다. 핏줄. 어머니에게는 자신의 혈통과 자질이 필요했을
뿐이었다.

하지만 왈츠는 그것이 너무 감사했다. 누군가가 자신을 필요로 하는 건 처음이었으니까. 친부모는 자유롭게 살라고 했지만, 사실 그건 유기와 다를 바 없는 무책임한 말이었다.

왈츠는 어딘가 기댈 곳이 필요했다. 집과 이불. 여름여왕이 바로 그런 존재였다.

그래서 부단히도 노력했다. 무공을 익혔고, 마법을 단련했다. 가진 바 실력만 따진다면 어머니, 당신도 이제 자신을 어떻게 할 수 없을 거라고 웃으면서 이야기하실 정도로.

다른 사람들의 눈에는 여름여왕이 괴물로 비친다고 했다.

탑을 집어삼키려는 괴물. 그리고 더 위로 올라가 신과 악마마저 잡아먹으려는 괴물이라고. 어느 누구도 그녀의 손길을 빠져나갈 수 없고, 그녀의 그늘을 벗어날 수 없다고 했다.

하지만 왈츠에게 여름여왕은. 집과 이불을 주었으며, 싸늘하던 곳에서 유일하게 자신의 손을 잡아 주던, 그런 고마운 '어머니'였다.

왈츠는 손을 뻗었다. 어머니는 절대 이런 곳에 누워 계셔서는 안 되었다. 이렇게 되셨더라도, 마지막 가시는 길은 어떻게든 편하게 보내 드리고 싶었다.

하지만.

화라락!

여름여왕의 그림자가 갑자기 길쭉하게 늘어난다 싶더니 허공으로 치솟으면서 사체를 붕대처럼 칭칭 감기 시작했다.

"안 돼!"

왈츠가 불안한 마음에 여름여왕의 사체를 붙잡았지만.

거대한 사체는 그보다 먼저 그림자 속으로 완전히 녹아 사라져 버리고 말았다.

"아아아악!"

바로 눈앞에서 여름여왕이 사라지는 것을 지켜봐야만 했던 왈츠는 관자놀이를 쥐어뜯으면서 비명을 질렀다.

그러다 획 하고 고개를 다른 곳으로 돌렸다.

그곳에는 호신강기를 몸에다 두르며 드래곤 킬러의 폭격에서 무사히 빠져나온 무왕이 서 있었다.

무왕은 착잡한 표정을 짓고 있었다. 찝찝하기도, 불쾌한 것 같기도 한 표정. 어이가 없어 하는 듯한 헛웃음도 입가에 섞여 있었다. 그는 속으로 이딴 꼴을 만들어 낸 막내 제자를 욕하는 중이었다.

그러다 자신을 노려보는 왈츠를 보고 눈을 가늘게 좁혔다.

휘휘휘—

왈츠를 따라 여름여왕에 못지않은 드래곤 피어가 피어나고 있었다. 그러나 문제는 그 속에 숨겨져 있는 익숙한 힘이었다.

그윽하고 짙은 향(香). 매화향이었다. 일족 내 매화가(梅花家)의 절기, 자하매화신공을 익혔을 때에만 나타나는 독특한 현상.

이걸 어떻게 저 아이가 갖고 있는 거지?

"당신."

왈츠는 씹어 삼키듯이 바득 이를 갈았다. 그 순간, 그동안 왈츠가 숨겨 두고 있던 마지막 힘이 풀려나왔다.

마력회로 옆으로 360개의 기혈이 열렸다. 기맥을 따라 내공이 발출되었다. 그리고. 뼈가 갈라지는 끔찍한 소리와 함께 왈츠의 왼쪽 관자놀이를 뚫고 뿔이 튀어나왔다.

두 눈은 보라색으로 잠겼다. 외뿔부족을 상징하는 뿔과 보라색 눈. 그러면서 용인을 상징하는 용의 비늘과 날개, 꼬리도 함께 가진 독특한 기형체.

내공과 마력이 완전히 섞일 때까지 절대 봉인을 풀지 말라며 여름여왕이 신신당부를 했지만. 왈츠는 더 이상 그런 것을 지킬 수가 없었다.

"당신은 내게서 모든 것 빼앗아 갔어."

왈츠는 드래곤 피어를 잔뜩 담아 으르렁거렸다.

"죽여 버리고 말 거야. 죽여……!"

왈츠는 당장이라도 무왕에게 덤벼들 것처럼 주먹을 꽉 쥐었다.

그때.

왈츠는 말을 하다 말고 고개를 위로 번쩍 들었다. 무왕도 반사적으로 시선을 같은 방향으로 돌렸다. 얼굴이 짜증으로 살짝 일그러졌다.

"또 뭐야?"

하늘을 따라 수도 없이 많은 포탈이 열리고 있었다.

그리고 그 아래로 쏟아지는 수많은 플레이어들. 녀석들은 하나같이 통일된 복장을 하고 있었다.

붉은 갑옷과 긴 창. 허리춤에는 세 자루 정도 되는 칼을 비껴 걸고, 등에는 커다란 타워 실드를 멨다.

자유로운 플레이어라고 하기보다는 군기가 바짝 든 병사라는 표현이 더 어울릴 듯한 모습이었다.

녀석들은 일사불란하게 움직이면서 재빨리 오와 열을 맞추며 대열을 갖췄다.

"저 젠장맞을 것들은 또 여기에 왜 튀어나오고 지랄이야?"

녀석들은 무왕도 잘 알고 있는 자들이었다.

현군(血軍).

자신들이 움직이는 국가라며 헛소리를 지껄여 대는 혈국이 직접 운용하는 군대. 게다가 그 뒤에 나타나는 건, 여러 후작과 4명의 공작, 그리고 친위대였다.

혈군의 최고 전력이라 할 수 있는 이들이 모두 나타났단 뜻은 단 하나.

"으음! 참으로 아쉽도다. 지금 도착하면 즐거운 만찬이 가득할 줄로만 알고 있었거늘."

쿵!

혈군 앞으로 거대한 공 같은 것이 무겁게 떨어졌다. 뚱뚱하고 짜리몽땅한 체구. 터질 것 같은 볼살에 머리에 쓴 왕관은 마치 골무처럼 너무 작아 우스꽝스럽게 보였다.

몸집이 얼마나 큰지, 녀석은 땅에 착지하고도 한참이나 어기적거리다가 아르드바드 공작의 도움을 받은 뒤에야 겨우 일어설 수 있었다.

"돼지 새끼, 여긴 뭐 하러 왔어?"

"어느 누가 짐을 이렇게 천박하게 부를…… 오! 이게 누구신가. 짐의 친애하는 벗, 나유가 아니신가! 참으로 오랜만일세!"

녀석은 무왕을 보자마자 크게 반색했다. 위엄 따윈 전혀 느껴지지 않는 모습으로, 억지로 기품 있는 말투와 태도를 보이려는 게 영 우스꽝스러웠다.

하지만 무왕은 녀석의 저런 우스운 모습 아래에 잠재된 포악성을 너무 잘 알고 있었다.

원하는 것은 모두 가져야 하고, 갖지 못한다면 부숴야 자신이 죽지 않을 거라는 이상한 망상과 편집증.

제 욕심을 위해서라면 수만 명쯤은 눈 하나 깜빡하지 않고 몰살시킬 수도 있는 광증.

그런 주제에 녀석을 위해서라면 죽음도 불사할 '군대'를 지닌 녀석이기도 했다.

식탐황제.

혈국의 수장은 제 딴에는 호탕해 보이기 위해 껄껄 웃음을 터뜨렸지만.

무왕은 녀석의 반들반들한 이마를 타고 흐르는 개기름이 꼴 보기 싫었다. 그는 인상을 확 찌푸리다가, 한쪽 입술 끝을 말아 올렸다.

"왜? 저번에 두들겨 맞았던 거 설욕전이라도 하러 왔나? 그때 고막이 나갔던 걸로 기억하는데. 오른쪽 귀는 괜찮나 모르겠네?"

명백한 도발.

아르드바드 공작 등이 인상을 와락 찌푸리면서 칼 쪽으로 손을 가져갔지만, 식탐황제는 손사래를 치면서 제자리에서 펄쩍 뛰었다.

"어허! 짐을 어떻게 보고! 무슨 농을 하여도 그리 끔찍한 농담을 하시는가! 짐이 그대와 다투긴 왜 다툰단 말인가? 품위 없이!"

오래전 일이었지만. 식탐황제는 아직도 잊지 못하고 있었다. 외뿔부족의 인육을 한번 맛보겠다고 층계를 오르던 부족원에게 손을 댔다가, 그 소식을 듣고 혼자서 쳐들어와 궁궐의 절반을 무너뜨리던 무왕의 모습을.

다시 떠올리기만 했을 뿐인데, 식은땀이 등을 타고 흘러내릴 정도였다.

부족원을 아직 도살하지 않았기에 망정이지, 그렇지 않았다면 그날 멱이 따이는 것은 자신이 되었으리라.

그래도 두들겨 맞긴 정말 실컷 두들겨 맞아서, 아직도 그날을 생각하면 오금이 저릴 정도였다. 아홉 왕? 엿이나 먹으라지. 무왕은 이미 그딴 범주를 벗어난 지 오래였다.

그리고 여름여왕도 때려잡은 게 분명한 이 상황에서.

식탐황제는 무왕과 척을 질 생각이 전혀 없었다. 올포원은 77층에서 가끔 아래를 내려다보기만 할 뿐, 사건에 개입하는 경우는 거의 없다.

그렇다는 건, 이제 탑의 유일한 절대자는 무왕이란 뜻이었다.

괜히 눈 밖에 날 짓을 할 이유가 없었다.

약자에게는 철저히 강하게, 강자에게는 한없이 약하게. 그것이 식탐황제가 혈국이라는 클랜을 오늘날까지 이만큼이나 일굴 수 있었던 비결이었다.

"짐이 이곳에 왕림한 것은, 친애하는 또 다른 벗을 도와주기 위함일 뿐."

"벗?"

"마침 저곳에 보이는군."

무왕은 식탐황제가 가리키는 곳을 따라 고개를 돌렸다가, 살짝 미간을 찌푸렸다.

저 먼 언덕 위.

가면을 쓴 연우가 우두커니 서서 이곳을 보고 있었다. 그제야 무왕도 앞뒤 상황을 전부 깨달을 수 있었다. 발푸르기스의 밤부터 혈국까지. 탑에서 내로라하는 클랜들이 죄다 제자의 손에 놀아나고 만 것이었구나.

"그대는 참으로 마음이 든든하겠군. 저리도 명석한 제자를 두지 않으셨는가! 어찌하면 저런 제자를 하나도 아닌 셋이나 둘 수 있는지, 짐에게 비결을 일러 줄…… 으하핫. 농이라네. 농!"

식탐황제는 자신을 한껏 째려보는 무왕의 도끼눈을 스리슬쩍 옆으로 피했다. 그러다 조심스럽게 물었다.

"한데, 말일세."

"뭔데, 또?"

"이 뒤, 어떻게 할 생각이신가?"

무왕은 탐욕으로 번들거리는 식탐황제를 보면서 코웃음을 쳤다. 녀석이 무엇을 노리는지 불에 보듯 뻔했다.

자신이 이제 명실상부한 탑의 절대자로 올라섰다지만. 그는 사실 자신의 명예와 일족의 안위만 신경 쓸 뿐, 지배나 군림에 대한 야욕이 전혀 없었다.

그 뜻은 단 하나.

여름여왕이 사라진 자리, 탑을 지배할 수 있는 왕좌가 텅 비었단 뜻이었다.

'빈 왕좌는 먼저 차지하는 사람이 임자일 테고.'

당연한 말이지만, 식탐황제는 먹는 것에 대한 집착만큼이나 권력에 대한 야욕도 컸다. 이 땅에 사라진 나라를 다시 세운다는 사명은 그를 움직이게 만드는 원동력이었으니까.

그리고 그 첫 번째 대상은.

'저 아이인가.'

식탐황제는 드래곤 피어를 줄줄 흘려 대는 왈츠를 보면서 입맛을 다셨다. 평소 그렇게 용의 고기를 맛보고 싶다면서 노래를 불러 대더니. 딱 그 꼴이었다.

하지만 녀석은 섣불리 자신의 속내를 드러내지 않고, 무왕의 눈치를 살폈다. 왈츠의 한쪽 머리에 난 뿔이 마음에 걸린 모양이었다.

무왕은 관심 없다는 듯 고개를 가로저었다.

왈츠가 외뿔부족 출신이라는 건 알았지만, 그것으로 끝이었다. 이미 그는 친동생도 버렸었다. 일족의 손길을 벗어난 이름 모를 아이를 챙겨 줄 이유는 전혀 없었다.

"으흐흐. 하긴. 이 이상 개입하는 건 그대의 성정과 맞지 않을 테니. 하면 뒷마무리는 짐이 맡도록 하지."

"스캐빈저가 따로 없군."

"이왕이면 늑대나 독수리에 빗대어 주지 않겠는가?"

늑대와 독수리는 맹수가 먹다 남긴 살코기를 아무렇지 않게 뜯어 먹는다. 그러면서도 용맹과 투쟁을 상징했으니.

식탐황제는 스스로를 그렇게 빗대는 것에 전혀 부끄러움을 느끼지 않았다. 최후에 모든 것을 독차지하는 이들만이 진정한 승리자였으니까.

식탐황제의 지시에 따라 혈군은 일제히 창날을 바짝 앞으로 세웠다. 척, 척, 척. 군화 소리에 맞춰서 군가를 부르기 시작했다.

승리의 군가. 병사들의 정신을 하나로 연결해 전투력을 비약적으로 향상시키는 혈군 특유의 스킬이 발동되면서 기세가 치오리치기 시작했다.

그리고 그런 기세를 한 몸에 받은 식탐황제는 몸이 서서히 변하기 시작했다.

물컹거리던 살집이 단단한 근육으로 변하면서 안쪽으로 말려들어 가고, 뼈가 위로 쭉쭉 자라면서 한순간에 2미터가 훨씬 넘는 장신으로 변했다.

체구는 비쩍 말랐고, 눈빛은 퀭했다. 불길하고 음습한 기운이 녀석을 따라 감돌았다.

"모두들 마음껏 즐기자꾸나! 오늘은 연회다! 다들 즐겁게 먹고, 마셔라!"

식탐황제가 침이 줄줄 새는 입으로 소리치자, 광기가 감돌기 시작한 혈군이 일제히 함성을 내지르면서 앞으로 뛰어갔다. 그러면서도 군가는 절대 멈추지 않았다.

쿵, 쿵, 쿵, 쿵—

그리고 그 광경을 보고 있던 왈츠는.

"비희! 자리를 피하셔야 합니다!"

이곳으로 몰린 수하들에 둘러싸여 있었다.

그들은 하나같이 이를 악물고 있었다. 여름여왕이 죽어버리고, 혈국까지 가세한 지금. 레드 드래곤은 더 이상 싸움을 속개할 상태가 아니었다.

패배.

레드 드래곤이 세워진 이후로, 올포원이 아니면 어느 누구도 자신들에게 주지 못했던 수모를 겪게 된 것이다.

왈츠는 아랫입술을 질끈 깨물었다. 마음 같아서는 끝까지 남아, 마지막 목숨까지 불사르며 어머니의 원한을 갚고 싶었지만. 지금은 어머니가 남긴 동생들과 수하들을 챙겨야만 했다.

결국 주먹을 꽉 쥐면서. 왈츠는 하늘을 보며 입을 열었다.

"전원, 철수한다."

아주 나지막한 말이었지만, 그 목소리는 레드 드래곤으로 연결된 모든 소속원들에게 똑같이 전달되어 그들의 행동을 구속했다.

용언. 세계의 법칙을 입맛대로 뒤트는 힘. 여름여왕의 자식들 중에서 유일하게 마법을 통달한 그녀는 용언도 자유롭게 구사할 정도로 경지가 높은 상태였다.

그리고 그것을 시작으로.

남은 용생구자와 81개의 눈, 레드 드래곤의 플레이어들은 일제히 스크롤을 찢어 대규모 포탈을 열기 시작했다.

"먹이들이 도망친다! 하나도 놓치지 말고 모두 먹어 치워라!"

식탐황제는 두 눈이 시뻘게진 채 각력에 힘을 실었다. 맛난 용 고기를 포식할 기회를 놓치지 않기 위해서.

　　　　　　*　　　　*　　　　*

　　[서든 퀘스트(현상 수배1)에 막대한 공적치를 달성
했습니다.]
　　[이스메니오스를 척살하는 데 크게 기여하였습니
다. 레드 드래곤 측이 크게 패배하였습니다.]

　　[최종 성적]
　　1위. 나유(501,953Point)
　　2위. ###(105,119Point)
　　……

　　[퀘스트를 높은 성적으로 달성했습니다.]
　　[보상을 산정하기 위해 관리국에서 판단 여부에
들어갔습니다. 잠시만 기다리십시오.]

　　[보상으로 '네 번째 인트레니안'을 획득했습니
다.]
　　[보상으로 '다섯 번째 인트레니안'을 획득했습니
다.]
　　[보상으로 '최후의 용의 사체'를 획득했습니다.]

[보상으로…….]

……

연우는 수도 없이 떠오르는 메시지를 보다가.

카아아!

자신의 손길 위에서 이빨을 잔뜩 드러내며, 구속을 벗어나려 발버둥 치는 망령을 내려다봤다.

보통 망령과는 크기도, 사념도, 격도 차원이 다른 녀석.

여름여왕의 망령이었다.

원수들은 면면이 다양했다.

동기도 달랐고, 해코지를 한 정도도 달랐다. 바할이나 리언트처럼 직접 심장에다 칼을 박은 자도 있었고, 발데비히처럼 말없이 종적을 감춘 자도 있었다.

식탐황제나 마군의 대주교 같은 경우에는 자신들의 뒤를 바짝 추격하는 새로운 라이벌의 등장을 달가워하지 않아, 손을 잡고 아르티야를 몰아붙였다.

그런 면에서 보자면, 여름여왕의 포지션은 조금 애매했다.

평소 아래 층계에는 시선도 주지 않는다던 그녀는 아르티야에도 별다른 관심을 두지 않았다.

바할이 이탈해서 레드 드래곤에 합류를 했었어도, 그렇

구나 하고 여기는 게 전부였다. 아르티야와 동생을 적대하는 건 아랫사람들이었지, 그녀의 뜻이 아니었다.

아니, 오히려 그 전까지만 해도 여름여왕은 동생과 간간이 안부를 주고받기도 했다.

고룡 칼라투스의 후인을 배척할 이유가 전혀 없었으니까.

하지만.

'결국 여름여왕은 정우로부터 등을 돌렸지. 아니, 마지막에는 오히려 직접 죽이려고 나서기까지 했어.'

그리고 그 과정에서 여름여왕과 동생 간의 싸움이 벌어졌고.

여름여왕은 겨우 동생을 내쫓을 수 있었지만, 드래곤 하트가 망가지는 후유증을 안아야만 했다.

그리고 그 뒤부터는 연우가 알고 있는 그대로였다. 드래곤 하트의 손실은 힘의 쇠락으로 이어졌고, 결국 자멸에 다다랐다.

그리고 그 결과.

「넌…… 누구냐……!」

여름여왕의 망령은 연우의 손아귀에 붙잡힌 채로 으르렁거렸다. 도저히 거스를 수 없는 엄청난 속박에 그녀는 의념을 억지로 쥐어짰다.

칠흑왕의 절망은 위대한 용종의 영혼도 벗어나지 못하게 할 정도로 대단한 물건이었던 것이다.

그녀에게서 풍기는 사념은 당장이라도 연우를 찢어 죽이고 싶다는 마음으로 가득했다.

이딴 말도 안 되는 짓을 꾸민 흑막. 죽고 나서도 무(無)로 되돌아가지 못하게 하고 자신을 이딴 비참한 꼴로 만든 것을 도저히 용서할 수가 없었다.

「넌……! 넌!」

연우는 그런 녀석을 보면서 가면을 살짝 들어 얼굴을 보였다.

"이거면 대답이 됐나?"

「어, 어떻게!」

여름여왕의 망령은 순간 패닉 상태에 잠겨 아무 말도 하지 못했다. 잿빛 덩어리가 파르르 떨렸다.

죽은 사람이 돌아온다는 말은 도무지 들어 보지도 못했기 때문이었다.

아니, 그런 것을 떠나서 그녀는 용마안을 지니고 있는 용종. 만약 헤븐윙이 돌아온 것이었다면, 가면을 써도 모를 수가 없었다.

대체 어떻게 된 건지. 사념이 뒤죽박죽 섞였다.

원래의 그녀였다면 비로 잎뒤 징황을 눈치쌌겠지반. 망

령으로 격이 추락하면서 얻은 충격으로 사고가 온전하지
못했다.

그래서 망령의 사념을 가득 물들인 건, 헤븐윙이 남긴 저
주였다.

　　—그 망령에서 벗어나지 못하는 한, 너는 모를 거
　　다. 영원히. 아마 마지막까지 외로움에 몸부림치다,
　　그렇게 눈을 감고 말겠지.

헤븐윙이 말했던 망령. 그것은 올포원을 쓰러뜨리고, 최
후에는 98층까지 올라 신과 악마를 모두 집어삼키겠다는
여름여왕의 오랜 다짐을 의미했다.

지난 세월 동안. 동족들이 하나둘씩 사라져가면서 유일
하게 그녀 혼자만이 남았을 때.

여름여왕은 세상에 오로지 자신만이 유일하며, 고독만이
자신의 길이라는 것을 깨달았다.

하지만 그것을 정면에서 반박하고 나선 이가 헤븐윙이었
다.

한낱 미물 주제에. 이제는 죽고 없는 칼라투스의 찌꺼기
에 불과한 주제에. 제 처지도 모르고 자신의 삶을 모독한
것이다. 여름여왕은 그것을 참을 수 없었고, 결국 녀석과

충돌했다.

하지만 헤븐윙은 하늘 날개가 부서지면서 아래로 떨어지는 와중에도, 브레스가 남긴 불길에 휩싸여 사라지는 와중에도, 연민에 찬 눈빛을 지우지 않았다.

　　―불쌍하고 가련한 이스메니오스. 마지막 용이
　여…….

「헤븐윙! 헤븐위이잉!」

언제나 마음 한구석에 묻어 두고 억지로 눌러놨던 악몽이 봇물 터지듯 치솟았다. 사념이 온통 검은색으로 물들었다. 여름여왕의 망령은 요란하게 들썩였다. 놓으라며. 꺼지라며. 오지 말라며.

'이거, 계속 두면 위험하겠는데.'

연우는 발버둥 치는 여름여왕의 망령을 억지로 붙잡아 두면서 인상을 찡그렸다.

검은 팔찌의 속박이 흔들릴 정도로 격동이 심했다. 결국, 제3천의 영을 발동시킨 뒤에야 겨우 진정시킬 수 있었다.

'소화하려면 힘들겠어.'

역시 용은 용이란 걸까. 제대로 다루려면 시간이 걸리겠다는 생각이 들었다.

그러다 연우는 뭔가가 이쪽으로 다가오는 것을 느끼고, 여름여왕의 망령을 컬렉션으로 도로 밀어 넣었다.

이렇게 해 두면 녀석이 아무리 발버둥을 친다 해도 별 소용이 없었다.

"하하! 상태는 괜찮아 보이는군. 저런 요란한 짓을 벌인 사람이라고 생각하기 힘들 정도야."

연우 앞으로 나타난 사람들은 아트란 일행이었다. 빙왕은 사람 좋은 얼굴로 크게 웃음을 터뜨렸다.

여름여왕 위로 떨어진 폭격. 그것은 오랫동안 전장에서 뒹굴었던 빙왕에게도 새로운 시야를 트이게 해 준 인상적인 광경이었다.

연우는 그런 빙왕이 조금 꺼려졌다. 나쁜 사람이 아니란 건 알겠는데, 이유 없는 호의가 부담스러웠다.

오늘 처음 대면한 사이였고, 무왕이 아니면 별다른 접점도 없는데 말이다. 인사이더의 사교성이 조금 부담스러운 아웃사이더의 마음이랄까.

그래서 어떻게 대답을 해야 할까 싶었는데.

쐐애액—

이번에는 다른 쪽에서 기척이 느껴졌다. 지운다고 지워도 지워지지 않는 짙은 피 냄새. 무왕과 외뿔부족이었다.

그런데 가장 선두에 선 무왕의 표정이 좋지 않았다. 평소 유들유들하던 모습과 다르게 딱딱하게 굳은 얼굴. 시선이 고정된 곳도, 날아오는 방향도, 모두 연우가 있는 쪽이었다.

당장 주먹이라도 휘두를 것 같은 흉흉한 분위기.

빙왕과 트와이스, 녹턴은 아트란을 데리고 몇 발자국 멀찍이 떨어졌다.

그리고. 예상대로 무왕은 달리던 속도 그대로 연우에게 주먹을 내질렀다. 매서운 돌풍까지 휘몰아쳐서 저대로 연우의 머리통이 날아가는 게 아닐까 싶을 정도로 섬뜩했다.

하지만 연우는 막을 생각도 하지 않고 꼿꼿하게 서 있을 뿐이었다.

결국 주먹은 연우의 이마 바로 앞에서 거짓말처럼 멈췄다.

쾅!

대신에 연우 뒤에 있던 야트막한 협곡 하나가 그대로 폭발해서 날아가 버렸다. 가뜩이나 무왕과 여름여왕의 격전으로 부서질 대로 부서진 협곡이었지만, 이제는 그나마 남아 있던 형체도 모두 사라지고 없었다.

자칫 죽을 수도 있는 위기 상황이었지만.

연우는 여전히 눈 하나 깜빡하지 않고 무왕의 주먹을 빤히 쳐다봤다.

무왕은 그게 영 마음에 들지 않는 듯, 인상을 와락 찡그리면서 주먹을 풀고 딱밤을 때렸다.

따악!

"크윽!"

연우는 두개골이 빠개지는 고통에 머리를 쥐어 싸맸다. 버프 중첩으로 육체가 망가지는 와중에도 신음 소리를 내지 않았던 그였지만. 이 딱밤은 아파도 너무 아팠다.

무왕의 고개가 외로 꺾였다.

"크윽? 크으으윽? 이 스승님이 다 차려 놓은 밥상을 날름 훔쳐 먹어 놓고서는 크윽? 네가 진짜 스틱스 강에다 발한쪽을 담그고 건너편에 있는 여름여왕의 면상을 한번 봐야 정신을 차리겠구나?"

연우는 차마 여름여왕의 영혼은 지금 자신의 컬렉션에 있다는 말을 할 수가 없었다. 그딴 농담을 던졌다가는 정말 죽기 직전까지 얻어터질 것 같았다.

하지만 이것도 병이면 병일까. 연우는 자기도 모르게 말꼬리를 툭 걸고 말았다.

"그야 스승님의 수고를 덜어 드리기 위해서……."

따악!

"아아악!"

"어디서 말대꾸야, 말대꾸는?"

무왕은 제자리에 쭈그려 앉아 머리를 쥐어 싸매면서 끙 끙 앓는 제자를 한참이나 노려보다가, 땅이 꺼져라 한숨을 내쉬었다.

그러다 진지해진 얼굴로 말했다.

"저 아줌마도 그중 하나인 거냐?"

연우는 아직까지 무왕에게 자신의 정체와 목적을 제대로 밝힌 적이 없었다.

하지만 무왕은 막내 제자가 말 못 할 깊은 한을 품고 있고, 그것을 풀기 위해 탑을 오른다는 것쯤은 알고 있었다. 이것도 그 한풀이 중 하나였냐고 묻는 것이다.

연우는 묵묵히 고개를 끄덕였고, 무왕은 못 말린다는 듯이 고개를 절레절레 흔들었다.

그놈의 한풀이가 참 스케일도 대단하다 싶었다.

외우주 하나가 박살 나고, 관리국, 조합, 거대 클랜 등 날고 긴다는 여러 세력들이 통째로 휘말리는 한풀이라니. 마지막엔 혈국까지 참여하지 않았는가. 난장판도 이런 난장판이 없었다.

무왕, 자신도 젊은 시절에 참 사고를 많이 치고 다녔다지만. 그래도 막내 제자에 비할 바는 아니었다.

겉보기엔 진중한 선비에 더 가까워 보이는데. 하는 짓은 망나니가 따로 없었다.

'뭐, 그래서 마음에 들지만.'

그리고 그걸 재미있다고 여기는 자신도 제정신은 아닌 것 같다고, 무왕은 속으로 생각하면서 혼자서 낄낄거렸다.

"하여간 이 일, 네가 저지른 짓이니까 뒷마무리까지 깔끔하게 하고 와."

무왕은 연우의 등을 두어 번 두들기면서 다시 장로와 부족원들이 있는 곳으로 돌아갔다.

"우리 족장, 참 솔직하지도 못하시구만."

"그냥 고생 많다고 응원 한마디나 해 주시지. 그 말이 그렇게 어렵수? 아니면 낯이 간지러워서?"

"시끄러, 이것들아! 그보다 그 새끼는 어디로 갔어?"

"어딨긴. 그새 튀었지."

"우선 그놈부터 잡으러 가자."

무왕은 부족원들과 몇 마디를 주고받다가, 아트란 등이 있는 곳으로 고개를 슬쩍 돌렸다.

빙왕이 반갑게 인사했다.

"오랜만일세."

"언제 나오셨습니까? 아무 말도 못 들었는데."

"얼마 되지 않았다네. 자네는 예나 지금이나 똑같구만. 제자랬지? 딱 자네 판박이야."

"칭찬입니까, 아니면 욕입니까?"

"알아서 받아들이시게."

무왕은 피식 웃으면서 빙왕을 위아래로 빠르게 훑었다.

"뭔가 얻은 것도 많으신 것 같고. 어떻습니까? 나중에 한판?"

"으흐흐. 농담도 그딴 농담은 하지 말게. 10년 전이었으면 대환영이었겠지만, 지금은 하루가 다르게 삭신이 다 쑤셔. 다쳐도 안 낫는단 말일세."

"아직 숟가락 들 힘은 있어 보이시는 양반이 무슨. 아무튼 나중에 기회가 되면 봅시다."

무왕은 빙왕과 인사를 나누다가, 아주 잠깐 녹턴과 눈이 마주쳤다. 하지만 무왕은 아무 말도 하지 않고 녹턴을 스쳐 지나갔다. 마치 모르는 사람처럼.

아니, 아예 없는 사람 취급을 했다. 아무리 관계가 단절되었어도, 한때 사승 관계였건만. 그러나 녹턴은 무안할 법한데도 아무렇지 않아 보였다.

무왕과 외뿔부족은 나타났을 때처럼 빠르게 자취를 감췄다. 놓친 표적을 다시 찾기 위해서였다.

연우는 가면을 고쳐 쓰면서 자리에서 일어났다

모든 전쟁이 끝났다. 단 며칠 사이에 벌어진 일이었지만, 정말 많은 일들을 한꺼번에 겪은 것 같았다.

그러면서도 한편으로는 그런 생각이 들었나. 비에라 둔

과 여름여왕까지 잡았는데도 불구하고. 이렇게 큰 격변이 일어났어도, 원수들은 아직도 많이 남아 있었고, 탑의 규모로 봐서는 크게 티도 나지 않는 것 같다고.

"저, 오라버니."

그렇게 생각을 하고 있을 때 즈음, 에도라가 조심스레 다가와 그를 불렀다.

"왜 그러지?"

"머리 위에 혹이 좀 크게 나셨…… 는데. 괜찮으세요?"

"……."

연우는 이마를 만져 보고 쓰게 웃었다. 혹이 얼마나 크게 났는지. 머리가 여전히 얼얼했다.

*　　　*　　　*

"하하! 하하하!"

장웨이는 외뿔부족이 다시 추격을 시작했단 사실을 깨닫고, 끝없는 밤의 세계를 빠져나와 탑 외 지역으로 빠르게 움직이는 중이었다.

그런데.

분명히 쫓기는 사람인데도, 그의 입가에서는 도무지 웃음이 사라지지 않았다.

다만, 기뻐서 웃는 소리는 아니었다. 처절하고, 슬픔에 가득 찬. 환멸과 경멸, 그리고 원한과 증오로 가득 찬 웃음 소리였다. 광소. 그야말로 미친 사람의 웃음소리였다.

"왔단 말이지? 여기에? 여기에! 설마설마했었지만……!"

장웨이는 아직도 잊을 수가 없었다.

무왕에게 시위를 겨누려 할 때, 보았던 독식자의 모습을. 여태 소문으로만 접했을 뿐, 직접 본 건 처음이었다. 그런 데도 불구하고. 녀석을 봤을 때 느낀 감정은 두 가지였다.

낯이 익다.

그리고.

'위험하다.'

왜 그런 생각이 들었을까?

아무리 독식자가 저층 구간에 어울리지 않은 무력을 지 니고, 랭커들과도 견줄 만한 실력을 가졌다지만.

그래도 하이 랭커 중에서도 탑 티어에 해당하는 장웨이 에게 위기감을 줄 정도는 아니었다.

하지만 장웨이는 도저히 끝나지 않는 본능의 '경고'가 마음에 거슬렸다.

가면을 쓰고 있어서 모르는 얼굴일 텐데. 왜 낯이 익은 건지. 아니, 정확하게는 '분위기'가 낯설지 않았다는 표현 이 옳았다.

그래서 장웨이는 멀찍이 떨어져서 연우의 뒤를 밟았다. 경고의 이유가 뭔지를 알고 싶었다. 감각이 예민한지 들킬 뻔도 했지만, 그래도 발달된 시력으로 그를 계속 감시할 수 있었다.

그리고 그 과정에서.

가면 너머에 있는 눈을 마주친 순간, 장웨이는 그가 누군 지 단번에 알아차렸다.

그 눈. 다른 뭔가로 가린다고 해도, 절대 잊을 수가 없는 눈이었다. 무심한 듯하면서도, 세상을 씹어 먹을 것 같고 태워 버릴 것만 같던 눈.

'누이. 대장이 탑에 들어왔어. 탑에 들어왔다고!'

장웨이가 '그'를 만난 건 아프리카에서였다.

당시 UN에서는 반군의 수뇌부를 노릴 다국적 특별 부대 창설을 비밀리에 재결했고, 각 주요 파병 부대에서는 실력 이 괜찮은 인물들을 차출했다.

'그'는 그런 부대의 대장으로 참여했다.

당시 부대원들은 그를 처음 보자마자 비웃음을 던졌다.

그들 모두 각 부대와 국가에서는 내로라하던 특전사들. 한낱 동양계가 끼어 있는 것도 불쾌한데, 나이도 30이 되 지 못한 햇병아리가 그들의 머리 위에 앉는다고 하니 단단히 뿔따구가 난 것이다.

장웨이는 과연 '대장'이 어떻게 이 일을 해결할까 궁금했다. 이대로 삐거덕거릴지. 제 주제도 모르는 보통의 지휘관들처럼 억지로 주도권을 잡으려다가 망가질지. 아니면 정말 역량을 제대로 발휘해서 모두의 입을 닥치게 만들지.

장웨이는 프랑스 외인부대에서 차출된 프랑스 시민권자이긴 했어도, 태생이 동양계이었기 때문에 오랫동안 차별과 무시를 많이 받아 왔던 터였다.

지금에야 동료들이 그만 지나가면 시선을 돌렸지만, 그렇게 되기까지는 꽤 많은 시간이 지나야 했다.

하지만 대장은 아무래도 상관없다는 듯이, 밑에서 뭐라고 떠들어 대건, 주변에서 어떻게 손가락질을 해 대건 간에 전혀 신경도 쓰지 않았다.

그저 책잡히지 않을 정도로만. 정해진 일과 시간에 맞춰서 훈련을 명령하는 게 전부였다. 별다를 게 없는 특징이 있다면, 지휘관이면서도 훈련에 적극 참여했다는 정도? 하지만 그렇게 눈에 띄거나 하는 성적을 보이는 건 아니었다.

대원들은 무능할 것 같은 대장에게 마음을 주지 않았다. 오히려 대놓고 고깝게 보거나 시비를 걸기도 했지만. 대장은 전혀 그런 걸 신경 쓰지 않는 기색이었다.

그렇게 시간이 지나자, 장웨이도 대장에 대한 관심이 거의 꺼져 가고 있었다.

그때, 양키와 결혼해서 행복하게 살겠다고 미국으로 건너간 이후, 몇 년째 연락이 끊겼던 누이가 갑작스럽게 부대를 방문했다.

한 손에 다섯 살 정도 되어 보이는 여자아이의 손을 꼭 붙잡은 채로.

아주 잠깐 옛 생각에 잠겼던 장웨이는 퍼뜩 정신을 차렸다.

지금은 향수에 젖을 때가 아니었다. 미친 외뿔부족이 언제 들이닥칠지 모르는 이때, 최대한 멀리 달아나서 다음 계획을 마련해야만 했다.

이제 그의 목표는 무왕이 아니었다.

단 한 명.

더 이상 만날 수 없을 거라고 생각했던 사람이었다.

'대장, 대장, 대장!'

장웨이는 처음 레드 드래곤과의 계약에 따라 청화도의 궁무신이 되었을 때를 떠올렸다.

당시 그는 필요한 만큼만 움직이고, 필요한 만큼만 실력을 내비쳤다. 언젠가 레드 드래곤이 청화도를 삼킬 때를 대비해 기다리는 것. 그것이 장웨이가 할 일이었다. 심심하고, 따분한 생활이었다.

그러던 중에 유일하게 장웨이를 자극하던 사건이 있었다.

아르티야와의 전쟁.

무슨 이유에서인지 몰라도, 평소 서로 으르렁거리기 바쁘던 8대 클랜은 손을 잡고 아르티야에게 압박을 가하고 있었다. 어차피 청화도가 뭘 하든 관심이 없던 장웨이는 전쟁에 크게 개입을 하지 않고 있었다.

그래도 무신이라는 직위가 가진 의무가 있어 참전했을 때.

그는 헛바람을 들이켜고 말았다.

절대 탑에 있을 수 없는 얼굴이 있었던 것이다. 대장과 똑같이 새인 얼굴이었다.

이내 성격이나 행동에서 대장과 확연히 다른 타인이란 것을 알 수 있었지만. 그래도 흥미가 도진 건 어쩔 수 없었다.

헤븐윙 차정우.

지구 출신이며, 심지어 대장과 이름도 비슷했다.

가족일까? 아니면 형제? 대장은 자신의 사생활에 대해서 거의 이야기를 하지 않았기에 가족 관계가 어떻게 되는지는 알 수 없었다.

하지만 장웨이는 그때 '세상은 좁다'는 말을 절실히 실감했다.

그때부터 장웨이는 보다 즐거운 마음으로 '사냥'에 참여할 수 있었다. 그가 여태 수수방관하기만 했던 전장이 어느새 그의 사냥터가 된 것이다.

그리고. 이제는 대장 본인이 찾아왔다.

'형제의 복수…… 그래. 그런 거라면 이해가 가지.'

물론, 아직 가면을 벗겨 본 건 아니었으니 확실한 건 아니었다. 하지만 장웨이는 자신의 눈이 틀릴 리 없다고 생각했다. 그 특유의 눈빛, 자세, 기품, 버릇. 그런 건 절대 버릴 수 있는 게 아니었다.

카인.

독식자의 이름. 그 단어를 들었을 때, 왜 처음부터 떠올리지 못했을까. 대장을 상징하는 코드 네임이었을 텐데. 아군에게도, 적군에게도, 두렵기만 하던 이름.

그랬던 그가 먼 타향에서 형제의 죽음을 어떤 경위로든지 알게 되었다면. 당연히 움직일 수밖에 없었겠지.

'마음 같아서는 당장 그쪽으로 가고 싶지만.'

아쉽게도, 그럴 수는 없겠지.

장웨이는 아쉬운 마음에 혀를 찼다. 지금은 외뿔부족에게서 달아나는 것에 집중해야 했다. 싸워서도 안 되었다. 피를 보고 나서 잔뜩 흥분한 맹수들은 잘못 건드리면 위험했다.

'우선은. 완전히 숨는다.'

외뿔부족의 추격이 모두 중단될 때까지. 한동안 죽은 사람처럼 지낼 생각이었다. 1년? 아니면 2년? 그 정도면 충분하겠지. 숨는 데에는 이미 이골이 나 있었다.

저 인간 같지 않은 대장에게서도 몸을 숨겼었고, 끝내 도망치다시피 왔던 곳이 바로 탑이었으니까.

그리고 본격적인 사냥은 그때부터 해도 충분했다. 모두가 전부 끝났다며 안심하고 있을 때. 그때 움직여야 했다.

'대장. 지구에서 못다 했던 것. 여기서 끝냅시다.'

만약 누이가 이 사실을 알게 된다면 어떤 표정을 지을까.

장웨이는 생각 정리를 끝내면서.

스륵—

어느새 어둠 속에 녹아 사라졌다.

*　　　*　　　*

[마지막 보상으로 '끝없는 밤의 세계'를 획득하셨습니다.]

연우는 마지막으로 떠오르는 메시지를 보면서 피식 웃음을 흘렸다.

'참 많이도 주는군.'

레드 드래곤 때문에 관리국이 화가 나도 참 단단히 났던 모양이었다.

사실 따지고 보면 아직 퀘스트는 전부 끝난 게 아니었다. 주어진 기한은 3일이었고, 레드 드래곤은 여름여왕만 죽었을 뿐 클랜은 아직 멀쩡하게 남아 있었다.

'그 멀쩡한 부분들이 과연 남은 기간 동안 얼마나 버틸 수 있을지 모르지만.'

그렇다는 건, 여전히 레드 드래곤은 물어뜯길 구석이 많고, 공적치를 더 많이 올릴 수도 있단 뜻이었다.

그런데도 관리국은 기다렸다는 듯이 보상을 몰아주고 있었다.

그것도 하나같이 대단한 것들.

너무 많아서 다 떠올리기도 힘들 정도였다.

'아니. 관리국에서는 그냥 레드 드래곤의 재산을 강탈해서 주면 그만이니. 딱히 손해 볼 것도 없나?'

여하튼 보상으로 주어진 것 중에서 가장 눈에 띄는 건 두 가지였다.

인트레니안과 외우주.

레드 드래곤의 재산이라 할 수 있는 아공간 창고, 인트레니안. 이미 연우도 바할에게서 강탈해 요긴하게 써먹었던 것을 3개나 추가로 얻을 수 있었다.

보관하고 있는 것도 다 달랐다.

갖가지 금은보화가 담긴 보물 창고. 귀중한 아티팩트가 보관된 무기 창고. 여름여왕이 직접 수집하거나 기술한 것 같은 마법서가 가득한 서고. 아마 관리국의 안배인 것 같았다.

『하핫! 여기 정말 기가 막히는군. 방금 전에 뭘 찾아냈는지 아는가?』

당연히 마법 서고는 브라함과 부에게 개방해 둔 상태였다. 브라함은 그답지 않게 눈을 맞은 강아지처럼 잔뜩 들뜬 기색이었다.

'괜찮은 것이라도 찾으셨습니까?'

『찾다마다. 여기 혈계(血系) 계통의 마법서가 있군. 이런 건 초능에 가까운 것이라, 이론으로 정립하기 힘들었을 텐데. 역시 용종은 용종이란 건가.』

'브라함이 놀랄 정도라면 대단하겠군요.'

『대단하지. 대단하고말고! 게다가 지금 이 혈계 마법이 왜 중요한지 아는가? 혈계 계통은 피에 담긴 유전 인자를 바탕으로 발휘가 되는 것이기 때문에, 별다른 주문이나 수식이 필요 없단 거야. 즉.』

브라함이 씩 웃는 모습이 여기에서도 보이는 것 같았다.

『자네도 쉽게 익힐 수 있을 거란 뜻이지. 요즘 들어 각인 주문에 한계를 느끼고 있지 않나?』

각인 주문. 연우가 부를 시켜서 늑골에다 새긴 룬 마법, 마법 무장을 뜻했다.

연우는 고개를 끄덕였다. 브라함의 말마따나 권능을 주로 사용하고 있는 요즘은 룬 마법에 어느 정도 한계를 느끼고 있는 중이었다.

『나중에 시간이나 내게나. 처음 익히는 것만 어렵지, 익히고 나면 아주 손쉬울 테니까. 용과 마의 인자를 활용한다면, 효과야 불 보듯 뻔하지.』

그러다 브라함이 짓궂게 웃었다.

『그리고 한 가지 더 첨언하자면. 혈계 마법을 확실하게 익혀 둬야, 나중에 용언 마법으로도 넘어가기 쉬울 게야. 속성상, 혈계는 언령의 하위 단계거든.』

'……!'

연우는 눈을 동그랗게 떴다. 용언. 6차 각성은 열어야 겨우 열 수 있고, 7차 각성은 이뤄야 본격적으로 활용할 수 있는 지고의 마법. 그것으로 가는 길이 열린다고?

『그 외에도 세피로트의 나무나 아카식 레코드를 기술한 서책도 보이고. 단순한 마법 서적뿐만 아니라, 갖가지 지식들이 가득해. 진리를 탐구한 것들로. 대장로도 아주 좋아하겠군. 세샤를 가르치기에도 좋을 듯하고.』

　하여간. 모든 걸 세샤와 연관 지어서 생각하는 것도 병이라면 병이었다.

　『어쩌면 이곳…… 용종들이 최후까지 보호하려던, 그런 지식 창고인지도 모르겠어.』

　그 말에서 연우는 한 가지 장소를 떠올렸다.

　'호크마.'

　용종의 모든 지식이 보관되어 있다고 알려진 곳. 여름여왕이 갖고 있던 서고는 필요에 따라 가져온 호크마의 일부가 아닐까? 정말 그렇다면 연우에게는 큰 도움이 될 터였다.

　『아무튼 더 확인해 보고 다시 말해 주지. 아직 특별한 게 많이 남아 있는 것 같거든.』

　그것을 끝으로 브라함의 통신은 두절되었다.

　연우는 헛웃음을 흘렸다.

　2위인 자신이 이 정도인데, 1위인 스승님은 얼마나 받으셨으려나? 연우는 문득 그런 호기심이 들었다. 하지만 무왕이 뭘 받았든지 간에 결과는 정해져 있었다.

　'대장로 님에게 죄다 뺏기겠지.'

　마을을 운영하는 데 예산이 턱없이 부족하니 내놓으라고 하겠기. 억울한 얼굴이 될 무왕을 떠올리니 속이 나 시원했다. 머리에 난 혹이 여전히 얼얼해서 그런 생각을 가진 건 절대 아니었다.

이외에 외우주, 끝없는 밤의 세계도 이제 소유주가 연우로 바뀌었다. 발푸르기스의 밤이 망하다시피 하면서 더 이상 자격 요건이 안 되는 모양이었다.

'외우주라. 이걸 어떻게 쓰는 게 좋을까.'

레드 드래곤과 외뿔부족의 전쟁으로 완전히 쑥대밭이 되어 버린 곳. 활용을 하기 위해서는 처음부터 다시 쌓아 올려야 했다. 그리고 외우주의 사용 방법은 하나밖에 없었다.

'클랜 하우스.'

연우는 깊은 고민에 잠겼다. 클랜이라. 예전 같았으면 필요 없다고 생각했겠지만. 이번 전쟁을 치르면서 연우는 '조직'에 대해서 다시 생각을 하는 중이었다.

레드 드래곤도, 외뿔부족도 조직이었다. 반면에 자신은 혼자. 지금까지는 용케 버텨 왔지만, 이제 전면에 나선 이상 자신을 보호해 주고 도와줄 울타리가 필요했다.

그렇다면 이 외우주가 좋은 기반이 되어 주지 않을까. 그런 생각이 들 무렵.

"뭐 세상을 다 짊어진 것 같은 모습이야? 자냐? 자? 외상은? 안 갚아? 돈을 그렇게 쓰고도 넌 잠이 오냐?"

맞은편에 앉아 있던 아트란이 잔뜩 뿔이 난 얼굴로 연우를 노려봤다.

연우는 상념에서 깨어났다. 현재 그들은 외우주에서 나와 탑 외 지역을 이동하는 중이었다.

드래곤 킬러의 남용으로 마력과 체력이 방전되어 주저앉기 직전, 아트란은 마차를 호출해서 일행들을 모두 태웠다.

그도 하루 새 10년은 더 늙은 기분이었기에 이동할 때만큼은 편하게 가고 싶은 마음이 굴뚝같았다.

마차에 연우를 태운 데에는 퀘스트가 끝나면 바로 외상부터 갚으라며 독촉하려는 이유도 있었다.

생각보다 외상값의 이자율이 높아서 지불해야 하는 금액이 눈덩이처럼 실시간으로 불어나는 중이었기 때문이다.

하지만 그렇게 속이 타는 아트란과 다르게. 연우는 자기도 모르게 피식 웃고 말았다. 몇 시간 전에는 고객님이라더니 이제는 아예 대놓고 반말까지 해 댄다. 돈에 따라 참 얼굴이 다양하다 싶었다.

'저러니 호구처럼 휘둘리지.'

아트란이 연우의 속을 알았다면 목덜미를 잡고 뒤로 넘어갔을 터였다.

원래 그는 뛰어난 상인답게 포커페이스에 일가견이 있었지만. 연우에게만큼은 이미 몇 차례나 이리저리 휘둘렸다보니 이제 이렇게 표정을 간수하기가 어려웠다.

"뭐가 좋다고 웃……!"

아트란이 발끈해서 벌떡 일어나려는데, 갑자기 연우가 아공간을 열더니 뭔가를 꺼내 턱 하고 앞에다 내밀었다.

"이거면 되나?"

얄타바오 금괴 5개.

아트란은 재빨리 머리가 땅에 닿을 정도로 허리를 꾸벅 숙였다. 이거면 원금과 이자 상환을 전부 하고도 잔돈이 두 둑하게 남을 정도였다.

그 모습에 연우는 다시 한번 피식했다. 참 속이 훤히 잘 보이는 친구였다.

"사랑합니다, 고객님!"

"아직 준다고는 안 했는데?"

"썅! 장난……!"

"아직 말 안 끝났어."

연우는 다시 버럭 소리를 치는 아트란 앞에다 얄타바오 금괴를 5개 더 얹었다. 이로써 금괴는 전부 10개.

아트란의 눈이 휘둥그레지다가, 차분하게 가라앉았다. 연우가 추가 거래를 원한다는 것을 알아챈 것이다.

"이걸로 외상값 전부 정리하고, 남은 돈 네가 가져. 그럼 다시 재기하는 데 필요한 밑천은 충분히 될 테지?"

충분하다 못해 넘쳤다. 하지만 아트란은 섣불리 대답할

수가 없었다. 왠지 모르게 연우라는 뱀이 자기 목을 칭칭 감고 혓바닥을 날름거리는 것만 같았다.

"……순전한 호의는 아닐 것 같고. 원하는 건?"

"'바이 더 테이블'과 다리를 놓아 줬으면 하는데."

아트란의 눈꺼풀이 파르르 떨렸다. 여태까지도 충분히 놀랐지만. 지금은 소리까지 지르고 싶었다.

바이 더 테이블. 그들은 조합 속의 조합이었다. 소속을 막론하고, 신비 상인 중에서도 가장 정점에 놓인 '거상' 혹은 '대상단주' 급들만이 속할 수 있다는 곳.

당연한 말이지만, 여기서 상대하는 대상들도 하나같이 손꼽히는 자들이었다. 여러 차원과 우주의 지배자, 세력가, 탑에서도 일부만이 그들의 정체를 알았다.

거기선 갖가지 물품들이 거래되기도 하고, 주선되기도 한다. 또는 담합을 이루거나, 향후 정세를 논하기도 했다. 비밀스러운 사교 클럽이기도 한 것이다.

결코 저층 구간의 플레이어가 거론할 수 있는 곳이 아니었지만.

연우는 너무나 담담했다.

"그들을…… 어떻게 알지?"

"그게 중요한가?"

"아니지. 실수했다. 사과하지. 상인은 기계에만 흥 일하면 되는 것인데."

연우는 고개를 끄덕이면서 말했다.

"내가 원하는 건, 단지 주선일 뿐이야. 그 뒤부터는 내가
알아서 하지."

아트란은 침음했다.

"내가 결정할 수 있는 사안이 아니야."

"대답은 언제까지면 되지?"

"닷새. 아니, 사흘. 아니, 이틀. 이틀 안에 답변을 주지."

조금씩 떨리던 아트란의 목소리가 어느새 단단해져 있었
다. 그는 연우의 의뢰에서 새로운 길을 엿보고 있었다.

이건 단순히 조합의 임원에서 끝나는 게 아니라, '거상'
이 될 수 있는 기회인 것이다. 연우는 미끼를 던졌고, 그는
뭔지 알면서도 덥석 물었다.

겉으로 말은 하지 않았어도. 서로에게 좋은 거래였다.

*   *   *

연우 일행은 외뿔부족 마을 근처에서 아트란 일행과 헤
어졌다.

"다음에 기회가 되면 만나세. 자네 덕분에 참 재미있었
어."

빙왕은 연우와 가볍게 악수를 나눴다. 녹턴은 알 수 없는 눈빛으로 연우와 마을을 번갈아 보다가, 조용히 몸을 돌렸다.

마을에는 부족원들 중 일부만이 돌아와 있었다. 전투에서 다치거나, 그들을 도와주러 온 사람들. 나머지는 전부 궁무신을 쫓으러 갔다고 했다.

'궁무신, 대체 정체가 뭐지?'

연우는 문득 반년이 넘게 외뿔부족을 농락하고 있다는 궁무신이 누군지 의문이 들었다.

일기장을 통해 생김새는 남아 있었지만, 부족원들의 말을 들어 보면 얼굴은 수시로 자주 바뀌는 것 같았다.

녀석의 의도나 정체에 대한 그 무엇도 알려진 게 없었다. 청화도에서 궁무신으로 발탁된 것도, 검무신의 뒤통수를 친 것도, 외뿔부족과 척을 지게 된 것도. 정해진 수순이나 방향성은 전혀 보이지 않고, 대개 충동적으로 여겨지는 것들뿐이었다.

그러면서도 무왕과 어느 정도 접전을 벌일 정도라고 하니. 실력도 아홉 왕 급이란 의미였다.

아무리 탑의 세계가 수많은 실력자들을 품고 있고, 겉으로 드러나지 않은 사람도 많다지만.

이 정도로 충동적인 사람이 어디 조용히 살았다는 것은

참 드문 일이었다.

하지만 연우는 궁무신에게서 신경을 거뒀다. 아무리 도망에 일가견이 있다고 해도, 몸이 잔뜩 달아오른 무왕에게서 벗어나 봤자 얼마나 벗어날 수 있을까.

그런 생각을 뒤로한 채, 연우는 자신의 방으로 돌아왔다.

방. 탑에 들어오고 나서 처음으로 생긴 자신만의 공간. 연우는 안쪽을 쓱 훑어보다가, 흔들의자에 앉아 등을 기대고 누웠다. 이제야 겨우 전투로 달아올랐던 긴장감이 확 풀리는 것 같았다.

아주 잠깐이지만, 달콤한 휴식 시간이었다.

그때.

「주인. 님. 모든 준비. 끝났. 습니다.」

그림자 위로 부가 불쑥 올라와 고개를 숙였다. 마지막 현자의 돌까지 흡수하면서 격이 달라진 인페르노 사이트가 활활 타오르고 있었다.

갖가지 감정이 묻어났다. 호기심, 기대, 환희, 황홀. 이 뒤를 궁금해하는 것이다.

'이런 휴식도 좋지만. 다른 휴식도 좋겠지.'

연우는 부와 똑같은 눈빛을 하면서 흔들의자에서 일어났다.

여름여왕과 비에라 듄. 두 원수의 영혼을 쥐어짤 시간이
었다.

연우는 포탈 안쪽으로 발을 들였다. 그러자 시커먼 어둠
이 시야를 가득 물들였다.

화르륵!

곳곳에 성화를 띄우자 어둠이 물러나면서 넓은 공간을
드러냈다. 벽은 공간을 따라 길게 쭉 이어졌고, 천장은 아
주 높았다.

그리고.

떨그럭, 떨그럭!

딱딱딱!

곳곳에 언데드들이 바쁘게 돌아다니고 있었다.

천장과 벽에는 스켈레톤들이 매달려 석공처럼 마법진을
새겨 넣고 있었고, 바닥에는 좀비와 구울들이 뭔가 하나씩
짊어지고서 바쁘게 돌아다니는 중이었다. 마법진에 사용될
여러 재료들이었다.

하늘을 날 수 있는 밴시나 스펙터는 손길이 닿지 않는 부
분들을 건드렸다. 혼선이 빚어지는 곳이 있으면 즉각 나타
나 관리 감독도 겸했다.

쿵. 쿵. 쿵.

그러는 와중에 연우 앞으로 스톤 골렘 한 마리가 등에 철제 재료를 한가득 짊어지고 지나갔다.

'던전이 따로 없군.'

연우는 그런 광경을 보면서 헛웃음을 흘렸다.

수많은 언데드와 유령형 몬스터, 여차하면 가디언으로도 쓸 수 있을 골렘까지. 분위기만 조금 더 우울하게 만들면 딱 RPG게임에 나올 던전으로 제격이었다.

사실 이곳은 인트레니안이었다.

연우가 관리국으로부터 보상으로 받은 3개 중, 무기 창고였던 곳.

지금은 내용물들을 보물 창고로 싹 옮기고, 부에게 할양해서 작업장 겸 실험실로 개조하라고 지시해 둔 상태였다.

발푸르기스의 밤을 털면서 얻은 갖가지 실험 재료나 결과물들, 서적, 자료 등이 워낙에 방대했던 데다가, 여름여왕의 마법 서고까지 추가되었다.

당연히 이 많은 것들을, 여태껏 그랬던 것처럼 마냥 방치만 할 수는 없는 일. 따로 정리를 해 둘 필요가 있었다.

게다가 부도 이제 슬슬 자신의 '실험실'을 마련하고 싶어 하는 눈치였다.

현자의 돌과 마녀의 영혼들을 다량으로 흡수하면서 빠른 성장을 이뤘고, 격이 높아져 흐릿했던 이성도 거의 돌아왔다.

곳곳에 마법 재료와 서적도 많은 데다가, 그동안 브라함의 실험장이나 발푸르기스의 밤, 여름여왕의 서고를 보면서 심정에 많은 변화가 있었던 것 같았다.

아니, 그런 것을 떠나서라도, 마법사는 죽을 때까지 진리를 탐구하는 존재. 특히 리치는 죽음을 거스르면서까지 그런 욕망을 좇는 자들이었다.

당연히 자신만의 마법 분야를 개척하길 바랄 테고, 그러기 위해서는 자신만의 공간이 반드시 필요했다.

하지만 부는 충성심만 따지자면 권속들 중에 둘째가라면 서러워하는 녀석.

게다가 원래 말도 없는 성격이어서 여태껏 그런 이야기를 한 적이 한 번도 없었다. 연우가 죽으라고 하면 죽는 시늉이 아니라, 정말 자폭이라도 할 녀석이었다.

그래서 연우도 너무 고마운 마음에, 어떻게 조금이라도 보상이 되지 않을까 하는 요량으로 인트레니안을 하나 뚝 떼어 줬던 것인데.

'안 줬으면 큰일 날 뻔했군.'

부는 대체 어디서 이렇게 많은 시신을 조달한 건지, 대충 훑어도 수백 마리가 넘을 것 같은 언데드들을 대량으로 소환해서 개조 작업에 몰두하는 중이었다.

벽과 천장에 필요한 마법진을 빽빽하게 새기고, 구획을

여러 개로 나누어서 갖가지 장치들을 설치했다.

연우는 그것들이 현자의 돌을 연구하면서 파생되거나, 마녀에게서 나온 기술들이라는 것을 언뜻 알아볼 수 있었을 뿐. 그 이상은 알 수가 없었다.

인트레니안은 여름여왕이 직접 제작한 곳이다 보니 수용 면적도 아주 넓어서, 이렇게 많은 언데드들이 돌아다니는데도 아직까지 손대지 못한 곳이 꽤 많이 남아 있었다.

그래도 이 정도 속도라면 머지않아 완전한 던전화를 이룰 수 있을 것 같았다.

그러다 연우는 문득 다른 부분에 생각이 미쳤다.

'이왕에 만들 던전이라면 더 확실하게 규모를 다져 두는 게 좋지 않을까? 그럴수록 더 요긴하게 쓰일 수 있을 것 같고.'

던전의 활용 방안에 대해 아주 잠깐 고민에 잠겨 있을 무렵.

「으으. 왔어, 주인?」

「용이 만든 아공간은…… 확실히 규모가 만만치 않습니다.」

『두 번 다시는 이런 거 시키지 마. 그리고 저 리치…… 겉보기엔 어수룩해 보이는 주제에 왜 이렇게 깐깐한 거야?』

그때, 안쪽에서 지친 기색이 역력한 샤논과 한령, 레베카가 나타나 땅이 꺼져라 한숨을 내쉬었다.

뒤따라오던 괴이들도 터덜터덜 걷다가 연우에게 인사를 하고, 그림자 속으로 빠르게 스며들었다. 정확하게는 도망친 것 같았다.

연우는 자기도 모르게 웃고 말았다. 부를 도와주라고 권속들을 보내 놨었는데. 여태 쉬지 않고 들들 볶인 모양이었다.

「웃을 때가 아니라고. 주인은 지금 속고 있어. 저 녀석이 겉으로만 저러지, 속은 얼마나 음흉한 놈인지 알아야 할……!」

샤논이 발끈한 나머지 뭐라고 항의를 하려는데.

「오셨. 습니까. 주인님.」

샤논 옆으로 부가 그림자를 뚫고 불쑥 튀어나왔다. 부는 머리를 떨그럭거리면서 연우에게 공손히 인사를 하고, 샤논을 슬쩍 노려봤다. 인페르노 사이트가 활활 타올랐다. 그 새를 못 참고 일러바쳤냐는 힐난이었다.

샤논은 뭐 잘못됐냐는 투로 부를 노려보다 슬쩍 고개를 옆으로 돌렸다.

분명 데스 노블인 자신보다 격이 낮은 녀석인데도 불구하고, 언제부턴가 이상하게 부에게는 뭐라고 큰소리를 치는 게 어려웠다.

본능적인 거부감이랄까, 아니면 위압감이랄까. 부는 격이 성장하면서 다른 권속들과는 비교도 할 수 없는 어떤 오라를 풍기기 시작했다. 절대 거스를 수 없을 것 같은.

그러면서도 연우 앞에만 가면 이런 기세는 완전히 사라지고, 맹목적인 충성심만 내비치니. 다른 권속들이 봤을 때는 신기할 따름이었다.

그리고 그들은 모두 부를 보면서 공통된 생각을 가졌다.

'대체 부의 전생은 무엇이었을까?'

분명 기억이 어느 정도 돌아왔을 텐데도 불구하고. 부는 생전의 일에 대해서 한 번도 언급한 적이 없었다.

'서열이 이런 식으로 잡힐지는 몰랐는데.'

연우도 권속이 많아지면 많아질수록 언젠가 그들 사이에 서열 정리가 있을 거라고 예상은 했었다.

그렇게 되면 주도권은 데스 노블인 샤논이나, 생전에 뛰어난 경지를 개척했던 한령이 잡지 않을까 점치고 있었는데.

지금 상황을 보니 예상치 못하게 부에게로 기우는 모양새였다.

사실 이런 상황은 연우로서도 나쁘지 않았다.

부는 말이 없는 대신 생각이 깊다. 다양한 마법으로 필요할 때마다 큰 도움이 되었고, 권역을 선포했을 때 전장을 지휘하고 괴이들을 통솔하는 역할도 잘 해냈다. 충실하고

유능한 '부관'이 되어 주는 것이다.

그리고 무엇보다 충성심이 가장 뛰어났다. 광기마저 느껴질 정도로 맹목적인 충성심. 권속이라면 절대적으로 가져야 할 조건이었다.

이런 녀석이라면 이따금 어디로 튈지 모르는 샤논이나, 무슨 생각을 하는지 알기 어려운 한령을 제어하기 좋을 것이다.

'무엇보다 나의 첫 번째 권속이기도 하고.'

연우는 미소를 잃지 않은 채, 손가락에 끼고 있던 반지 두 개를 더 꺼내 부에게 던졌다.

"받아라."

「주인. 님. 이것은……?」

부는 조심스럽게 반지를 받으면서 연우의 얼굴을 바라봤다. 이미 그의 한쪽 손에는 똑같은 반지가 하나 더 끼워져 있었다. 인트레니안을 여는 반지였다.

"이곳과 방금 준 다른 두 곳. 하나로 연결해서 합칠 수 있겠지?"

「조작. 하면. 가능. 은. 합니다만.」

"앞으로 층계를 계속 오를수록 우린 더 크게 성장할 거고, 더 많은 걸 얻을 거다. 그러니 그 전에 던전을 확실하게 다져 놔. 인제든 요긴하게 쓰일 수 있도록."

부는 단숨에 연우가 하는 말뜻을 알아차렸다.

던전의 규모가 커지면 커질수록. 수용할 수 있는 것도 많아진다. 현재 일꾼으로 쓰고 있는 스켈레톤, 좀비, 구울 등의 수를 훨씬 더 많이 늘리고, 꾸준히 강화시킬 수도 있었다.

스켈레톤은 스켈레톤 워리어나 메이지로, 좀비는 자이언트 좀비로, 스펙터와 밴시는 팬텀으로.

여태껏 연우가 영역을 선포하고 부렸던 언데드들은 대개 전장에 아무렇게나 널브러진 시체들을 매개체 삼아 소환한 하급이었다.

그런데 미리 양산과 강화를 끝낸 녀석들을 대기시켜 두고 있다가, 갑작스레 대규모로 소환할 수 있다면.

'위력은 몇 배가 되겠지. 필요할 때마다 소수 인원을 소환하는 것도 가능할 테고.'

때에 따라서는 적의 근거지를 공격할 때, 상공에서 던전을 열어 기습 강하를 하는 것도 가능했다.

다양한 전술 방식으로 활용할 수 있는 것이다.

게다가 넓은 던전의 이점은 이것만이 아니었다.

크기가 협소했을 때는 진행하지 못했을 대규모 실험도 가능해진다. 발푸르기스의 밤이 진행했던 인체 실험도 그만큼 규모와 자금이 되니 가능한 일이었다. 규모의 경제라는 말을 갖다 댈 필요도 없었다.

연우도 바로 이런 점을 지적한 것이다.

이왕에 던전을 만들 것이라면 처음부터 대규모로 만들어라. 그런다면 부의 성장도 더 빠르게 이뤄질 것이다.

자금도 문제가 없었다. 여름여왕이 갖고 있던 것들만 털어도 거대 클랜의 몇 년 치 총예산은 가뿐히 넘을 테니까.

「하. 지만. 주인님께서는.」

연우는 처음부터 즐겨 사용하던 인트레니안의 반지를 보였다.

"내가 필요한 물건은 여기다 넣어 두면 되니까. 신경 쓸 필요 없다. 다만, 기존에 있던 물건들은 미리 이쪽으로 옮겨 두고."

「감사. 합니다.」

부는 고개를 꾸벅 숙였다. 어깨가 파르르 떨리고 있었다. 자신에게 새 생명을 주고, 힘까지 쥐여 줬던 주인은. 또다시 은혜를 베풀어 주고 있었다. 이 깊은 은혜를 어떻게 갚아 드려야만 할까.

「주인, 나는? 뭐 없어?」

두 사람을 여태 가만히 지켜보고 있던 샤논이 불쑥 연우에게 물었다.

연우는 슬쩍 샤논을 보다가, 가볍게 한숨을 내쉬고 던전 안쪽으로 발길음을 옮겼다.

「이봐, 주인! 그 한숨은 뭐야? 무슨 뜻이냐고?」

샤논은 연우의 뒤를 쪼르르 따르면서 방방 뛰었다.

＊　　＊　　＊

「이곳. 입니. 다.」

부가 안내한 곳은 던전 내 가장 안쪽에 위치한 곳이었다. 다만, 이 구획은 다른 구획과 철저하게 분리된 채로 막혀 있어 갑갑하다는 느낌이 강했다.

죽음의 냄새가 강하게 흘렀고, 천장과 벽 곳곳에 익숙한 마법진들이 대거 새겨져 있었다. 연성진과 봉인진이었다.

"이거면 충분하겠어."

연우는 마법진이 모두 발동이 가능하다는 것을 확인하고, 컬렉션에서 여름여왕의 망령을 꺼내 소환했다.

화아악!

망령에는 흑기가 다량으로 투입되어 순식간에 사귀로 격이 뛰어올랐다.

망령으로서는 대화를 하는 데 한계가 있으니, 바할과 리언트 때처럼 어느 정도 격을 갖추게 한 것이다.

여름여왕이나 되는 존재인 만큼, 녀석은 사귀밖에 되지 않아도 위협이 되었다. 한낱 망령일 때도 의지만으로 검은 팔찌의 속박을 벗어날 뻔했으니까. 지금은 더 위험했다.

아니나 다를까.

「헤븐위이이잉!」

여름여왕은 이성을 되찾자마자 곧바로 연우에게 와락 달려들었다.

존재가 갖춰지지 않아서 인간 형태로 폴리모프를 했을 때의 모습이었다. 투명한 머리카락이 길게 늘어지고, 두 눈이 앙칼지게 변했다.

칠흑왕의 절망이 작동하면서 녀석에게 고통스러운 압박을 넣었지만, 그런 것 따위는 아랑곳하지 않았다. 오로지 자신을 이따위 꼴로 만든 연우를 죽이겠다는 생각밖엔 없었다.

하지만.

좌르륵, 좌르륵!

부가 기다렸다는 듯이 주문을 읊자, 일제히 봉인진이 가동되면서 신진철을 대량으로 쏟아 냈다.

하급 악마도 철저하게 묶었던 봉인진이었다. 지금의 여름여왕이 상대할 수 있는 수준은 절대 아니었다.

「놔라! 이거 놔! 헤븐윙! 죽이고 말겠어어!」

여름여왕은 번데기처럼 신진철에 꽁꽁 묶인 채로 발악했다. 하지만 그럴수록 도르래가 돌아가는 소리와 함께 신진철은 더 팽팽해졌다.

「아아아악!」

언제 그녀가 이런 수모를 겪어 보기나 했을까. 수천 년의 세월 동안 위대한 용종으로 살아왔고, 그것에 자부심을 느끼며 탑을 지배해 온 그녀였다.

하지만 한낱 미물 따위에게 농락을 당하다가 죽은 것으로도 모자라, 죽고 나서도 유령 따위로 쇠락하고, 이제는 꽁꽁 묶인 채 능멸을 당하고 있다는 현실은 그녀를 미치게 만들었다.

수치스럽고, 불쾌했다. 자결을 할 수 있다면 자결이라도 하고 싶지만. 이미 영혼은 칠흑왕의 절망에 단단히 구속되어 그럴 수도 없었다. 그녀의 주인은 그녀가 아니었다. 연우였다.

'이래서 '절망'인 건지도 모르겠군.'

죽고 나서도 죽을 수 없는 상태. 미친 것처럼 팔짝팔짝 날뛰는 여름여왕을 보면서.

연우는 크게 웃음을 터뜨렸다. 이렇게 속이 시원할 수 있을까.

영원히 탑을 거머쥘 것처럼 굴더니 이딴 비참한 꼴로 전락한 그녀가 우습기만 했다. 위대한 용종이라며 모두의 위에 군림하던 자의 마지막이 참 볼만하다 싶었다.

「놓으란 말이다아!」

여름여왕은 두 눈이 시뻘겋게 달아오른 채 악다구니를 질렀다. 자결을 못 한다면 차라리 미치기라도 하면 좋으련만. 용종의 뛰어난 이성은 그러지도 못하게 만들었다.

설사 광증이 도진다고 해도, 흑기를 불어 넣어 정신을 맑게 해 주면 그만이었다.

찰칵—

연우는 가면을 벗으면서 천천히 여름여왕에게 다가갔다. 그럴수록 여름여왕의 발악은 더 커졌다.

헤븐윙! 헤븐윙! 그 빌어먹을 저주로 죽고 나서도 자신을 계속 괴롭게 만들더니, 이제는 완전히 옭아매어 빠져나가지도 못하게 만들었다. 대체. 눈앞에 있는 건 무엇이란 말인가?

여름여왕은 도저히 믿을 수가 없었다. 차정우는 분명히 죽었다. 그건 그녀가 직접 확인했던 사실이었다. 지금 그녀가 겪는 것처럼 구속되어 언데드가 된다면 또 모를까.

하지만 눈앞에 있는 자는 분명 살아 있는 인간이었다. 그녀로서는 도저히 이해할 수 없는 현상에 머릿속이 뒤죽박죽 혼란스러웠다.

그러다 연우가 자세를 낮추면서 여름여왕과 눈을 마주쳤을 때. 손으로 그녀의 턱을 잡으면서 비웃음을 던졌을 때.

여름여왕의 발악은 거짓말처럼 뚝 그쳤다. 대신에 고요해진 눈빛으로 연우를 노려보며 씹어 삼키듯이 중얼거렸다.

「너……! 헤븐윙이 아니구나.」

격이 쇠락하면서 권능을 전부 잃긴 했지만.

그래도 스킬 중 일부는 남아 있었다. 용마안으로 비쳐 본 녀석은 차정우와 닮았지만, 차정우가 아니었다. 비슷한 뭔가였다.

"차연우. 그게 내 이름이다."

헤븐윙은 그제야 연우가 누군지 알 수 있었다.

「……헤븐윙에게, 형제가 있었던가?」

"있었지."

「너를! 너를 처음 봤을 때 찢어 죽였어야 했는데……!」

"미안하지만. 그렇게 될 건 내가 아니라 너다. 이스메니오스."

연우는 여름여왕의 눈을 닮은 세로 동공을 활짝 열면서 으르렁거렸다.

"난 널 찢어 죽이고, 집어삼킬 거야."

짙은 분노로, 눈가를 따라 마성이 조금씩 삐져나오기 시작했다.

"하지만 쉽게 먹진 않아. 네가 스스로에게 좌절하고 절망에 빠졌을 때. 어디에도 아무런 구원이 없다는 것을 깨닫고, 아무리 기다려도 희망 따윈 없다는 것을 알아차리면서 자멸에 빠졌을 때. 그때 먹어 주지."

연우는 이미 여름여왕을 어떻게 처분할지 생각해 둔 상태였다.

억지로 권속으로 삼아 부려 먹을 수도 있겠지만. 원수를 계속 살려 두고 싶은 마음 따윈 없었다.

그보다는 바토리의 흡혈검으로 녀석의 영혼을 그대로 삼켜, 용의 인자를 각성시켜서 더 큰 성장을 노리는 쪽이 훨씬 좋았다.

「무슨 짓이라도 해 보아라. 그런다고 한들 내가 눈썹 하나 까딱할 것 같으냐?」

광증에 휘둘리긴 했었지만. 그래도 여름여왕은 여름여왕이었다. 자멸이나 굴복 따윈 절대 있을 수 없는 일이었다. 오히려 해볼 테면 해보란 듯이, 연우를 보고 비웃기까지 했다.

하지만 연우도 똑같이 비웃음을 던졌다.

"그거야 보면 알겠지."

「뭐?」

"네가 보는 앞에서, 네가 그토록 아끼던 몸뚱이가 이리 저리 찢기는네노 괜삲을시. 궁남하긴 해."

「무슨······!」

그때, 부가 허공으로 손을 가볍게 흔들었다.

그러자 여태 주변에 내려앉았던 어둠이 사라지면서 엄청난 크기의 유리관이 나타났다.

그 속에는 여름여왕의 본체가 보랏빛 수용액에 잠겨 있었다.

무왕과의 격전과 마독의 후유증으로 여전히 육체 곳곳에 상처가 남아 있었지만. 찢겼던 팔과 날개가 다시 붙어 있었고, 큰 상처들은 거의 아문 상태였다.

두 눈도 지그시 감고 있어서 누가 본다면 깊은 잠에 빠져 있는 것으로 착각할 정도였다.

「서, 설마?」

여름여왕은 뒤늦게 연우의 생각을 눈치채고 말았다. 유리관에는 수많은 펌프와 호스가 연결되어 있었다.

한쪽에서는 붉은 핏물이 빠져나가고, 다른 쪽에서는 검은 독극물이 투입되고 있었다.

"용의 사체는 머리부터 발톱까지 버릴 게 하나도 없지. 눈은 마력 기관으로도 쓸 수 있고, 비늘과 가죽은 갑옷으로, 뼈는 부러지지 않는 무기로 쓸 수 있으니까. 마력 전도율도 좋아서 이만한 재료가 없어."

「그만둬!」

"난 지금부터 네가 보는 앞에서 천천히 네 육체를 해체할 거다. 단단하고 질긴 만큼 시간도 꽤 많이 소요되겠지. 약에 담가서 천천히 벗겨야 할 테니까."

「그만두라고오오!」

"그리고 너의 조각들로 뭘 만드는지도 보여 줄 생각이야. 아, 그렇다고 해도 너무 크게 걱정하지는 마. 전부 해체하지는 않을 거니까."

「그냥 죽여! 그냥 죽이라고!」

연우는 다시 악을 질러 대는 여름여왕을 보면서 한쪽 입꼬리를 말아 올렸다.

"뼈는 남겨서 본 드래곤으로 만들어야 하지 않겠어?"

「죽여! 제바아알!」

여름여왕은 어떻게든 이 치욕에서 벗어나고 싶었다. 아무리 원수로 만났어도, 죽은 사람은 더 이상 건드리지 않는 것이 불문율이자 망자에 대한 마지막 배려다.

하지만 연우는 그럴 마음이 전혀 없어 보였다. 육체를 이리저리 뜯는 것으로도 모자라, 본 드래곤이라니!

죽어서도 육체를 끝까지 부려 먹겠다는 속셈이지 않은가.

스스로 자결을 할 수 있다면 당장이라도 골백번은 더 죽을 수 있었다. 하지만 그녀의 몸은 이미 단단히 속박되어 아무런 자유도 주어지지 않았다.

이래서는 안 되었다. 위대한 용이라면. 지고한 용종의 후예라면. 이런 수치를 당해서는 안 되는 것이었다!

「너도! 너도 용의 후예잖아! 용인이 되어서 어떻게……!」

여름여왕은 소리를 지르다 말고 갑자기 턱 하니 말문이 막히고 말았다.

　　—그 망령에서 벗어나지 못하는 한, 너는 모를 거
　　다. 영원히. 아마 마지막까지 외로움에 몸부림치다,
　　그렇게 눈을 감고 말겠지.

어째서 이때 차정우가 했던 말이 다시 떠오르는 걸까. 망령. 망령! 차정우는 말했다. 용의 그늘에서 벗어나라고. 네 삶을 살라고. 그렇지 않으면 언젠가 파국을 맞게 될 거라고.

그 말이 이것이었나? 지금 그녀를 괴롭히는 것은 그 망령이 아니었다. 차정우라는 망령이었다.

　　—불쌍하고 가련한 이스메니오스. 마지막 용이
　　여…….

「놔, 이거!」

여름여왕이 발버둥 치면 칠수록.

연우는 싸늘한 조소만 던질 뿐이었다.

그러다.

뚝―

여름여왕은 발악을 멈추고, 이글거리는 눈빛으로 연우를 노려봤다.

「원하는 게, 뭐야?」

그 모습을 보면서.

연우는 싸늘하게 말했다.

"정우가 죽어야 했던 이유."

비록 영혼이었지만.

여름여왕의 눈가에는 갖가지 감정이 스쳐 지나갔다.

연우는 그것을 놓치지 않았다.

'역시. 내가 모르는 뭔가가 있어.'

동생은 일기장에 자신이 겪은 일들에 대해 세세하게 적었다. 갖가지 정보며 기술은 대체 어떻게 알아냈나 싶을 정도로 대단한 것도 많았다. 하지만 그중에는 이해가 되지 않는 부분도 더러 있었다.

특히 배신을 당해야 했던 이유가 그랬다.

처음에는 모난 돌이 정 맞는다는 말처럼, 몇 년 안 되는 짧은 시간 동안 아홉 왕에 육박할 만큼 강해진 동생을 경계한 자들의 견제라고만 여겼었다.

동생도 그런 식으로 사건만 쭉 나열했을 뿐. 더 깊은 이야기는 하지 않았다.

하지만 최근 들어 그런 생각에 의문이 들었다.

'정우는 용마안을 갖고 있었어. 타인의 속생각을 완전히 읽지는 못하겠지만. 그래도 자신에게 어떤 감정을 품고 있는지는 알 수 있었을 텐데.'

아홉 왕이 안팎으로 견제를 했긴 했지만, 아르티아는 분명 초반까지만 해도 탄탄한 결속력을 자랑했다. 그렇게 쉽게 무너질 곳이 아니었단 뜻이었다.

리언트와 바할은 그저 동생에게 질투를 하고 있다가 아홉 왕이 손을 뻗으니 좋다고 날름 잡아챈 잔챙이들밖엔 되지 않았고.

"정우가 갖고 있던 용마안이야, 비에라 듄이 옆에서 오랫동안 마인드 컨트롤로 가렸다고 하면 말이 돼. 그년의 정신 조작은 신물이 날 정도니까. 하지만 툭하면 으르렁거리기 바쁘던 아홉 왕이 손을 잡은 건 아직도 납득이 가질 않아. 어떻게 된 거지?"

여름여왕의 눈이 깊어졌다.

「말하면. 죽여 줄 테냐?」

"들어 보고."

여름여왕은 연우의 눈을 노려보면서 말했다.

「영혼석…… 때문이다.」

"영혼석?"

이건 또 무슨 소리지? 연우는 뜻을 알 수 없는 말에 인상을 찡그렸다.

「헤븐윙은 루시엘의 영혼석을 갖고 있었다.」

"……!"

루시엘. 달리 '빛을 가져오는 자'라는 뜻의 루시퍼(Lucifer)로 더 잘 알려진 존재. 초월성을 획득했음에도 불구하고, 신도 악마도, 빛도 어둠도, 어디에도 속하지 못하고 떠돌아다니기로 유명했다.

그러다 천 년 전에 신과 악마들의 공격에 결국 모든 날개가 꺾이고, 추락하고 말았다. 자세한 이유와 경과는 전해지는 것이 없었다. 알려진 건, 날개가 꺾여 어디론가 떨어졌다는 짤막한 설명만 신화 한 귀퉁이에 적혀 있을 뿐.

영혼석은 거대한 존재가 형체를 잃고 변해 버린 파편을 뜻한다. 이것을 동생이 가지고 있었다면.

"욕심을 부렸군. 너희들."

연우는 어이가 없다는 듯이 헛웃음을 흘렸다. 여름여왕은 입을 꾹 다물었다.

하지만 이들의 노림수를 모르는 건 아니었다.

루시엘의 영혼석이라면. 이봉하기에 따라서 여태껏 플

레이어 중 누구도 이루지 못했던 초월성을 획득했을지도 모르니까. 그렇지 않더라도 막강한 힘은 손에 넣었을 것이다.

결국.

욕심 때문인 것이다. 전부 다.

'그럼 정우는 왜 그걸 내게 말하지 않은 거지? 대체 무엇 때문에?'

루시엘의 영혼석. 그게 어떤 비밀을 품고 있기에. 동생은 여기에 대해 아무런 언급도 하지 않았을까. 자신을 비참한 꼴로 만든 원인이라면, 어딘가 하소연하고 싶을 법도 할 텐데. 그리고 녀석은 그것을 갖고 뭘 하려 했던 걸까.

'신과 악마들도…… 이 사실을 모를 리가 없을 테고.'

98층에서 언제나 고요한 눈길로 하계를 내려다보는 자들의 생각도 알기 힘든 건 마찬가지였다. 그들로서는 어렵게 날개를 꺾은 루시엘이 되살아나는 것을 보고 싶지 않을 테니.

그렇게 여러 의문이 머릿속에 스쳐 지나갔지만.

연우는 더 깊게 생각하지 않았다. 대신에 여름여왕에게 물었다.

"그럼 영혼석은? 어디로 갔지?"

「모른다, 나도.」

"뭐?"

여름여왕이 비웃었다.

「알았다면 내가 가졌겠지. 그리고 이딴 꼴도 되지 않았을 테고. 안 그런가?」

결국 모든 건 원점. 제자리였다.

연우의 눈빛도 싸늘하게 식었다.

"아니. 알아야 할 거야."

「무슨 소리를 하는 거냐?」

"사소한 것이라도 어떻게든 쥐어짜서 생각해 내. 그래야 너도 원하던 대로 편하게 소멸할 수 있을 테니."

여름여왕은 연우의 생각을 읽고 발버둥 쳤다. 쇠사슬이 다시 팽팽해졌다.

「약속이 다르지 않으냐! 말하면! 말하면 죽여 준다 하지 않았느냐!」

"그러니까 제대로 떠올려."

「네놈은! 네놈으으은!」

연우는 여름여왕의 절규를 귓등으로 듣고, 부를 보면서 고개를 끄덕였다.

부가 천천히 여름여왕에게 다가갔다. 짙은 그림자가 그녀의 머리 위를 덮쳤다.

*　　　*　　　*

아아아악!

연우가 나온 자리에서 찢어질 듯한 귀곡성이 울려 퍼졌다. 연우는 슬쩍 그곳을 돌아봤다가, 곧 들리는 목소리에 고개를 돌렸다.

"98층이 아예 난리가 나겠군."

브라함이 어느새 나타나 묘한 눈빛을 띠고 있었다.

여름여왕의 죽음. 마지막 용의 사멸은 신과 악마들에게도 화젯거리가 될 수밖에 없었다. 신, 악마, 용, 거인. 한때 탑을 지배하다시피 했던 절대 종족 중 이제 두 종족이 멸종의 길을 걷고 말았다.

특히 용종과 대립각을 세웠던 악마가 어떤 반응을 보일지가 궁금했다.

연우는 여태 아무런 메시지가 떠오르지 않은 것이, 아마도 98층이 신중한 분위기에 잠겼기 때문일 거라고 생각했다.

'아니면 그 영혼석인지 뭔지 하는 것 때문이거나.'

연우는 브라함을 보면서 물었다.

"정리는 다 끝나셨습니까?"

"정리라 할 게 있는가. 어차피 전부 세세하게 구분되어 있던 것을 더 보기 좋게 만들었을 뿐인데. 그래도. 노다지도 그런 노다지가 따로 없더군. 그래서 말이네만⋯⋯."

브라함은 즐겁게 말하다 말고 슬쩍 말꼬리를 흐렸다. 그러면서 부가 있을 곳을 곁눈질했다.

"말씀하십시오."

"험험! 나도 던전이나 실험실을 따로 만들어 주면 안 되겠나? 시샘이 나서 그런 것은 절대 아니고. 그게, 이번에 얻은 것들이 참 많지 않은가. 해서 새로운 실험도 필요하고, 세샤와 곧 깨어날 아난타를 위해서도 좋을 것 같아서 말일세. 절대, 절대 부럽거나 한 건 아니지만, 그래도 형평성이나⋯⋯."

브라함은 막상 말을 꺼내니 조금 무안했던지 헛기침을 하면서 자꾸 횡설수설해 댔다. 그답지 않은 태도였다. 부가 던전을 가졌던 것이 부러웠던 모양이었다.

연우는 자기도 모르게 크게 웃음을 터뜨리고 말았다. 처음에는 그렇게 딱딱하기만 하던 브라함의 새로운 모습을 보는 것 같아 신기했다.

"아니. 그렇다고 웃을 일은 아니잖은가. 이것은 절대 날 위해서 하는 일이 아니라, 앞으로 자네가 일굴 세력에 도움이 되고자 하는 방향으로⋯⋯!"

[외우주 '끝없는 밤의 세계'의 설정 권한을 호문 클루스(브라함)에게 부여하였습니다.]

[새로운 설정이 가능합니다.]
[현재 외우주 '끝없는 밤의 세계'의 붕괴율은 96.3%입니다.]
[복구 작업을 서두르세요. 방치 시간이 길어질수록 붕괴 속도가 빨라집니다.]

"……하고자 한…… 응?"

브라함은 말을 하다 말고 갑자기 눈앞에 떠오르는 메시지를 보고 눈을 동그랗게 떴다.

연우는 살며시 웃으면서 말했다.

"인트레니안보다, 이것을 정리하는 데 도움을 주지 않으시겠습니까? 상태가 많이 좋질 않아, 사실 저로서는 어디서부터 손을 대야 할지 막막합니다."

사실 끝없는 밤의 세계는 여러모로 연우에게 애물단지일 수밖에 없었다.

이미 레드 드래곤과 외뿔부족이 쑥대밭으로 만들어 붕괴가 가속화된 마당에, 당장 사용하기는 힘든 상태다.

그렇다고 헐값에 내놓기에도 그랬다. 아직 찾지 못한 발푸르기스의 밤의 흔적이 있을지 모르는 데다가, 이렇게 구한 외우주를 포기한다는 것도 마음에 걸렸다.

외우주는 여러 방면으로 쓸모가 많았으니까. 클랜 하우스. 그 단어가 자꾸만 연우의 머릿속을 맴돌았다.

그래서 결국 연우는 생각을 바꿔서 끝없는 밤의 세계를 브라함에게 넘기기로 결심했다.

브라함은 스테이지 한가운데에다가 자신의 심상 결계까지 구축했을 정도로 실력이 뛰어나다. 그는 연금술뿐 아니라, 기하학이나 건축술에도 해박하니 외우주를 복구하는 데 큰 도움이 될 터였다.

'외우주를 아예 심상 결계로 구축시킬 수 있다면, 그건 그것대로 좋지. 기존 좌표야 바꾸면 그만이고. 세샤와 아난타가 머물기에도 좋을 테고.'

부가 자신의 병력을 양산하고 강화시키는 외무 담당이라면. 브라함에게는 내실을 다지는 내무를 맡기려는 것이다.

브라함도 연우의 생각을 읽고 가볍게 헛기침을 했다. 이만하면 자신이 생각했던 것보다 훨씬 중책이었다. 부가 가진 것보다 더 큰 실험장을 만들 수도 있을 것 같았다.

흑마, 강령, 부두술, 룬 등 조용한 마법을 주로 다루는 부와 다르게, 브라함은 소환, 원소, 연금, 백마, 신술 같은 대규모 실험을 필요로 하는 마법이 많았기 때문에 어쩔 수가 없었다.

"험험. 자네가 그렇게까지 말한다면 어쩔 수 없지. 알겠네. 이 외우주는 책임지고 내가 복구해 보지. 갈리어드도 마침 할 일이 없으니 같이하면 될 테고."

"감사합니다."

"무엇을. 다 돕고 살자고 하는 일들 아닌가."

브라함은 자신의 기분을 맞춰 준 연우의 장단을 맞추다가 슬쩍 물었다.

"한데. 자네도 겪었다시피 마녀들의 세계여서 그런지, 크기가 장난이 아니야. 물자가 꽤 많이 들어갈 텐데, 괜찮겠나?"

"제가 왜 바이 더 테이블과 다리를 놓아 달라고 했겠습니까?"

"흠. 역시 자네, 생각이 확고하군."

"예."

브라함의 두 눈이 깊어졌다.

"그 길, 쉽지 않을 거야. 이미 자네는 외부에 완전히 드러난 것이나 마찬가지니까."

끝없는 밤의 세계에서의 맹활약으로 이미 연우가 강하다는 건 탑에 고스란히 전해진 상태.

앞으로 어떤 일을 하더라도 이목을 집중시킬 수밖에 없

을 것이다.

하지만.

"괜찮습니다."

연우는 단호한 말투로 딱 잘라 말했다.

"덤빈다면 부수면 그만일 뿐이니까요."

"그렇게 자신 있게 말하니 마음이 놓이는군. 자네가 가려는 길. 나도 옆에서 적극적으로 도와줌세."

*　　　*　　　*

"하면 이제 얼추 이야기도 끝났고. 메인 디쉬를 꺼내야 하지 않겠나?"

브라함은 외우주 제어창을 한참 살펴보다가 조용히 닫으면서 연우를 봤다. 두 눈이 깊게 가라앉아 있었다.

연우는 고개를 끄덕이면서 손을 가볍게 흔들었다.

허공에 망령이 둥실 떠오르고, 여름여왕 때처럼 흑기가 몰리면서 단숨에 사귀로 변했다. 희뿌연 형체를 가진 비에라 듄이 나타났다.

하지만 비에라 듄은 여름여왕처럼 격이 높질 못해 잠시 망령 상태일 때의 혼란에서 벗어나지 못하고 멍하니 있었다,

연우는 그녀 앞에서 가면을 벗었다. 그러자 흐리멍덩하던 비에라 듄의 두 눈에 이지가 어렸다.

「너……!」

비에라 듄이 뭐라고 소리쳤지만, 바닥에 드리운 그림자가 늘어나면서 영체에 강하게 박혔다.

퍼퍼퍽—

비에라 듄은 끔찍한 비명 소리를 지르면서 바닥에 엎어졌다.

괴이의 기운이 비에라 듄의 영체를 통과했다가 나오길 반복했다. 아마 그녀가 겪는 고통은 육체로 겪을 수 있는 것과 비교도 할 수 없을 것이다.

몸이 수시로 난도질당하고 찢겨졌다가 복구되길 반복하는 느낌. 불길이 신체를 타고 다니는 느낌은 차라리 죽고 싶을 만큼 괴로울 것이다.

「끄르륵. 끄륵!」

연우는 바닥에 고꾸라져 고통을 호소하는 비에라 듄을 싸늘한 눈빛으로 내려다봤다. 녀석과는 이야기를 나누더라도 그냥 나누고 싶은 마음이 전혀 없었다.

"먼저 하시겠습니까?"

브라함은 연우가 양보하자 고개를 끄덕이면서 앞으로 나섰다.

싸늘한 두 눈은 방금 전 소일거리를 받고 좋아하던 노인이 아닌, 신이었다가 영락해 버린 추방자 브라함이 되어 있었다.

그만큼 비에라 듄에게 원한을 품고 있는 사람은 없을 것이다. 세샤와 아난타. 그의 소중한 가족들은 그녀 때문에 오랫동안 모진 고생을 해야만 했으니까.

연우도 그것을 알기 때문에 선뜻 양보를 해 준 것이었다.

브라함은 무미건조한 어투로 입을 열었다.

"비에라."

「죽…… 고 싶……!」

"비에라. 대답해라, 비에라."

「이걸 놓……!」

브라함은 비에라 듄에게 계속 말을 걸었지만, 녀석은 여전히 정신을 차리질 못했다. 그의 입가에 비웃음이 걸렸다.

"스스로 정신을 차리기 힘들다면 내가 번뜩 들게 해 주지. 너와 나눌 이야기는 아주 많아서 말이야."

브라함은 허공에다 손을 휘저어 아공간에서 뭔가를 꺼냈다. 이상한 용액이 담긴 플라스크. 마개로 단단히 밀봉되어 있었다

"이건 용산영액이란 것이야. 일정한 형체가 없는 유령 형태의 몬스터에게 해를 입힐 방법이 없을까 궁금해서 만든 것인데. 너에게도 통할지는 모르겠군."

브라함은 힘을 주어 마개를 열었다. 공기가 들어가는 소리와 함께 새하얀 증기가 솔솔 흘러나왔다.

그는 비에라 듄의 머리 위에다 플라스크를 기울였다.

「아아아아악!」

비에라 듄은 허리를 쭈뼛 세우면서 비명을 질렀다. 영체가 녹아내리고 있었다. 용액이 몸에 끈끈하게 달라붙어 안쪽에서부터 파괴를 시도했다.

"흠. 생각보다 효과가 강하군. 아직 실험을 안 해 봐서 어느 정도 효과가 있는지 몰랐었는데. 농도를 조금 희석시켜도 되겠어. 그리고 이건 재생혈수인데, 복구에 도움이 될 거야. 이것도 한 번 실험해 보세나."

「끄윽, 끄으윽!」

재생혈수는 끔찍하게 녹아 가던 영체를 복구시키긴 했다. 하지만 용산영액과 뒤섞이면서 점액이 되어 더 큰 고통을 선사했으니.

비에라 듄은 몸을 이리저리 뒤틀었다. 하지만 꿈쩍도 할 수 없었다.

"흐음. 이렇게 약해서야 쓰나? 내 딸아이도 자네에게 이렇게 모진 고문을 당했을 텐데. 실험 몇 번 한 것 가지고 이렇게 힘들어하면 내가 진이 다 빠지지 않나. 자, 조금 더 힘을 내게. 다시 시작해 보세."

브라함의 실험은 계속 이어졌다. 아공간이 열릴 때마다 새로운 실험 도구가 계속 쏟아졌다.

구하기 힘든 유령이 아닌가. 이참에 정말 여태 미뤄 뒀던 실험들을 다 해 보겠다는 듯, 이리저리 관찰하면서 꼼꼼히 기록하는 것도 잊지 않았다.

「제발! 제발 다 말할 테니까, 이젠 그만……!」

이쯤 되자 비에라 듄도 정신을 차릴 수밖에 없었다. 아니, 억지로라도 차려야만 했다.

그렇지 않으면 정말 고통이 끝없이 이어질 테니까. 조금이라도 덜 고통스럽기 위해서 무의식적으로 정신이 깬 것이다.

"아니야, 아니야. 아직 안 끝났다네."

하지만 브라함은 고개를 절레절레 저으면서 비에라 듄의 소원을 가볍게 묵살시켰다.

「위대한 어머니! 아난타와 세샤를 납치하려던 건, 우리 어머니를 깨우기 위해서였어!」

비에라 듄은 결국 묻지 않은 사실들을 일일이 토설하기 시작했다. 무슨 말이라도 해야 이 끔찍한 고통이 조금이라도 밀어실 테니까.

「내가 했던 실험은! 그릇 완성이었어. 완성을 위해서 이것저것을 하다 보니까. 미안해. 미안하니까. 제발. 아, 아! 아난타는 지금 나오려면 그렇게 해야 해!」

이것저것을 다 털어놓느라 앞뒤 문맥이 전혀 맞지 않는 것들이 대부분이었지만.

그래도 연우는 뒤에 앉아 그동안 마녀들의 영혼을 쥐어짜며 얻어 낸 정보와 합쳐서, 발푸르기스의 밤이 그동안 꾸몄던 일의 진상을 대충이나마 윤곽을 그릴 수 있었다.

'역시. 마녀들을 잉태했다던 대지모신(大地母神)을 부르려고 했던 건가?'

마녀들이 위대한 어머니라고 부르는 존재는 사실 고정된 신격이라기보다, '개념'적인 존재를 의인화시킨 대상이라고 보는 게 더 옳았다.

'바빌론의 탕녀'라는 수식어로 더 유명했고, 이외에도 티아메트, 유미르, 이슈타르, 이안나, 키벨레, 프리티비, 혹은 마고라는 이름으로 알려져 있기도 했다.

하지만 가장 유명한 이름은 따로 있었다.

가이아.

혹은 야마.

'하지만 대자대비하다고 알려진 것과는 성격이 많이 다르지.'

대지모신은 초기 우주의 시초부터 시작되었다고 알려진 몇 안 되는 대신격(大神格)이었고, 세상에 모습을 비출 때마다 여러 모습을 하고 있었기 때문에 그 속내를 짐작하기도 어려웠다.

하지만 그런 대지모신이 유일하게 관심을 뒀던 존재가 비에라 둔이었다.

이유는 몰랐다.

재능 때문인지, 아니면 다른 뭔가를 갖고 있었던 건지. 확실한 건, 비에라 둔은 대지모신의 총애를 바탕으로 이만큼 강해져 발푸르기스의 밤을 휘어잡을 수 있었다는 점이었다.

그런데.

'대지모신이 갑자기 어느 날부터 모든 곳에부터 연락이 끊어졌다고? 발푸르기스의 밤은 잠을 깨우려 했던 거다?'

대지모신은 널리 알려져 있지는 않았지만, 그래도 이따금 지상에 자신의 존재감을 퍼뜨리던 존재였다.

비에라 둔과의 연결을 끊은 적은 한 번도 없었다. 그런데 갑자기 사라졌다면, 비에라 둔으로서는 속이 탈 수밖에 없겠지.

그래서 비에라 둔은 도박을 하기로 했다. 대지모신을 이 땅에 부르기로.

그녀가 하계에 관심을 두고 있다는 것은 익히 알고 있고,
예전부터 비슷한 뉘앙스를 풍겼기 때문에 나쁘지 않은 방
법이라고 여겼다.

'그래도 도중에 계시를 내리기도 했으니 완전히 사라진
건 아닐 텐데. 무슨 일이지?'

이상한 점이 한두 가지가 아니었다. 찝찝한 구석이 많았
다.

하지만.

'짐작 가지 않는 게 전혀 없는 건 아니야.'

연우는 문득 그런 생각이 들었다.

동생이 갖고 있었지만, 갑자기 사라지고 말았던 루시엘
의 영혼석. 여름여왕마저도 행방을 알 수 없다고 한다면.
어쩌면 그것은 혼란 중에 가장 가까이 있던 사람이 훔치지
않았을까?

이를테면, 연인이라든가. 그리고 그 연인이 자신의 신을
위해 뭔가를 저질렀다면.

'……'

연우의 두 눈이 깊게 가라앉았다.

이유가 무엇이 되었든 간에, 비에라 둔이 그릇으로 세샤
와 아난타를 점찍었던 것은 변하지 않는 진실이었다.

그 뒤로도 비에라 둔은 대지모신에 대한 비밀을 쭉 늘어

놓다가 자신이 어제 무엇을 먹었는지, 마녀들은 어떻게 생겨나는지, 별 중요치 않은 것까지 다 떠벌렸다. 다행히 그 속에는 아난타의 치료 방법이 섞여 있었다.

그래도 브라함은 실험을 멈추지 않았다. 비에라 듄은 몸이 수시로 녹고 수복되기를 반복하는 끔찍한 굴레 속에서 결국 악만 남았다.

「다 말했잖아, 전부 다! 그런데도 왜 날 죽여 주지 않는 건데!」

그러다 고개를 휙 하고 뒤쪽으로 돌렸다. 그녀는 표독스러운 눈으로 연우를 노려보다가, 어색하게 웃었다.

「정우! 정우! 나야! 나라고! 비에라! 당신이 사랑했던! 나 보고 싶지 않았어, 자기? 마지막까지 날 그리워했잖아? 미안해. 정말 미안해. 내가 잘못했어. 그러니까, 응? 이제 용서해 줘. 아, 아니다. 나랑 다시 시작하자. 이제 하라는 거 다 할게. 마녀를 버리라면 버리고, 어머니도 버리라면 버릴게. 대신에 이제는 당신과 세샤에게 충실할……!」

비에라 듄은 말을 길게 잇지 못했다. 무슨 말을 떠벌려대도, 연우의 눈빛이 전혀 흔들리지 않았다. 표정도 달라지지 않았다. 오히려 떨리는 건 그녀의 눈동자였다. 입꼬리도 파르르 떨렸다.

「자, 자기? 자기 좋아했지? 내 가슴! 무, 무릎베개? 누, 눕고 싶지 않아? 조금 다치긴 했지만. 그래도 괜찮아. 누, 눕지 않을래?」

"……."

「무슨 말이라도 해! 하라고! 욕을 퍼부을 거면 퍼붓고! 죽일 거면 죽이라고! 이 정도면 그때의 복수로 충분하잖아! 끝났잖아! 살았으면 됐지, 뭘 더 바라! 내가 여기서 뭘 더 할 수 있……!」

"정말."

연우는 악다구니를 지르는 비에라 듄의 말허리를 잘랐다. 뒤이어 착 가라앉은 목소리로 말했다.

"정말 끝났다고 생각하나?"

「……너, 정우가 아니구나. 형제? 그래. 혀, 형제가 있다고 했었어. 먼 고향에 두고 온……! 그럼 넌!」

"정우는 끝까지 널 그리며 눈을 감았다. 녀석은 멍청했어. 그렇게 되고도 널 원망하지 않았으니까. 하지만. 이제 확실히 알겠다. 녀석은 정말 멍청했어."

연우는 천천히 자리에서 일어나 뚜벅뚜벅 비에라 듄에게 다가갔다. 브라함이 옆으로 물러섰다.

"이것밖에 안 되는 년에게 당하기나 하고. 하!"

「그래! 네 동생은! 이것밖에 안 되는 년에게 당했지. 그런데 말이야. 그런 생각해 본 적 없어? 왜 나나 동료들이 등을 졌는지? 왜 도망쳤는지, 등에다 칼을 꽂았는지, 한 번 생각 해 본 적이나 있어?」

연우의 걸음이 뚝 멈췄다.

비에라 듄의 한쪽 입꼬리가 말려 올라갔다. 자신의 말이 먹혔다고 생각한 것이다. 어차피 이러나저러나 실컷 능욕이나 당하다 사라질 마지막. 그 전에 마지막 발악이라도 하고 싶었다.

「상식이 조금이라도 있다면, 의구심을 가지는 게 당연한 거 아니야? 주변 사람들이 전부 떠났어. 그럼 그렇게 만든 사람에게 문제가 있다고 생각하는 게 상식 아냐? 호호호! 멍청하기는. 너, 네 동생이 착하고 순진한 줄로만 알지?」

"……."

「천만에! 우리도 욕심이 많았지만. 차정우는 더 했어! 전부 자신이 가져야 직성이 풀렸고, 자신이 나서야 했지. 처음부터 끝까지 제멋대로였어! 독식하고, 독재하고! 우리도 그것 때문에 질린 거야! 알아?」

비웃음이 더 커졌다. 실소가 터져 나왔다.

비에라 듄은 자신의 장기인 정신 조작 마법을 맘껏 풀어냈다 연우의 정신을 조금이라도 더 흔들어 놓기 위해서.

그가 굳게 믿고 있던 신뢰를 깨고, 세계관을 부숴서 자신이 개입할 여지를 만들기 위한 작업이었다.

〈심상 침탈〉. 기존에 마련된 육체로 갈아타기를 하는 체부 환승과 다르게, 상대의 정신에 침투해서 그의 에고 데이터를 점차 자신의 에고 데이터로 물들이는 권능.

이를테면, 바이러스였다. 상대를 허물어서 자신의 권속으로 만들어 버리는.

그리고, 실제로 연우는 흔들리는 것처럼 보였다.

어쩌면 살 수 있을지 모른다.

비에라 둔은 그런 희망을 가졌다. 연우의 정신을 장악할 수 있다면, 이 지옥 같은 곳을 빠져나가, 새롭게 재생을 꿈꿀 수도 있을 테니까.

「녀석 때문에 희생당한 사람도 많았지. 자기밖에 모르는 최악의 인간이었다고! 이대로 있다간 우리도 위험하겠다 싶었으니까 그런 선택을 할 수밖에 없……!」

"다 지껄였지?"

하지만 그녀가 겨우 잡았다고 생각한 희망의 끈은 허깨비일 뿐이었다.

「뭐?」

연우는 차갑게 내뱉으면서 손을 뻗어 비에라 둔의 머리통을 꽉 쥐었다.

우드득—

육체가 없는데도 뭔가 부서지는 소리가 났다. 영혼이 뒤틀리는 소리. 비에라 듄은 다시 끔찍한 고통에 잠겼다. 손가락 사이로 보이는 녀석의 눈에 핏대가 잔뜩 섰다.

"그래서 어쩌라고? 그딴 말을 한다고 해서 내가 흔들리기라도 할 줄 알고?"

연우는 비에라 듄의 머리통을 그대로 안쪽으로 구겨 넣었다. 머리가 짜부라지고, 어깨가 눌리다가, 바닥까지 찌그러졌다.

「아파! 아프다고! 놔! 놓으란 말이야! 아아아악!」

"인간관계에 불만이 아예 없을 수는 없지. 하지만 그렇다고 해서 네년처럼, 너희들처럼, 등에다 칼을 꽂지는 않아. 대화로 풀지."

「아아악!」

비에라 듄은 발버둥을 쳤다. 하지만 연우의 압박은 계속이어져 영체 곳곳이 터져 나갔다. 흑기가 핏물처럼 치솟으면서 알 수 없는 형태로 변했다.

"그러니까 그딴 헛소리 지껄이려면."

콰드드득—

"네가 모시는 위대한 어머니인지 뭔지 하는 놈에게 가서 지껄여."

연우는 주먹을 강하게 쥐었다. 퍼억 하는 소리와 함께 영체가 풍선처럼 터졌다. 흑기가 퍼졌다. 마지막 남은 비에라 듄의 사념이 복잡하게 어지러워졌다.

그것을 보면서.

연우는 용마안을 활짝 뜬 채, 차가운 목소리로 일갈했다.

"그러니 이딴 같잖은 허물 따윈 집어치우고. 진짜로 나타나라, 비에라."

그 순간.

휘휘휘!

곳곳에 흩어졌던 사념과 흑기가 뒤섞이면서 세상을 까맣게 물들였다.

그리고 거대한 존재감이 확 하고 다가왔다. 연우를 한낱 반딧불이로 만드는 존재감. 하지만 어딘지 모르게 익숙한 존재감이었다.

저 하늘 위로

한 쌍의 눈이 활짝 열렸다. 비에라 듄이 가진 것과 똑같은 백색 눈동자.

동공이 없었지만, 연우는 그 눈이 자신을 내려다본다는 느낌을 받았다.

대지모신. 정확하게는 신이 내려준 권능과 영혼석을 역이용해서 되레 자신이 모시는 신마저 집어삼킨 괴물이, 그곳에 있었다.

『너희 형제들은 언제나 쓸데없이 귀찮게만 구는구나.』

—난 언젠가 탑의 꼭대기에 가 보고 싶어. 신과
악마들도 닿지 못한 곳. 거기에 뭐가 놓였는지, 궁금
하지 않아?

—그러니까 정우야…….

—만약 네가 방해가 된다면 난 널 버릴지도 몰라.
알지, 내 성격? 부디 마지막까지 나와 함께해 줘.

언젠가 비에라 듄이 농담처럼 툭툭 던졌던 저 말처럼.

어느 때부턴가 동생은 그녀에게 방해가 되었고, 그로 인
해 등을 돌리게 되었다는 건 알 수 있었다.

그만큼 위로 올라가고자 하는 비에라 듄의 욕망은 집착
에 가까웠다.

동생은 몇 번이나 물었다.

왜 그렇게 위로 올라가는 데 집착을 하는 것이냐고. 77
층과 76층을 차지한 올포원과 여름여왕에 대한 그녀의 저
주와 원한은 도무지 이해가 가기 않을 정도였다.

하지만 그런 물음에도 언제나 비에라 듄은 웃기만 할 뿐, 이렇다 할 대답을 해 주지 않았다.

비에라 듄은 언제나 그랬다.

뭔가 일이 있으면 웃음으로 무마했고, 속은 알 수 없었다. 동생은 그런 그녀가 때론 두려웠지만, 사랑만큼은 진짜라고 생각했다. 용마안도 진실이라고 늘 말해 줬다. 그러다 칼에 맞아야 했지만.

어쨌거나 꼭대기 층을 향한 그녀의 집착이 어디서 비롯되었는지는 아무도 몰랐다.

그리고.

연우는 바토리의 흡혈검으로 비에라 듄을 흡수한 순간. 그녀가 그토록 바라던 소망을 이뤘단 사실을 깨달을 수 있었다.

분명 그가 흡수한 녀석은 비에라 듄이 맞았다. 하지만 그건 속이 텅 빈 쭉정이에 불과했다. 어디론가 사라진 그녀가 남긴 허물. 잔재. 혹은 흔적이었다.

이미 '진짜' 비에라 듄은 하계를 떠나고 없었던 것이다.

꽤 오랜 시간 동안.

비에라 듄은 대지모신과 직렬로 연결된 채널을 통해 자신의 에고 데이터를 하나둘씩 위로 올리고 있었다.

체부 환승과 심상 침탈. 두 권능을 적절히 이용한다면,

에고 데이터를 마구 복제할 수 있다. 비에라 듄은 이를 바탕으로 대지모신을 천천히 집어삼키고자 했다. 컴퓨터에 몰래 스며든 바이러스가 몸집을 부풀리면서 하드웨어를 잡아먹는 것처럼.

물론, 대지모신이라는 거대한 존재 앞에 비에라 듄은 아주 작은 존재일 뿐이다. 아무리 증식한다고 해도 거대한 파도 앞에 모래성은 쉽게 허물어질 뿐이다.

하지만.

그런 모래성이 무한대로 늘어난다면? 그리고 단단하게 다져진다면? 대지모신을 침략한 비에라 듄의 에고 데이터가 계속 복제되어 계속해서 침식을 거듭한다면? 그러다 중추 신경계를 장악해 버린다면? 그때도 이것을 모두 쓸어낼 수 있을까?

마인드 컨트롤은 상대에게만 해당되는 게 아니었다. 신에게도 적용이 되었고, 스스로에게도 적용되었다.

무한대로 늘어난 비에라 듄은 군집체(群集體)를 이뤄 거대한 하나의 의식으로 통일되었고, 끝내 대지모신을 집어삼키는 데 성공했다.

물론, 이것이 가능했던 배경에는 다른 도움도 있었을 것이다.

'현자의 돌과 드래곤 하트. 영혼석도 가져갔겠지.'

비에라 듄은 발푸르기스의 밤에다 초보적인 현자의 돌만을 남겼을 뿐, 이미 자체적으로 큰 완성을 이뤘다. 그리고 여기에 한 가지를 더 추가했다.

드래곤 하트. 동생의 가슴을 갈라 빼앗은 심장의 절반도 같이 사용한 게 분명했다.

'결국 정우의 심장에다 칼을 꽂은 건. 이것 때문이었어.'

동생이 갖고 있던 드래곤 하트는 사실 고룡 칼라투스에게서 기인한 것. 때문에 칼라투스가 의도했던 대로 완전한 개화만 이뤄 냈다면. 새로운 용종의 부활을 볼 수 있었을지도 몰랐다.

어쩌면 하계로 떨어진 뒤, 신과 악마에 잔뜩 뒤처진 용종의 새로운 초월을 노렸을 수도 있었다.

하지만 비에라 듄은 이런 잠재력을 눈치채고, 도중에 가로챘다.

처음에는 단순히 마력 기관을 얻기 위함이었나 싶었지만. 이제 보니 이미 그때부터 대지모신을 잡아먹을 궁리를 했던 것이다.

영혼석도 마찬가지로 그렇게 이용한 것이겠지. 루시엘은 신과 악마들도 두려워했던 자였다. 그런 존재의 파편이 담긴 영혼석이라면 격을 상승하는 데 큰 도움이 됐을 테니까.

그렇게 드래곤 하트에 현자의 돌, 루시엘의 영혼석까지.
비에라 듄은 무한한 마력을 바탕으로 거대 의식을 유지할
수 있었다.

결국엔 사도인 주제에 자신의 주인을 잡아먹은 괴물이
된 것이다. 어느 누구도 해내지 못한 미친 발상이었다.

대지모신이 이렇다 할 자아를 가지지 않은 '개념' 형태
이기에 가능한 일이기도 했다.

최근에 대지모신과의 채널이 끊어졌던 이유?

간단하다.

비에라 듄이 대지모신을 침식하면서 다른 곳에 신경 쓸
겨를이 없었기 때문이었다.

하지만 연우는 이런 사실을 유추하고도 크게 믿지는 않
았다. 플레이어가 신좌를 강탈한 경우는 탑이 있고 난 후에
단 한 번도 없었으니까. 심지어 신격을 터득한 사람도 없었
다. 올포원이 이루거나 근처까지 가지 않았을까 하는 추측
만 있을 뿐.

아마 비에라 듄도 아직까지 대지모신과의 완전한 동화를
이루지는 못했을 것이다.

장악했다고 해도 격이 모자란 이상, 한계가 있을 수밖에
없을 테니까. 그마저도 소화하려면 아주 오랜 시간을 필요
로 하겠지.

사실 이렇게 모습을 내비친 것도, 녀석으로서는 큰 손해를 감수한 것이나 마찬가지였다.

그래도 나타난 이유는 하나.

이런 일을 저지른 연우를 한번 보고 싶어서일 것이다.

"위쪽 공기는, 원하던 대로 좋나?"

『좋다마다. 한낱 필멸자는 절대 알 수 없는 공기지.』

수많은 에고 데이터가 겹쳐져 만들어진 군집체라 그런 걸까? 녀석의 목소리는 마치 수천만 개의 입이 동시에 말하고 있는 것처럼 느껴졌다. 시끄럽고, 자꾸 울렸다.

"그래. 좋아야겠지. 자신을 따르던 사람들까지 전부 내버리고 손에 넣은 거니까."

발푸르기스의 밤의 멸망은 사실상 자신들이 모시던 신과 수장의 배반으로 이뤄진 것이나 마찬가지였다.

하지만 두 눈동자는 별다른 감흥이 없어 보였다. 사실 연우도 기대는 하지 않았다. 녀석은 자신의 꿈을 위해서라면 수만 명을 희생시켜도 눈 하나 깜빡하지 않을 사람이었다.

『내가 이렇게 온 것은 경고를 위해서다.』

연우는 공간을 타고 울리는 파장을 느꼈다. 오한이 들었다. 용의 비늘이 빳빳하게 섰지만, 녀석을 보는 눈빛은 고요했다.

"경고?"

『그래. 경고. 나는 이제 더 이상 너희 형제와 얽매이고 싶은 마음은 추호도 없다. 하계에서의 삶 따위에는, 이제 아무런 미련도 없으니까.』

"……."

『그러니 너도 이 이상 나에 대해 관심을 두지 마라. 어차피 원하던 대로 하계에 있는 '비에라 듄'은 죽이지 않았나? 복수는 끝났을 테니. 귀찮게 굴지 마라.』

권태로운 목소리. 날파리나 다름없는 존재가 자신을 귀찮게 하는 게 영 짜증 난다는 투였다.

연우는 어이가 없었다. 혼자서 북 치고 장구까지 치는 태도가 기막히기만 했다.

그리고 이렇게까지 사람 보는 눈이 없었던 동생에게 조금 짜증이 나기까지 했다.

비에라 듄에게 이제 차정우란 존재는 한낱 추억거리도 안 된다는 뜻이었으니까. 그저 위로 올라가기 위해 사용한 발판이었을 뿐이었다. 녀석은 신이 되기 위해 조금이나마 남아 있던 감정이나 미련도 가차 없이 버렸다.

몸 주고, 마음 주고. 추억까지 줘 버렸다. 동생의 삶은 여기서 한낱 농락거리로만 남아 버렸다.

으드득—

연우는 이를 갈면서 비에라 듄을 노려봤다.

"그럼 나도 경고하지."

『네가? 필멸자 따위에 불과한 주제에?』

녀석이 비웃음을 던졌다. 지금 연우와 비에라 듄의 존재감은 격차가 너무 심했다. 녀석은 어쩌면 헤르메스나 미후왕의 허물보다도 더 클지도 몰랐다. 너무 까마득해서 닿을 수 있을지조차 모를 정도였지만.

그래도 연우는 싸늘하게 가라앉은 눈으로 으르렁거렸다.

"거기서 목 씻고 기다려. 얼마 안 걸릴 테니까."

『지금 네가 한 말, 무슨 뜻인지 알고 있나?』

"알다마다."

『아니. 넌 모른다. 넌 지금 신살(神殺)을 말하고 있는 것이다. 신 '들'에게 그게 어떤 의미인지 전혀 모르고 있군.』

"아니. 아니까 하는 소리다."

순간, 연우의 눈앞으로 수많은 메시지가 떠올랐다.

['헤르메스'가 당신의 발언에 무릎을 치며 크게 웃음을 터뜨립니다!]

['아테나'가 따스한 눈빛으로 당신을 바라봅니다.]

['우르드'가 코웃음을 칩니다.]

['포세이돈'이 당신의 오만한 발언에 크게 역정을 냅니다. 여러 신들이 '포세이돈'의 의견에 동의합니다.]

['포세이돈'이 강한 적의를 드러냅니다.]

['아가레스'가 사악하게 웃습니다.]

['아가레스'가 자신의 권한으로 당신에게 건넨 권능, '흉신악살'을 강화시켰습니다. 앞으로 더 많은 이적을 행사할 수 있습니다.]

[스킬 '악마술'이 권능 '흉신악살'에 통합됩니다.]

['아가레스'가 다른 악마들을 돌아보며 크게 소리를 지릅니다.]

[악마들이 '아가레스'를 의도적으로 무시합니다.]

[대다수 악마의 사회가 신중한 눈으로 당신을 지켜봅니다.]

　　……

여름여왕을 잡았을 때에도 별다른 반응을 보이지 않던 신과 악마들이었지만.

신살을 언급한 순간, 격한 반응이 터져 나왔다.

신은 위대한 존재다. 당연히 자신들의 체면과 명예를 가장 중요시한다. 그것이 신앙을 유지하는 근거이며, 신위를 지탱할 수 있는 기반이기 때문이다. 그런 이들에게 신살을 언급한다는 건, 신의 체면과 명예를 바닥에 추락시키는 것과 같았다.

당연히 연우와 얽히지 않은 이들이라고 해도 불쾌함을 느낄 수밖에 없었다. 특히 예전부터 연우를 못마땅하게 보기 시작하던 포세이돈은 이제 아예 대놓고 적의를 드러낼 정도였다.

이미 브라함을 권속으로 삼은 전적도 있기에. 반응은 더 요란할 수밖에 없었다.

『미친놈이로군.』

비에라 둔도 그것을 잘 알기 때문에 어이없다는 듯이 헛웃음을 흘렸지만.

그러다 곧 눈꼬리를 살짝 위로 추켜올렸다. 명백한 비웃음. 어디 해볼 테면 해보란 눈빛을 보냈다.

『그래. 헛된 망상이야말로 필멸자가 유일하게 가질 수 있는 자유지. 맘대로 하여라. 난 계속 이곳에 있을 테니.』

츠츠츠—

비에라 둔은 그 말을 끝으로 다시 안개가 되어 흩어졌다.

공간을 가득 물들이던 존재감도 거짓말처럼 홀연히 사라졌다.

"……신이라. 누구는 영락을 하였는데, 누구는 승화를 이뤘어. 참 신기한 노릇이야. 하핫!"

여태 연우와 비에라 듄의 대화를 지켜보던 브라함은 자기도 모르게 웃음을 터뜨렸다. 그러다 싸늘하게 식은 눈으로 연우를 바라봤다.

"이보게, 주인."

"예."

"언젠가 내게 말한 적 있지? 다시 원래의 자리에 앉을 수 있게 도와주겠노라고."

원래의 자리. 신좌.

다시 '브라흐마'로 돌아갈 수 있게 해 주겠다던 약속.

"그 말, 꼭 지키게. 대지모신은…… 꼭 내 손으로 찢어 죽여야겠어."

브라함은 자신의 딸을 그런 꼴로 만든 비에라 듄이 아직도 멀쩡하게 있다는 것이 못마땅했다.

아니, 오히려 더 위로 올라갔다는 사실이 불쾌했다. 그래서 그렇게 말한 것이지만.

"안 됩니다."

연우는 고개를 흔들었다.

브라함이 미간을 찌푸렸다.

"뭐?"

"찢어 죽이는 건 접니다. 그건 양보 못 해요."

연우가 진지한 얼굴로 대답하자, 브라함은 자기도 모르게 바람 빠지는 소리를 내고 말았다.

"어쩌지? 나도 양보 못 하겠는데 말일세."

"그럼 누가 해낼지, 내기라도 하시죠."

"그거 좋지."

[여러 신의 사회가 불쾌한 눈으로 내려다봅니다.]

브라함은 메시지를 보고도 가볍게 코웃음을 쳤다. 제깟 놈들이 불쾌해하면 뭣할까.

아무리 대단한 격과 권능을 지니고 있어도 98층에 억류되어 꼼짝도 못 하는 주제에. 자신들에게 어떻게 해코지를 할 수도 없었다.

그리고. 브라함은 해낼 수 있을 거란 굳은 믿음이 있었다. 연우와 함께라면. 못할 것이 없었다.

그가 머릿속으로 그리는 미래. 지금은 신격이 박탈당하면서 거의 사라지고 없었지만, 그래도 어렴풋하게 남은 신성으로 이따금씩 엿보는 예지 속에는. 모두가 행복하게 웃고 있었다. 마치 한 장의 가족사진처럼.

자신도. 갈리어드도. 세샤도. 아난타도.

그리고 그 속에는 연우도 다정한 표정을 지으면서 있었다. 언뜻 보면 정우가 아닐까 싶을 정도로.

〈다음 권에 계속〉